सजिल्द पहला संस्करण : 1994
सजिल्द दूसरा संस्करण : 2012
सजिल्द तीसरा संस्करण : 2025

vaniprakashan.com

वाणी प्रकाशन

4695, 21-ए, दरियागंज, नयी दिल्ली-110 002

फ़ोन : + 91 11 23273167, 23275710

शाखाएँ

अशोक राजपथ, पटना-800 004, बिहार

कॉफ़ी हाउस कैम्पस, महात्मा गांधी मार्ग, प्रयागराज-211 001, उत्तर प्रदेश

महात्मा गांधी अन्तरराष्ट्रीय हिन्दी विश्वविद्यालय, वर्धा-442 001, महाराष्ट्र

sales@vaniprakashan.in
vaniprakashan@gmail.com

Punrarambh
by Narendra Kohli

ISBN : 978-93-5072-235-0
Novel

मूल्य : ₹ 395

जी.एस. ऑफ़सेट, दिल्ली-110 095 में मुद्रित

वाणी प्रकाशन का लोगो मक़बूल फ़िदा हुसैन की कूची से

समर्पण

पापा श्री परमानन्द कोहली

तथा भाभी जी

श्रीमती विद्यावंती कोहली को

सादर, साभार ।

पृष्ठभूमि

मेरे दादा हरकिशनदास कोहली अविभाजित पंजाब के वन-विभाग में हेडक्लर्क थे । जीवन-भर वे अपने विभाग की दृष्टि से महत्वपूर्ण स्थानों तत्कालीन पंजाब के पहाड़ी क्षेत्रों में रहे । मेरे पिता परमानन्द कोहली ने अपना बचपन दादाजी के साथ उन्हीं पहाड़ी क्षेत्रों में बिताया और बड़े होने पर, स्वयं भी उसी विभाग में नौकरी करने के कारण, उन्हीं क्षेत्रों में बराबर घूमते रहे । उन क्षेत्रों के तत्कालीन जीवन को उन्होंने अच्छी तरह देखा और समझा था । अपने इन अनुभवों से उन्होंने पाया कि मैदानी क्षेत्रों से गये अनेक 'बाबुओं' का उस ठंडे प्रदेश के मादक वातावरण में अपनी स्त्रियों के बिना रहना कठिन था —जो उन दिनों अधिकांशत: अपने पति के साथ नौकरी-स्थान पर न जाकर, घर पर शेष परिवार के साथ रहा करती थीं । अत: स्थानीय लोगों की कल्पनातीत निर्धनता का शोषण कर, वे किसी-न-किसी स्थानीय स्त्री से सम्बन्ध स्थापित करने में सफल हो जाते थे, जिसका अनिवार्य परिणाम उनके निजी तथा परिवार के जीवन पर पड़ता था ।

मेरे पिताजी को अपने शैशव मे ही लिखने का शौक रहा है। यह संयोग ही था कि उनके जीवन की कठिन और प्रतिकूल परिस्थितियों ने उन्हें इस क्षेत्र में आगे बढ़ने नहीं दिया। अपने पुत्र को इस क्षेत्र की ओर उन्मुख होते देख, उन्होंने अपनी नौकरी के दिनों के अनुभव के आधार पर लिखा गया एक दीर्घ उपन्यास, इस विचार से मुझे सौंप दिया कि यदि मैं उस सामग्री का उपयोग कर सकूं, तो कर लूं।

प्रस्तुत उपन्यास उनके द्वारा लिखे गये उस दीर्घ उपन्यास के एक अत्यन्त संक्षिप्त अंश का पुनर्लेख मात्र है। अतः मूल लेखक होने का श्रेय न लेकर, मैं स्वय को संपादक या पुनर्लेखक ही मानता हूँ।

अवसर मिला तो भविष्य में यथासम्भव उनकी शेष सामग्री का भी पुनर्लेखन करूंगा।

नरेन्द्र कोहली

१

अमृतसर से पठानकोट तक रेल की लाइन थी और पठानकोट से आगे नूरपूर और शाहपुर होते हुए पालमपुर तक तांगा-सड़क थी। किंतु पालमपुर से तांगे भी नहीं जा सकते थे। बैजनाथ, मंडी, सकेत, कुल्लू और नगर जाने के लिए या तो पैदल चलना पड़ता था, या खच्चरों पर यात्रा की जा सकती थी। और किसी प्रकार की सवारी के आने का प्रबंध नहीं था।

नगर में महकमा-जंगलात का बड़ा सरकारी दफ्तर था, इस लिए वहां खच्चरों द्वारा भी आवागमन काफी था। सड़क चलती ही रहती थी। नगर, समुद्र तल से काफी ऊंचाई पर था। चारों ओर घने जंगल थे। फलों के कुछ बाग थे और कहीं-कहीं छोटे-छोटे पहाड़ी खेत थे। साल भर में एक ही फसल होती थी, मक्की की। कम ऊंचाई के स्थानों पर थोड़ा धान भी पैदा होता था। अक्तूबर से सर्दियां आरंभ हो जातीं और कभी-कभी अक्तूबर में बर्फ भी पड़नी शुरू हो जाती थी। और फिर अप्रैल तक सारे खेत और जंगल बर्फ से ढके पड़े रहते थे। यह सारा समय घरों की चारदीवारी में ही कटता था। इस समय के लिए अन्न, ईंधन, पशुओं का चारा—और आवश्यकता की अन्य वस्तुएं, बर्फ पडने से पहले ही काफी मात्रा में जमा कर लेनी पड़ती थीं

पर अभी बर्फ पड़ने का समय नहीं था। अभी तो बसंत ऋतु आरंभ ही हुई थी।

जंगलों में सैकड़ों प्रकार के फूल झुंड के झुंड खिल आए थे। पर

बनफशा के फूलों की गंध उन सबके ऊपर छाई हुई थी। जैसे बनफशा का ही जंगल हो। जिस ओर हवा चलती, उसी ओर को गंध बहा कर ले जाती। बागों में सेब, नाशपाती, बग्गूगोशा, हाड़ी, खरमानी, बटंग, आलूचा और आलूबुखारा आदि के पेड़ फलों से लद चुके थे।

सरकारी दफ्तर के हैडक्लर्क बाबू गोकुलचंद का क्वार्टर जरनैली सड़क के साथ लगती हुई सरकारी क्वार्टरों की बस्ती में था। नीचे एक कमरा था और उसके सामने खुला बरामदा था। ऊपर भी ठीक उसी प्रकार से एक कमरा और बराम्दा था। ऐसे ही एक दूसरे से सटे हुए, यहां दर्जन भर क्वार्टर थे। इन सबमें सरकारी दफ्तर के बाबू रहते थे। कुछ अपने बाल बच्चों के साथ थे और कुछ अकेले।

ये क्वार्टर देवदार के घने जंगल के मध्य, कुछ थोड़े से स्थान को साफ करके बनाए गए थे। क्वार्टरों के चारों ओर ऊँचे देवदार के पेड़ प्राकृतिक घेरा बना रहे थे ऊपर जंगल में एक कूल बहता था, जो क्वार्टरों से कुछ दूरी पर झरने के रूप में नीचे गिरता था। उसी झरने से पीने का पानी लिया जाता था। फिर वही पानी, क्वार्टरों के सामने बने हुए छोटे-छोटे बगीचों को सींचता हुआ, आगे निकल जाता था।

घने जंगल से परे, कुल्लू के मार्ग पर कुछ बस्तियां थीं। पर उनका सरकारी दफ्तर और बाबुओं से कोई सम्बन्ध न था।

क्वार्टरों से दफ्तर मील भर की दूरी पर था। चार बजे दफ्तर से छुट्टी हो गई थी और गोकुलचंद सबसे पहले टहलते हुए दफ्तर से निकल आए थे। उनको स्यालकोट से बदलकर यहां आए हुए कुछ सप्ताह ही हुए थे। नौकरी पर अकेले ही चले आए थे। पत्नी और बच्चे अभी घर पर ही थे।

शाम को उन्हें घर आने की कोई जल्दी नहीं होती थी। जल्दी किसके लिए होती! घर पर केवल उनका नौकर होता था—जेठूराम। जेठूराम से मिलने की क्या उतावली? वे आराम से दफ्तर से उठते और जंगल में से होकर, लम्बे रास्ते से टहलते हुए क्वार्टर की ओर लौटते थे। जब तक वे लौटते थे, सारे क्वार्टरों के बच्चे बाहर, अपने

अपने घरों के सामने के खुले स्थान में खेल रहे होते थे। सारी स्त्रियां भी चारपाई बिछाकर बैठी कुछ काढ़-बुन रही होतीं। कोई-कोई पास पीढ़ी रखकर चर्खा कात रही होती या काते हुए सूत को अटेरन पर अटेर रही होती।

अपने ये काम बाबुओं की स्त्रियां अपने साथ मैदानी क्षेत्रों से लाई थीं। पहाड़ों की स्त्रियों को अपने आवश्यक कार्यों से ही अवकाश नहीं था। गोकुलचंद ने इतने ही दिनों में देख लिया था कि स्थानीय पुरुष केवल एक बार हल चलाकर ही निश्चित हो जाते थे और शेष सारा कार्य स्त्रियां करती थीं। पशुओं को चराना, जंगल से घास, लकड़ी इत्यादि लाना, पशुओं का गोबर इकट्ठा करना, खेतों में खाद देना, बुवाई करना, नलाई करना, फसल काटना इत्यादि स्त्रियां ही करती थीं।

गोकुलचंद क्वार्टर में जाने से पहले थोड़ी देर के लिए, बाहर खुली हवा में बैठे बाबुओं के पास ठहरते। उनसे थोड़ी-सी गपशप करते। बच्चों पर कोई वाक्य कसते और स्त्रियों को चोर दृष्टि से देखते हुए क्वार्टर में चले जाते थे।

आज गोकुलचंद दफ्तर से उठकर जंगल की ओर न जाकर, अनजाने ही जरनैली सड़क की ओर चल पड़े थे। सड़क नीचे की ओर जा रही थी। यदि वे उस पर चलते जाते तो कुल्लू से कुछ पहले पड़ने वाले कटराईं जा पहुंचते। पर उन्हें कटराईं नहीं जाना था। वैसे उन्हें जाना तो कहीं भी नहीं था। वह बेध्यानी में ही चल पड़े थे। कटराईं से बहुत पहले ही खच्चर सड़क पर एक चौड़ी पगडंडी ऊँचे पहाड़ों की ओर से नीचे उतरकर मिलती थी। उनके ध्यान में अचानक ही वह पगडंडी आ गई थी। वह उस पगडंडी पर कभी चले नहीं थे और न ही जानते थे कि पगडंडी कहां और कैसे स्थानों में से होकर चलती है। पर इतना तो उन्होंने आती बार खच्चर सड़क से ही देख लिया था कि वह एक काफी चौड़ी पगडंडी थी, जो कुछ ही आगे जाकर संकरी हो जाती थी और पहाड़ों पर चढ़कर, उनके पीछे खड़े घने जंगल में कहीं खो जाती थी।

यह उनको बाद में पता चला था कि उसी पगडंडी पर चलकर कहीं ग्रागे जाकर ऊंचे पहाड़ों में घिरा एक गांव जगतसुख है ग्रौर उनका नौकर जेठूराम उस गांव का रहने वाला है। इस गांव का नाम भी महत्वपूर्ण तब हुग्रा था, जब जेठूराम छुट्टी लेकर गांव चला गया था।

गोकुलचंद ने जेठूराम के चले जाने को इस रूप में पहले नहीं लिया था। पर ग्राज सवेरे से ही बार-बार उनके ध्यान में यह बात ग्रा रही थी कि जेठूराम उनसे छुट्टी लेकर ग्रपने गांव गया हुग्रा है ग्रौर ग्राज शाम को उसे लौट ग्राना चाहिए।

जैसे-जैसे समय बीतता जा रहा था, उनके मन में जैसे जेठूराम की प्रतीक्षा ग्रधिक तीव्र होती जा रही थी। ग्रौर ग्रब वह ग्रनजाने ही खच्चर सड़क पर दूर तक निकल ग्राये थे। क्या वह जेठूराम की ग्रगवानी करने चले ग्राये थे?—उन्होंने ग्रपने ग्राप से पूछा—या फिर वह शायद देखने ग्राये हैं कि जेठूराम लौट रहा है कि नहीं।

पर जहां तक नजर जाती थी, वहां तक जेठूराम नहीं था। वह चलकर काफी दूर तक ग्रा गये थे। इससे ग्रागे जाने का कोई ग्रर्थ नहीं था। यदि वह जगतसुख गांव तक जाने की बात सोचकर चले होते, तो ग्रौर बात थी। पर वह तो टहलते हुए इधर ग्रा निकले थे कि सैर की सैर हो जाएगी ग्रौर यदि जेठूराम ग्राता हुग्रा दीख गया तो मन की उतावली कम हो जाएगी।

वह रुक गए। ग्रगला मोड़ दूर था ग्रौर खच्चर-सड़क जहां से घूम कर पहाड़ी-टीले के पीछे गुम हो गई थी, वहां तक जाने का उनका मन नहीं था। वैसे जाने में कोई कठिनाई नहीं थी। सड़क ढलान पर थी। ढलान काफी तीखी थी, वह ग्राराम से, बिना ग्रपने शरीर को थकाए हुए, लुढ़कते-पुढ़कते कुछ ही समय में वहां तक पहुंच सकते थे। पर लौटते हुए कठिनाई होती। जाना जितना सरल था, ग्राना उतना ही कठिन था। वापस लौटते हुए, वह ढलान तीखी ऊंचाई के रूप में उनके सामने होती। चढ़ाई में दुगुने से भी ग्रधिक समय लगता है ग्रौर थकावट भी काफी हो जाती है। फिर वैसे भी वह काफी दूर तक ग्रा चुके थे।

क्वार्टर तक पहुंचना था। उनके पास टार्च या लालटेन में से कुछ भी नहीं था और अंधेरा छाने से पहले का पहाड़ी धुंधलापन चारों ओर घिर आया था। अंधेरे में इन ऊबड़-खाबड़ खच्चर-सड़कों पर कोई कम ही यात्रा करता है। ऊंचे-नीचे रास्ते और खडों के अतिरिक्त भी आदमियों और जानवरों का डर होता है। जानवरों में कुछ हिंस्र भी होते हैं। उन्होंने लोगों से सुना था कि लकड़बग्घों और भेड़िये के साथ-साथ कभी-कभी शेर की दहाड़ भी रात के सन्नाटे में सुनी जाती है।

अब उनकी आंखे बहुत दूर तक नहीं देख पा रही थीं।

उन्होंने अपनी श्रवण-शक्ति को एकाग्र किया। कान लगाकर सुना, शायद कहीं खच्चर के गले की घंटी की धीमी-सी टन् टन् सुनाई पड़ जाए। हो सकता है कि जेठूराम खच्चर के साथ आ रहा हो।

खच्चर की बात सोचते ही उनकी रीढ़ की हड्डी में गुदगुदी-सी हुई और सारे शरीर में सिहरन दौड़ गई। पर खच्चर की घंटी का कोई स्वर नहीं था।

उनका मन बुझ गया। सिहरन सहसा ही निराशा में बदल गई। उन्हें अपनी छाती पर एक बड़ा-सा पत्थर पड़ा हुआ लगा। या फिर हृदय को जैसे किसी ने रस्सी के फंदे में फांस लिया हो और प्रति क्षण कसता जा रहा हो। सांस लेने में उन्हें कठिनाई-सी होने लगी थी।

उन्होंने अपना सर झटका। मुट्ठियां कसीं और खोल दीं। वह अपने भारी-भारी पैरों को घसीटते हुए वापस मुड़कर, क्वार्टर की ओर चल पड़े।

वापसी में चढ़ाई ही अधिक थी। ढलान कहीं-कहीं आती थी और वह भी बहुत संक्षिप्त-सी। अंधेरा बहुत तेज़ी से घिर रहा था, जैसे सड़क के किसी मोड़ पर, पहाड़ी के पीछे छिपा बैठा हो और अब ओट से निकलकर सड़क पर आ गया हो।

इन पहाड़ों में किसी का विश्वास नहीं करना चाहिए—उनके मन ने कहा—कम्बख्त अंधेरे का भी नहीं।

और उन्हें लगा कि सारी गलती तो उनकी अपनी थी। उन्हें किसने

कहा था कि वह अपने नौकर की बात का इतना विश्वास कर लें और वह भी पहाड़ी नौकर का, जिसका कोई दीन-ईमान ही नहीं होता। वह तो सड़क पर इतनी दूरी तक दौड़े चले आए थे, जैसे एकदम निश्चित बात हो। गोकुलचंद जब से यहां आए थे, दिन भर उदास रहते, और शाम को चोर नज़रों से पड़ोसी बाबुओं की पत्नियों को देखते थे, तभी जेठूराम ने उनके सामने प्रस्ताव रखा था कि वह यदि उसे छुट्टी दें तो वह अपने गांव जाकर उनके मनबहलाव का प्रबंध कर देगा। गोकुल-चंद ने उसे छुट्टी भी दे दी और उसका विश्वास भी कर लिया। कितने भोले हैं वह! और जेठूराम यह सब क्यों करेगा—केवल अपनी नौकरी पक्की कराने के लिए। बस इतनी सी बात! नौकरी तो उसकी वैसे भी पक्की ही थी!

उन्होंने अब सोचना छोड़ दिया था। उनका सारा ध्यान रास्ता खोजने में केन्द्रित हो चुका था। वह नहीं चाहते थे कि कहीं उनकी आंखें या पैर धोखा खा जाएं और वह मुँह के बल औंधे गिरें। वह सड़क के बीचों-बीच होकर चल रहे थे, इसलिए किसी खड्डे में गिरने का भय उनको नहीं था, पर मुँह के बल तो वह बीच सड़क में भी गिर सकते थे और तब छिले हुए नाक-मुँह को लेकर दफ्तर जाना उन्हें पसन्द नहीं था।

क्वार्टरों के रास्ते के अंतिम मोड़ के पास वह पहुंच चुके थे। इस मोड़ के बाद वह जंगल के बाहर खुले हिस्से में आ जाते। जंगल के बीच में से गुजरते हुए, बनफशा के फूलों की तेज गंध, अब उतनी तेज नहीं रह गई थी। हवा में मिली हुई गंध, अब भी उनके नथुने अनुभव कर रहे थे और उनके शरीर में एक अकड़ाव-सा पैदा कर रहे थे। देवदार के पेड़ भी कुछ बिरले हो रहे थे।

मोड़ पार कर वह खुले स्थान में आ गए थे। खच्चर-सड़क उन्होंने छोड़ दी थी और क्वार्टरों को सींचने वाले कूल के साथ-साथ आगे बढ़ रहे थे। बाहर मैदान में अब कोई नहीं था। औरतें अपनी चारपाइयां और पीढ़ियां उठाकर घरों के भीतर जा चुकी थीं। बच्चे शायद अब तक खा-पीकर सो भी चुके हों। किसी क्वार्टर में से एक बच्चे के रोने

का धीमा-धीमा स्वर हवा में कांप रहा था।

जाने क्यों उन्हें बच्चे के रोने का स्वर भी वैसा ही भयंकर लगा, जैसे इस सन्नाटे में कभी-कभी जंगल की ओर से आ जाने वाली हिंस्र पशुओं की आवाजें। वे स्वयं ही अपने आपको कुछ बदले-बदले-से लगे। वह उन लोगों में से नहीं थे, जो इस प्रकार के वातावरण से ही अभिभूत होकर कांप जाते। पर आज उनके भीतर का साहस जैसे चुक गया था। उन्हें लगा कि वह चिड़ियाघर में कैद किसी छटपटाते हुए सिंह के समान हैं, जो अपने सामने खड़े हुए जीवित मांस को पाने के लिए दहाड़े, झपटे पर सींखचों से बार-बार टकराकर परास्त हो जाए और सींखचों से ही डरने लगे। उनके भीतर भी जैसे कुछ बार-बार उग्र होकर बार-बार परास्त हुआ था और निराशा में वह बहुत दुर्बल हो गए थे।

सहसा उनके भीतर कहीं आशा जागी। उन्हें लगा हो सकता है कि जेठूराम घर पर आया बैठा हो। उन्होंने ध्यान से देखा, पर उनके क्वार्टर में प्रकाश नहीं था। वह तो अंधेरे में पूरी तरह लिपटा पड़ा था, जैसे भयंकर सर्दी में कोई रजाई में लिपटा पडा हो।

फिर उन्हें हंसी आ गई। अवश्य ही उनके मस्तिष्क को जोर का धक्का लगा है। वह स्वयं ही, अपने हाथों, सवेरे अपने क्वार्टर में ताला लगा कर गए थे, और शाम को अभी तक लौटे नहीं थे। फिर उनके घर के भीतर प्रकाश कहां से हो सकता है। जेठूराम आया भी होगा तो बाहर दरवाजे से लगा बैठा होगा। वह भीतर जा ही कैसे सकता है।

उनकी चाल तेज हो गई। उनकी रगों में खून तेजी से चलनें लगा था और काफी गर्म हो गया था। लोगों के क्वार्टरों के सामने लगे बगीचों का उनको ध्यान नहीं रहा। वह पौधों को रौंदते, उनसे उलझते, छोटे-से-छोटे रास्ते से अपने क्वार्टर तक पहुंच गए थे। पर जेठूराम वहां नहीं था।

गोकुलचंद अब एकदम निराश हो गए। गलती उन्हीं की थी—उन्होंने स्वयं को समझाया—उन्हें इतनी जल्दी किसी का विश्वास नहीं

कर लेना चाहिए और न ही इतनी जल्दी आशा बांध लेनी चाहिए।

वह ताला खोलकर भीतर आए और बिना बाहर का दरवाजा बन्द किए पैर पटकते हुए सीढ़ियां चढ़कर ऊपर चले गए। ऊपरी कमरे का दरवाजा खोलकर वह निढाल होकर अपनी चारपाई पर गिर पड़े।

उनका सारा शरीर ऐंठ रहा था और वह अपनी छाती पर अब भी काफी बोझ का अनुभव कर रहे थे। सहसा उनके मन में एक वहशी इच्छा जागी कि वह ज़ोर-ज़ोर से अपनी छाती पीटनी शुरू कर दें और जंगलियों की तरह धाड़ें मार-मार कर रोने लगें। या फिर अपना मुंह नोच लें, बाल उखाड़ लें और कपड़े तार-तार कर फेंक दें।

पर उन्होंने कुछ नहीं किया। वह चुपचाप अपने बिस्तर पर पड़े रहे। धीरे-धीरे उन्हें सांस लेने के लिए, अपने शरीर द्वारा किये जाते प्रयास का अनुभव होने लगा। वे विधिवत प्रयत्न करके सांस ले रहे थे। वह सांस लेने और छोड़ने में काफी आवाज कर रहे थे, जो धीरे-धीरे बढ़ती जा रही थी। फिर उनके हाथ उठकर छाती पर आ गए और अचेतन रूप से जैसे हृदय को सहलाने लगे और उनके मुंह से हल्के-हल्के हाय-हाय का स्वर निकलने लगा। थोड़ी देर में वह बाकायदा कराह रहे थे।

वीरां को स्यालकोट में छोड़कर उन्होंने गलती की थी—उनके मस्तिष्क में यह बात घूमती आ रही है।—यहां किसी को अकेले नहीं आना चाहिए। वह क्या जानते थे कि यह कैसी जगह है···

उन्हें लगा नीचे कोई खटका हुआ था। शायद कोई उनके क्वार्टर का बाहरी दरवाजा खोलकर भीतर आया था। वह दरवाजा भिड़ा कर चले आए थे, उन्होंने अन्दर से चिटकिनी नहीं लगाई थी। कौन आया है? उनके हाथों ने छाती को दबाना बंद कर दिया और उनका कराहना अपने-आप रुक गया। क्या जेठूराम आ गया? पर इस समय इतने अंधेरे में जेठूराम कैसे आएगा? रात के इस समय पहाड़ों में कोई यात्रा नहीं करता।

पर कोई आया भी है? उन्हें लगा कि कोई नहीं आया। यह

उनका भ्रम था। पर तभी नीचे किसी के बहुत धीरे से बोलने का स्वर हुआ। कोई आया जरूर था। पर यह जेठूराम के अलावा कोई और भी हो सकता था। पैरों की आहट हो रही थी। यदि कोई और हुआ तो अच्छी बात नहीं है। रात के इस अंधेरे में, बिना आवाज दिए, किसी का इस प्रकार चला आना शुभ बात नहीं हो सकती। इस जंगल में पशु केवल चौपाए ही नहीं हैं। हिंस्र पशु मनुष्य के रूप में भी घूमते हैं। किसी ने सोच लिया होगा, अंग्रेज़ी सरकार के इस महकमा जंगलात के बड़े बाबू का घर है। खूब रुपया होगा।

गोकुलचंद के हृदय का फंदा फिर से कस गया था।

पर सहसा वह उठकर खड़े हो गए। आने वाले की पगध्वनि सीढ़ियों से ऊपर चढ़ रही थी और निश्चित रूप से वह एक से अधिक व्यक्ति थे।

गोकुलचंद ने टटोलकर माचिस ढूंढी और लालटेन जला दी। उन्होंने लौ ऊंची की और कमरे में उजाला भर गया।

तभी दरवाजे के बीचों-बीच जेठूराम आ खड़ा हुआ। उसके ठीक पीछे, उसके साथ सटकर कोई और खड़ा था।

गोकुलचंद के मस्तिष्क की खिंची नसें एकदम ढीली पड़ गईं। किसी दो पैरों वाले हिंस्र पशु का भय, जो खून के समान उनके दिमाग को चढ़ गया था, पिघल कर बह गया। और फिर जेठूराम के आ जाने की प्रसन्नता।

"नमस्ते बाबूजी!" जेठूराम ने धीरे से कहा।

"आ गये।' गोकुलचंद के स्वर में किसी प्रिय व्यक्ति को अनपेक्षित रूप में सामने पाने का सहज उल्लास था, "काफी अंधेरा कर दिया तुमने।"

"जी ?" जेठूराम का स्वर और भी धीमा हो गया, "मैं जल्दी ही आ गया था, पर बस्ती के बाहर ठहर गया था। जान-बूझकर अंधेरा होने पर आया।"

फिर वह एक किनारे हो गया। उसके पीछे छिपा व्यक्ति अब गोकुलचंद के सामने था। गोकुलचंद ने धुंधलके में एक नारी मूर्ति को

देखा ।

"इसे लेकर दिन के उजाले में आना नहीं चाहता था ।" जेठूराम बोला, "इसीलिए जान-बूझ कर अंधेरा घना होने दिया ।"

गोकुलचंद के शरीर में खून तेजी से दौड़ने लगा था । उन्हें अपने भीतर फूट पड़ने को व्याकुल गर्मी का एहसास हो रहा था । शरीर की पेशियों में अकड़ाव-सा आने लगा था । हृदय पर अब रस्सी का फंदा नहीं था । पर हृदय की धड़कन बहुत तेज हो गई थी ।

"भीतर आ जाओ ।" वह बोले ।

जेठूराम एक ओर हट गया । उसने उस स्त्री को भीतर आने का मार्ग दे दिया था

"अच्छा ! मैं खाने की तैयारी करता हूं ।" जेठूराम ने कहा और वह कमरे से निकल कर बाहर चला गया ।

जाते हुए वह पीछे से दरवाजा भिड़ा गया था । उसके पैरों की आवाज सीढ़ियां उतर गई थी । फिर गोकुलचंद ने क्वार्टर का बाहरी दरवाजा बंद होने की आवाज़ सुनी ।

उन्हें याद आया कि दोपहर के खाने के बाद से उन्होंने कुछ नहीं खाया है और शाम को किसी के घर जाकर खाना खाने की बात ही उन्हें नहीं सूझी थी ।

पर शीघ्र ही खाने की बात उनके ध्यान से निकल गई । उन्होंने लालटेन हाथ में लेकर ऊंची की और उस स्त्री पर उसका पूरा प्रकाश डाला । उसकी आयु चौदह-पंद्रह वर्षों से अधिक नहीं थी । कद उसका छोटा था और रंग, गालों पर हल्की-सी लाली लिए हुए, बहुत गोरा था । आंखें न बहुत बड़ी थीं, न छोटी । गोल चेहरे पर छोटी सी नाक थी । कपड़े उसके काफी गंदे थे और चेहरे पर दूर से चलकर आने की थकान थी

वह उसे देख रहे थे । उसने आंखें नीची कर रखी थीं । पर उसके चेहरे पर कोई भाव नहीं था, न उल्लास का, न भय का और न लज्जा का । जैसे उसने हर कृत्य की अनिवार्यता स्वीकार कर ली थी और अब किसी कार्य की अपेक्षा अथवा प्रतिक्रिया उसके चेहरे पर प्रकट होने

वाली नहीं थी।

"बैठ जाओ।" गोकुलचंद जैसे स्वप्न में बोल रहे थे।

वह दरवाजे से आगे बढ़कर फर्श पर बैठ गई।

"वहां नहीं यहां।" गोकुलचंद ने चारपाई की ओर इशारा किया।

गोकुलचंद का खून उनके मस्तिष्क को चढ़ रहा था। वे बार-बार आपे से बाहर हो रहे थे, पर ऊपर से शांत दिखने का भरसक प्रयत्न कर रहे थे। उनके भीतर जैसे एक वहशी पशु बार-बार छूटने को मचल रहा था। उनकी सारी आंतरिक शक्ति उसे बांधने पर लगी हुई थी।

अभी बहुत रात नहीं बीती थी। फिर अभी तो जेठूराम भी खाना लाएगा। अभी उन्हें स्वयं को रोकना ही पड़ेगा।

वह आकर चारपाई पर बैठ गई थी और अगली आज्ञा की प्रतीक्षा कर रही थी।

"क्या नाम है तुम्हारा ?" गोकुलचंद ने अपने को बहलाने के लिए पूछा।

"गंगा।" वह बोली।

उसकी आवाज़ बहुत धीमी और कोमल थी।

"बहुत अच्छा नाम है।" गोकुलचंद ने उसका हाथ अपने हाथ में ले लिया। उसने न कोई विरोध किया और न कोई तत्परता दिखाई।

हाथ आकार में छोटा, कभी नर्म भी रहा होगा; पर सख्त काम करके हथेली काफी रुखड़ी हो गई थी। गोकुलचंद को भीतर ही भीतर काफी कष्ट हुआ।

"इन हाथों से तुमने क्या किया है ?" गोकुलचंद की आवाज़ बहुत स्निग्ध हो गई थी, "कैसा रुखड़ा हो गया है।"

"लकड़ियां तुनती थी।" वह बोली, "घास काटती थी। उपले पाथती थी और बर्तन साफ करती थी।"

वह किसी स्कूली बच्चे के समान, बहुत अच्छी तरह रटे गये उत्तर देने की-सी तत्परता के साथ बोल रही थी। गोकुलचंद अपने भीतर एक पीड़ा का अनुभव कर रहे थे।

"तुम मुझ से काम तो नहीं करवाओगे ?" सहसा गंगा ने पूछा, उसके चेहर पर संसार का अज्ञान स्पष्ट झलक रहा था। उसने बहुत स्पष्ट शब्दों में अपने मन की आकांक्षा प्रकट की थी।

गोकुलचन्द स्वयं को रोक न पाए। उन्होंने उसे अपनी बाहों में भींच लिया और बोले, "नहीं, तुमसे मैं कोई काम नहीं करवाऊंगा।"

"मुझे अच्छे-अच्छे कपड़े ला दोगे ?" बांहों में बंधी हुई वह फिर बोली, "जैसे बाबुओं की घरवालियां पहनती हैं।"

"ला दूंगा।" गोकुलचन्द ने उसे और जोर से भींचा, "उनसे भी अच्छे कपड़े ला दूंगा।"

वह उन दो वचनों से सन्तुष्ट हो गई दिखती थी। वह उनकी बांहों में निश्चेष्ट पड़ी थी। वह अब जो चाहें कर सकते थे।

गोकुलचंद का शरीर जलने लगा था। उनके भीतर का वहशी अब छटपटा रहा था। उनका चेहरा खून की गर्मी से तपने लगा था। शरीर में अकड़ाव आ गया था और होंठ बार-बार सूख रहे थे और कुछ तोड़-मरोड़ देने की इच्छा, उनकी अपनी अंतड़ियां चटखाने लगी थी......

तभी जेठूराम ने दरवाजे पर दस्तक दी, "बाबूजी खाना।" गोकुलचंद का खून झमाके से छलका। जी में आया, जेठूराम की गर्दन पर अपने दांत गड़ा दें, और दबाते चले जाएं, जब तक की उसकी प्राण-नली फट न जाए।

उन्होंने थूक गटकी। स्वयं को किसी प्रकार संभाला और बोले, "दे जाओ।"

जेठूराम एक थाली में खाना लाया था। उसने थाली रख दी और पूछा, "दूसरी थाली ......।"

गंगा गोकुलचंद का चेहरा तक रही थी। वह क्या कहते हैं ? उसके सामने अभी स्पष्ट नहीं था कि उसे गोकुलचंद के साथ खाना है या जेठूराम के साथ। वह जानती थी कि गोकुलचंद सरकारी दफ्तर के बड़े बाबू हैं--जेठूराम ने उसे बताया था--पर वह उन्हीं के लिए आई थी। फिर वह जेठूराम के साथ खाना कैसे खाती। वैसे वह उसके गांव

का था। उसका रिश्तेदार भी था, पर यहां तो नौकर ही था न।

"दूसरी भी दे जा।" गोकुलचंद बोले।

उनकी आंखों से एकदम स्पष्ट था कि वह जेठूराम को अब वहां देखना नहीं चाहते। जेठूराम वहां से नहीं हटता, तो वह उसे धक्का ही दे देते। पर जेठूराम जल्दी से बाहर चला गया था। गोकुलचंद दरवाजे की ओर चेहरा उठाए देखते रहे। जेठूराम के पीछे दरवाजा बंद होते ही वह गंगा की ओर मुड़े।

"खाओ।" उन्होंने कहा और अपने हाथों एक कौर तोड़ कर उसके मुँह में डाल दिया।

गंगा उनकी थाली में खाने से हिचक रही थी। कहीं बड़े बाबू नाराज़ न हो जाएं। पर उनके हाथों कौर खाकर उसका संकोच खुल गया। वह खाने लगी। उसे भूख लगी हुई थी। दोपहर का खाना खाए काफी समय हो गया था और उसके बाद वह चलती ही रही थी। दोपहर की खाई खिचड़ी पेट में कितनी देर टिकती। यहां गेहूं की रोटियां थीं, जो घर पर वे लोग बहुत कम खाते थे। उसे खाना स्वादिष्ट लग रहा था।

जेठूराम दूसरी थाली दे गया था। गोकुलचंद ने थाली रखवा ली थी, पर वे दोनों एक ही थाली में से ख़ा रहे थे।

गोकुलचन्द की छाती और पेट के बीच, पेट के ऊपरी भाग में धौंकनी सी चल रही थी। उन्हें लग रहा था कि रोटी के कौर उनकी छाती पर ही कहीं अटके जा रहे हैं। खाना उनके पेट तक नहीं पहुँच रहा था। इस समय खाना उन्हें बड़ा गलत सा लग रहा था। पर गंगा बड़े शान्त मन से बैठी खा रही थी। वह खाना छोड़ भी नहीं सकते थे।

जेठूराम थालियां लेकर नीचे उतरा तो गोकुलचंद ने कमरे का दरवाज़ा भीतर से बंद कर लिया।

सहसा रक्त फिर उनके मस्तिष्क की ओर दौड़ने लगा था। वह अपने कमरे में थे और गंगा उनके साथ थी। दरवाज़ा भीतर से बंद था और रात का समय था। गंगा उनकी पत्नी नहीं थी। वह नहीं जानते थे, वह कौन थी। उसके साथ उनके संबंध की कोई सामाजिक स्वीकृति नहीं थी। फिर वह क्या चाहते हैं?

ठीक है गंगा अपनी इच्छा से उनके पास आई है। उन्होंने उसके साथ कोई धोखा नहीं किया है। पर वह नहीं जानते कि जेठूराम उसे क्या कहकर लाया है।

उनकी दृष्टि गंगा के चेहरे पर टिक गई—इससे कोई क्या धोखा करेगा। चौदह-पंद्रह वर्षों की लड़की, जो शायद अभी यौन-संबंधों के प्रति बहुत सचेत भी नहीं थी। वह अपनी आशंकाहीन आंखों से उनकी और अगली बात के लिए उसी जिज्ञासा से देख रही थी, जिस जिज्ञासा से दर्शक मंच की ओर अगले दृश्य के लिए देखता है।

गोकुलचंद पूरे पुरुष थे--बत्तीस वर्षों के। उनकी पत्नी थी, बच्चे थे। फिर गंगा से उनका क्या संबंध ?

फिर कल सवेरे ही सबको पता लग जाएगा कि हेडक्लर्क के घर में एक लड़की है। उसका चेहरा ही बता देगा कि वह उनकी रिश्तेदार नहीं है।-लोग क्या कहेंगे ?—खैर, लोगों की कोई बात नहीं। लोग कह-कहाकर चुप हो जाएंगे। वीरां को पता लगेगा तो उसे बहुत बुरा लगेगा। पर वह उनका क्या कर सकती है। वह उसे प्रसन्न रखने को बाध्य नहीं हैं।

पर गंगा ! क्या यह गंगा के साथ अन्याय नहीं होगा, वह गंगा के साथ अत्याचार नहीं कर रहे ?

सहसा ही उनकी चिंतन-शक्ति समाप्त हो गई। वह कुछ नहीं सोच रहे थे। रात का समय था, कमरे में लालटेन बहुत धीमी जल रही थी। गंगा उनके सामने बैठी थी। वह उनके किसी काम का विरोध नहीं करेगी।

गोकुलचन्द कई हफ्तों के भूखे थे।

उनका रक्त छलका। वह जाकर गंगा के साथ चारपाई पर बैठ गए। क्षण भर उसे देखा और भेड़िये के झपटने की-सी तेज़ी के साथ उन्होंने गंगा को दबोचकर चारपाई पर लिटा दिया। उनकी नसों में खून बड़ी तेज़ी से दौड़ रहा था। ऊपरी होंठ पर पसीने की बूंदें उभर आई थीं। वह बुरी तरह हांफ रहे थे……

२

गोकुलचंद की आंखें खुली तो धूप रौशनदान से उतरकर चारपाई के पैताने पर बैठी थी। उन्होंने अपने दोनों हाथों की अंगुलियों को आपस में फंसा कर, बांहों को सर के ऊपर अकड़ा कर, आवाज़ किए बिना लंबी अंगड़ाई ली। आवाज़ को उन्होंने प्रयत्न कर के बचाया था। आवाज़ से गंगा के जागने की काफी आशंका थी। वे लोग रात को काफी देर तक जागे थे। अभी से गंगा को जगाना उचित नहीं था।

उन्होंने दिन की रौशनी में पहली बार गंगा को देखा। वह उनके बगल में चारपाई पर बेसुध सोई हुई थी। उसके चेहरे पर थकावट की लकीरें रात के समान वैसी की वैसी गड़ी हुई थीं। नींद उन्हें उखाड़ फेंकने में असफल रही थी। उसका चेहरा एकदम सहज था। वहां ऐसा कोई भाव नहीं था, कि उसके जीवन में कुछ असाधारण घटा हो।

पर गोकुलचंद के जीवन में पिछली रात बहुत कुछ असाधारण घटा था। उनकी दृष्टि गंगा के चेहरे पर टिक गई। चौदह-पंद्रह वर्षों की असाधारण सुन्दरी रात-भर उनकी रही थी। ऐसी रात उनके जीवन में पहले कभी नहीं आई थी। यौन-अनुभव उन्होंने जीवन में पहली बार प्राप्त नहीं किया था। लम्बा दाम्पत्य जीवन उन्होंने भोगा था। पर फिर भी यह असाधारण थी। गंगा का परिश्रम, अल्पायु, अनभोग शरीर! —वीरां की उसके साथ कोई तुलना नहीं थी।

फिर वीरां उनकी अपनी पत्नी थी। उस पर उनका अधिकार था। उसके लिए कोई प्रयत्न नहीं करना पड़ता था, कोई जोखम नहीं उठाना पड़ता था। उसके साथ संपर्क में कोई रोमांच नहीं था। इस रोमांच का अनुभव गोकुलचंद ने पहले कभी नहीं किया था……

और सहसा गोकुलचन्द के मन में एक आशंका का जन्म हुआ। पिछली रात का रोमांच फिर उन्हें कभी नहीं मिल सकेगा। हो सकता है, गंगा उठकर वापस जाने की तैयारी आरंभ कर दे……

१६ : पुनरारंभ

गोकुलचन्द का मन मरते हुए भैंसे के समान डकराने लगा—ऐसा नहीं होना चाहिए। गंगा के छिन जाने की आशंका से पीड़ित उनका अपना खून धीरे-धीरे जमता जा रहा था।

रात को उन्होंने गंगा को अनायास मिल गए भोग के समान भोगा था। वह एक नारी शरीर मात्र थी, जिसका उपयोग करने का अवसर उन्हें संयोग से मिल गया था। उस क्षण तक उन्होंने गंगा को अपने जीवन में भावात्मक रूप में स्वीकार नहीं किया था। पर अब सहसा ही उन्हें लगा था कि पिछली रात के बाद, अब गंगा का छिन जाना वह कभी नहीं सह सकेंगे।

और उनके मन में यह धारणा जाने क्यों दृढ़ होती जा रही थी कि गंगा जिस प्रकार उनके जीवन में सहसा आ गई थी, उसी प्रकार सहसा चुपके से वह निकल भी जाएगी।

पर गंगा क्यों चली जाएगी?—उन्होंने स्वयं से पूछा—मैं उससे कोई काम नहीं करवाऊंगा। मैं उसको अच्छे-अच्छे कपड़े और गहने खरीद दूंगा। मैं उसे अच्छी-अच्छी चीजें खिलाऊंगा—! क्या फिर भी वह चली जाएगी? वह कभी नहीं जाएगी?

उसे जेठूराम लाया है—उसके मन में दूसरी आशंका उठी—हो सकता है कि जेठूराम ही उसे वापस ले जाये। हो सकता है, जेठूराम उससे प्रेम करता हो। हो सकता है, जेठूराम का उससे कोई संबंध रहा हो। पर ऐसी अवस्था में जेठूराम उसे लाकर उनके हवाले क्यों करता?—गोकुलचंद बड़ी देर तक स्वयं को विश्वास दिलाते रहे कि जेठूराम का उसके साथ कोई संबंध नहीं था।

पर ऊपरी तौर पर स्वयं को समझाकर भी वे आश्वस्त नहीं थे। आखिर जेठूराम ने गंगा को लाकर उनके हवाले क्यों कर दिया? उसका इसमें क्या लाभ है? हो सकता है कि वह उनके घर में, उनके खर्च पर उसे रखना चाहता हो। दिन भर तो वह दफ्तर में होंगे और घर में जेठूराम होगा और होगी गंगा।

उनके मस्तिष्क में जेठूराम का षड्यंत्र स्पष्ट होता जा रहा था।

गोकुलचंद को लगा कि जेठूराम के विरुद्ध उनके मन में बहुत कुछ

जमा होता जा रहा है। अब जेठूराम को देखना तक वह सहन नहीं कर पाएंगे। उसे अब इस घर में नहीं रखा जा सकता। वह स्वयं को यहीं पर नहीं रोक पाये। जेठूराम को अपनी आंखों से ओझल भर कर देना पर्याप्त नहीं था। उस रूप में तो वह और भी भयंकर हो जाएगा। आंखों के सामने रहने पर कम से कम उसके कृत्यों पर दृष्टि तो रखी जा सकती थी।

गोकुलचंद विचित्र अवस्था में फंस गये थे। यदि वह चाहते हैं कि जेठूराम उनकी आंखों के सामने भी न रहे और आंखों से ओझल भी न रहे तो उसका अर्थ एक ही है कि जेठूराम जीवित ही न रहे। गोकुलचंद ने पहले कभी किसी की हत्या नहीं की थी। पर उन्हें लगा, यदि आवश्यकता पड़ी तो वह जेठूराम की हत्या कर देंगे। खून उनके मस्तिष्क को चढ़ रहा था—जेठूराम गंगा को उनसे छीनना चाहता है!

पर जेठूराम ही गंगा को उनके पास लाया था—उन्होंने स्वयं को समझाया—यदि वह उसे उनसे छीनना ही चाहता, तो लाता ही क्यों? पर तर्क से क्या होता है। तर्क से तो कुछ भी प्रमाणित नहीं होता। उनका मन कहता था कि जेठूराम गंगा को उनके पास नहीं रहने देगा। हो सकता है, वह अभी आकर कहे कि वह गंगा को केवल एक रात के लिए लाया था। गंगा उनसे छिन जाएगी।

सहसा वे एकदम निरीह हो गए। गंगा चली जाएगी तो उनके जीवन में रह ही क्या जाएगा? उन्हें लगा कि यदि ऐसा हुआ तो वह किसी पहाड़ से खड्ड में छलांग लगा देंगे। गंगा से अलग रहकर जीने का कोई अर्थ नहीं है।

उन्हें लगा उनका खौलता रक्त शांत हो गया था। उनके भीतर का हिंस्र पशु अपने दांतों और पंजों को भूलकर गुर्राना छोड़ चुका था और किसी के पैरों पर लोटकर खुशामद के ढंग से कूं-कूं कर रहा था।

वह पस्त होकर फिर चारपाई में ढुलक गए।

गंगा करवटें बदलने लगी थी और गोकुलचंद उसके जागने की प्रतीक्षा कर रहे थे। उसे जगाना उन्हें अच्छा नहीं लग रहा था। वह

कल की काफी थकी हुई थी और रात को काफी देर से सोई थी। उसे जगाना, गोकुलचंद को कुछ वैसे ही लग रहा था जैसे दूध पीते हुए भूखे बच्चे से खेलने के शौक में उसके मुँह से उसकी बोतल छीन ली जाए। वह अपने-आपको बड़ी कठिनाई से रोक रहे थे।

रात की तृप्ति उन्हें अतीत की बात लग रही थी। उस बात को बहुत समय बीत गया था। उनका शरीर संतुष्ट नहीं था और इच्छा ने सारे अंगों में फिर से अकड़ाव पैदा करना आरंभ कर दिया था। गंगा के साथ वह अन्याय नहीं करना चाहते थे, पर अपने साथ अन्याय करने के पक्ष में भी वह नहीं थे। वह भी भूखे थे और उन्होंने अभी थाली में से एक ही कौर खाया था।......

वीरां के साथ उन्होंने कब पहली रात बिताई थी, उसकी कोई स्मृति अब उसके पास नहीं थी। पहला दाम्पत्य जीवन, इस एक ही रात ने, उनकी स्मृति में बहुत धुंधला कर दिया था। उन्हें अपने यौन-संबंध की यह पहली रात ही लगी थी। फिर वह गंगा को कितनी देर तक सोने दे सकते थे।

उनके हाथ अनायास ही गंगा के शरीर को सहलाने लग गए थे। —उन्होंने स्वयं को रोका—! वह गंगा को अभी से जगाना नहीं चाहते। पर हाथ वापस लौट गए और फिर से गंगा के शरीर को अनुभव करने लगे। इस बार गोकुलचंद ने स्वयं को नहीं रोका। उनके मन ने उन्हें समझा दिया कि गंगा के थके शरीर को इस प्रकार दबाने और सहलाने से आराम मिलेगा और वह अधिक सो पाएगी। इस प्रकार वह यह सब अपने लिए नहीं, गंगा के लिए ही कर रहे थे......

पर इससे उनके भीतर की आग भड़क रही थी। गंगा सोई रहे और वह उसे सहलाते रहें — यह तो प्यासे का रेगिस्तान की ओर बढ़ने का प्रयत्न मात्र था। इससे प्यास और बढ़ेगी। शीघ्र ही वह चाहने लगे कि गंगा निष्क्रिय न पड़ी रहे। वह प्रतिदान चाह रहे थे। एक पक्षीय प्रेम उनको तृप्त नहीं कर सकेगा।

उन्होंने गंगा को भींच लिया।

उसने आंखें खोलकर उन्हें देखा। क्षण भर के लिए उसकी आंखों

में धुंधलापन झलका और फिर साफ हो गया। उसे रात की बात याद आ गई थी। अपनी स्थिति समझने में उसे अधिक देर नहीं लगी थी।

"दफ्तर नहीं जाना ?" वह पहली बार मुसकराई, "सुना है अंग्रेज लोग दफ्तर नहीं जाने वालों से नाराज हो जाते हैं।"

गोकुलचंद के सामने वह पहली बार वाचाल हुई थी। उसकी वाचालता गोकुलचंद को, पूरे के पूरे को, ऐंठा गई। उन्होंने अपनी भुजाओं को और कस दिया।

"आज छुट्टी ले लूंगा" वह अपने मुंह में ही बुदबुदाए।

वह फिर नहीं बोली। केवल देखती रही। गोकुलचंद के भीतर ऐंठन पर ऐंठन उठ रही थी।

गंगा ने सहसा बिना कुछ बोले चारपाई से उठने का प्रयत्न किया।

"कहां जा रही हो ?" गोकुलचंद उससे लिपट गए।

"दिन चढ़ आया है।" गंगा बोली, "मुँह हाथ धो लूं।"

"अभी ठहरो !" गोकुलचंद अब रुक नहीं पाए।

उनका जी हो रहा था, वह गंगा पर टूट पड़ें। उसके मांस में अपने नाखून गड़ा दें। उसे जगह-जगह से नोच लें। अपने दांतों से उसे चीर-फाड़ डालें। उसे अपनी बांहों में झकझोर डालें। उसकी पसलियां पीस डालें।

गंगा में प्रतिदान नहीं था। वह आज्ञा के प्रति समर्पित मात्र थी। उसने अपनी ओर से कोई चेष्टा नहीं की थी।

गोकुलचंद उन्मुक्त क्रीड़ा चाहते थे। वह गंगा के सक्रिय होने की प्रतीक्षा कर रहे थे। पर गंगा में सक्रियता का कोई चिह्न नहीं था और वह अधिक से अधिक उत्तेजित होते जा रहे थे।

उन्हें लगा, वह बहुत तेज़ दौड़कर आए हुए भेड़िए के समान मुंह खोले और जीभ लटकाए हुए बुरी तरह हांफ रहे हैं। शिकार उनके सामने चुपचाप पड़ा था। अब यदि आक्रमण नहीं किया तो उनका अपने शरीर में विस्फोट हो जाएगा।

गोकुलचंद अलग हटे तो गंगा ने स्वयं को एकत्रित करने में कुछ क्षण लिए। वह निर्जीव-सी पड़ी उन्हें देखती रही। फिर उसकी

आंखों में जैसे चेतना लौटी। वह उठकर बैठ गई। वह बाहर जाना चाह रही थी।

उसने अपने कपड़े ठीक किए और उठकर खड़ी हो गई।

गोकुलचंद चारपाई में धंसे-से बहुत हल्के-हल्के हांफ रहे थे। ज्वार उतर गया था और अब वह थके-से सहज होने का प्रयत्न कर रहे थे। वह गंगा को देखते रहे। उनकी आँखें अब भी लार टपका रही थीं।

"मैं जाऊं ?" अंत में गंगा ने पूछा।

वह कुछ नहीं बोले। हल्के से सिर हिला दिया।

गंगा दरवाजे की ओर बढ़ी। फिर वह कुछ सोचती हुई मुड़ी और गोकुलचंद के पास लौट आई, "हमारा विवाह कब होगा?" उसने पूछा।

"विवाह ?" गोकुलचंद ने इस विषय में कुछ नहीं सोचा था। अब गंगा उनके सामने खड़ी पूछ रही थी कि उसका विवाह कब होगा। उनका तो हो चुका था। उन्होंने गंगा के विषय में इस रूप में तो सोचा ही नहीं था। तो क्या वह गंगा से कह दें कि वह उससे विवाह नहीं करेंगे। पर यदि वह विवाह करने से इंकार करें और गंगा उनके पास से चली जाए तो ?—उनकी छाती के भीतर कोई दीवार ढह कर गिर गई।—वह गंगा के जाने की कल्पना भी नहीं करना चाहते थे।

"विवाह !" उन्होंने फिर दुहराया। उन्होंने महसूस किया, उनका मुंह सूख गया था।

"हां।" गंगा उसी सहजता से बोली, "जेठूराम ने कहा था कि वह अपने बड़े बाबू से मेरा विवाह करवा देगा। तुम मेरे साथ विवाह नहीं करोगे तो मैं तुम्हारे साथ रहूँगी कैसे !"

गोकुलचंद कठिन स्थिति में फंस गए थे। वह गंगा से कैसे कहें कि वह उससे विवाह नहीं करेंगे। पर साथ रहने वाली बात। साथ तो रहना ही था।

उन्होंने ज़ोर की खिलखिलाहट में अपने चेहरे के भावों को छिपा

लिया, "यह तुमसे किसने कह दिया कि साथ रहने के लिए विवाह करना ज़रूरी है ? क्या हम बिना विवाह के इकट्ठे नहीं रह सकते ?"

"बिना विवाह के !" गंगा सोच में पड़ गई थी, "बिना विवाह के तुम मुझे अपने साथ रहने दोगे ?"

वह भोले अविश्वास से गोकुलचंद को देख रही थी।

गोकुलचंद के भीतर कुछ तड़क उठा।

"मैं तुम्हें अपने साथ रखूंगा।" वह बुदबुदा रहे थे, "मैं सबको छोड़ दूंगा, मगर मैं तुमको अपने साथ रखूंगा। विवाह नहीं होगा तो क्या। मैं तुम्हें विवाहिताओं से भी अच्छी तरह रखूंगा···।"

"सच !" गंगा के चेहरे पर, प्रसन्नता बहुत मुखर हो आई थी, "बिना विवाह के भी तुम मुझे अच्छे-अच्छे कपड़े ला दोगे···वैसे ही···" वह शब्दों के लिए रुकी, "वैसे ही, जैसे लोग विवाह के बाद लाकर देते हैं ?"

गोकुलचंद एक वहशी दौरे की पकड़ में थे। बोले, "मैं तुम्हें अच्छे-अच्छे कपड़े लाकर दूंगा। मैं तुम्हें गहने बनवाकर दूंगा, चांदी के नहीं, सोने के। मैं तुम्हें अच्छे-से-अच्छा खाना खिलाऊंगा। मैं तुम्हें महारानियों की तरह रखूंगा। तुम जो कहोगी, करूंगा। मैं तुम्हारा गुलाम होकर रहूंगा। बस तुम मुझे छोड़कर मत जाना···मत जाना।"

वह सहसा चुप हो गए। उन्हें लगा, वह यदि और बोले तो उनका गला रुंध जाएगा, उनके आंसू ढुलक पड़ेंगे···वह गंगा के विरह की कल्पना भी नहीं कर सकते थे।

गंगा हंस पड़ी, "तुम मुझे रखोगे, तो मैं तुम्हें छोड़कर क्यों जाऊंगी। भला देखो तो। मैं क्यों छोड़ूंगी।"

वह बच्चों की तरह हंसती जा रही थी।

गोकुलचंद ने उसके बालों में अंगुलियां फेरनी आरंभ कर दी। उन्होंने गंगा की पीठ को अपने शरीर के साथ सटा रखा था। वह उसके सामने पड़ना नहीं चाहते थे, पड़ नहीं सकते थे। वह गुनगुनाते जा रहे थे, "तुम मुझे छोड़कर मत जाना। तुम मुझे छोड़कर मत जाना···।"

सहसा गंगा ने अपनी गर्दन पर बल दिया, आंखें तिरछी कीं और बोली, "तुम्हारी घरवाली आ जाएगी, तब भी मुझे रखोगे ?"

गोकुलचंद चौंके—तो उसे पता था कि वह विवाहित हैं। जेठूराम ने बहुत अच्छा किया जो उसे बता दिया, नहीं तो वह अपने संकोच और आशंकाओं में उससे इस तथ्य को छिपाते ही रहते। अब वह जानते हैं कि गंगा ने उन्हें विवाहित जानकर भी स्वीकार किया है।

"हां ! तब भी रखूंगा। तुम हमेशा मेरे साथ रहोगी।" उन पर उन्माद छाया हुआ था। वह नहीं जानते थे कि वह क्या कह रहे हैं। वह इतना ही चाहते थे कि गंगा को किसी प्रकार यह मनवा लें कि वह गंगा को सदा अपने पास रखेंगे।

गंगा पर गोकुलचंद की गंभीरता का कोई प्रभाव नहीं हुआ था। वह नहीं जानती थी कि गोकुलचंद के लिए यह जीवन-मरण का प्रश्न बन गया था। गंगा का खिलंडरापन जाग गया था और वह बच्चों की भोली जिज्ञासा के साथ अपने प्रश्नों के तार को खींचती जा रही थी, एकदम खेल में।

"और तुम्हारी घरवाली ने मुझे घर से निकाल दिया तो ?" गंगा ने फिर पूछा।

यह प्रश्न गोकुलचंद के मस्तिष्क की सतह पर से फिसलता हुआ निकल नहीं गया। वह धंस गया। उसकी गति सीधी न होकर, नीचे की ओर थी। वह मस्तिष्क से धंसता हुआ वक्ष में उतर गया और जहां-जहां गया, बस चीरता चला गया। उसके चीरने में मदिरा की मादकता नहीं थी, उसमें तेज़ाब की तेज़ी और जलन थी।

गोकुलचंद का रक्त खौलने लगा था। क्रोध के आधिक्य से उनके मुंह में झाग बनने लगी थी।

"मैं अपनी घरवाली के टुकड़े-टुकड़े कर डालूंगा।" वह चीख कर बोले, "वह कौन होती है तुम्हें घर से निकालने वाली। घर मेरा है, मैं जिसे चाहूंगा, रखूंगा और जिसे चाहूंगा, निकाल दूंगा। वह यदि तुम्हारे साथ रहना नहीं चाहेगी, तो जहां चाहे चली जाए। उसके लिए इस घर में कोई स्थान नहीं है। तुम्हें जब भी वह कुछ कहे, तुम

उसे घर से निकाल देना…।"

सहसा वह चुप हो गए। वीरां यहां नहीं थी और न ही उसने गंगा को कुछ कहा था। उसके प्रति इतने क्रोध का कोई अर्थ नहीं था। वीरां द्वारा गंगा के निकाले जाने की कल्पना ने ही उन्हें विक्षिप्त कर दिया था। सायास उन्होंने स्वयं को नियंत्रित किया।

गंगा इस बार खिलखिलाकर हंसी नहीं। वह गोकुलचंद के इस क्रोध से आतंकित हो गई थी। जैसे खेल-खेल में बच्चा घर से दूर जंगल में निकल जाए और अकस्मात् ही अपने सामने किसी हिंस्र पशु को खड़ा देखे। उसकी आंखों में भय तैर रहा था। उसकी वाचालता उसे छोड़ गई थी। वह सहसा ही अपनी आयु से बड़ी लगने लगी थी।

उसे लग रहा था कि वह न गोकुलचंद का विरोध करने की स्थिति में है, न समर्थन। वह केवल उनकी आज्ञा का पालन कर सकती है।

और तभी गोकुलचंद ने सीढ़ियों पर किसी की पद-चाप सुनी। शायद जेठूराम उन्हें जगाने आ रहा था!

३

वीरां बहुत सारी तैयारियां करके घर से चली थी। इतनी लम्बी यात्रा थी। बड़े दोनों बच्चे उसने घर पर ही छोड़ दिए थे। साथ में केवल पांच वर्षों का जुगल था। बच्चों को क्या पता होता है कि वे घर में हैं या यात्रा कर रहे हैं। वह तो जब चाहेगा, मांग बैठेगा। उसकी मांगों को ध्यान में रखकर वीरां ने तैयारी की थी। फिर गोकुलचंद 'नगर' में अब तक अकेले हैं। पुरुषों को इस बात की क्या समझ कि घर के लिए क्या आवश्यक है, क्या नहीं। उसने अपनी ओर से पूरी गृहस्थी का सामान जुटा लिया था।

रेल की एक दिन की यात्रा कर के वह पठानकोट पहुंची थी और फिर तांगे में दो दिनों की यात्रा करके पालमपुर। यहां तक उसका देवर साथ आया था। पर पालमपुर में गोकुलचंद के भेजे हुए चपरासी और

जेठूराम उन्हें मिल गए थे। पालमपुर से आगे उन्हें खच्चर पर जाना था। खच्चरों का प्रबंध चपरासी ने पहले से कर रखा था।

एक खच्चर पर जुगल को लेकर वीरां बैठ गई थी और बाकी तीन खच्चरों पर उसका सामान था। जेठूराम और चपरासी पैदल ही चल रहे थे।

वे सुबह तैयार होकर कुछ खा-पीकर निकल पड़ते थे और शाम तक अंतहीन उतार-चढ़ाव और मोड़दार रास्ते पर चलते रहते थे। एक दिन में वे बड़ी कठिनाई से एक पड़ाव तय करते थे। इस प्रकार नगर तक पहुंचने में दस दिन लगने थे।

पहले दिन जुगल आराम से वीरां के खच्चर पर बैठा रहा था। वह बड़ी तन्मयता से पहाड़ों, खड्डों, रास्ते में मिलते झरनों, कूलों और जंगलों को देखता आया था। पर शाम होते-होते ही इस प्रकार बंधकर बैठे रहने से वह बुरी तरह उक्ता गया था। उस दिन तो किसी प्रकार वीरां ने प्यार, डांट और उपदेशों से बैठाए रखा था, पर दूसरे दिन वह एक घंटे से अधिक खच्चर पर बैठे रहने को तैयार नहीं था। वह जगह-जगह रुकना चाहता था। खच्चर से उतरकर खेलना चाहता था पर वीरां उसे इनमें से किसी बात की अनुमति नहीं दे सकती थी। वह उसकी जरा सी भी बात मान लेती तो वह एक दिन में एक पड़ाव भी पूरा नहीं कर सकते थे। वह अपनी यात्रा को किसी भी रूप में और लंबी करने को तैयार नहीं थी। एक दिन में एक पड़ाव तय न करने पर रात को ठहरने की भी समस्या थी। सरकारी डाक बंगला तो पड़ाव पर था। रास्ते में कहां ठहरा जाता!

वे लोग जुगल की ज़िद के विरुद्ध चलते जा रहे थे। थोड़ी देर वह खच्चर पर बैठा रहता और फिर उतरने के लिए शोर मचाने लगता। जब उसे खच्चर पर बैठाए रखना असंभव हो जाता तो उसे जेठूराम अपने कंधे पर बैठा लेता। कभी-कभार उसकी बात मानकर, उसे थोड़ा-सा पैदल भी चलने दिया जाता और फिर वह या तो वापस खच्चर पर पहुंच जाता या चपरासी के कंधे पर।

पर तीसरा दिन समाप्त होते-होते तक वीरां स्वयं भी इस अंतहीन

यात्रा से उकता गई। खच्चर पर बैठे-बैठे उसकी अपनी कमर भी दुखने लगी थी। और फिर वह जल्दी से नगर पहुंचकर अपने पति से मिलना चाहती थी। गोकुलचंद को नगर आए हुए छः महीने हो गए थे और इन छः महीनों में उसे उनकी तीन या चार चिट्ठियां मिली थी पहले भी वह अपने पति से अलग रही थी, पर यह अंतराल सबसे लंबा था। उसने कितनी बार, उनकी अनुमति के बिना ही चल पड़ने की बात सोची थी पर यात्रा का समय और दूसरी कठिनाइयों को सोच कर वह चुप रह जाती थी। इतनी लंबी यात्रा, बिना पूरी व्यवस्था के नहीं हो सकती थी। और गोकुलचंद ने उसे लिखा था कि दस दिनों की खच्चर यात्रा के लिए बहुत सारा प्रबंध करना पड़ता है। स्वयं वह इतनी लंबी छुट्टि लेकर आ नहीं सकते थे। और चपरासी को उसकी अगवानी के लिए भेजने के लिए, सरकारी अनुमति लेनी पड़ती थी। फिर रास्ते में डाक-बंगलों में ठहरने के लिए काफी पत्र-व्यवहार करना पड़ता था। इतना सारा प्रबंध जल्दी नहीं हो सकता था।

वीरां सोच रही थी कि उसने अच्छा ही किया था कि गोकुलचंद की बात मानकर ठहर गई। यदि वह अपनी ज़िद में चल पड़ी होती, खच्चरों और डाक-बंगलों में ठहरने का प्रबंध न हुआ होता, यात्रा में उसकी सहायता के लिए दो आदमी उसके साथ न होते तो वह जुगल को साथ लिए-लिए न जाने कहां-कहां की ठोकरें खाती।

किंतु इतनी प्रतीक्षा के बाद अब गोकुलचंद से मिलने को बहुत उतावली हो उठी थी। उसे स्वयं अपने-आप पर आश्चर्य हो रहा था कि गोकुलचंद से दूर, स्यालकोट में उसने अकेले छः महीने कैसे काट दिए। वे तो अब कट गए थे, पर ये दस दिन नहीं कट रहे थे। स्यालकोट में जुगल तथा बड़े दोनों बच्चे काफी समय तक उसका ध्यान स्वयं में लगाए रखते थे। पर यहां जुगल और वह दोनों ही अपने-अपने ढंग से रास्ता समाप्त होने की प्रतीक्षा कर रहे थे।

आरंभ में रास्ते के पहाड़ी सौन्दर्य ने वीरां का ध्यान कुछ खींचा था पर अब वैसे ही दृश्यों की पुनरावृत्ति और उनकी एकरूपता उसमें उकताहट पैदा कर रही थी। उसने दो-चार बार रास्ते की लंबाई की

शिकायत भी की थी, पर अब संकोच में चुप थी। कहीं जेठूराम और चपरासी उसकी उतावली न भांप जाएं।

कटराई तक पहुंचकर उसका धैर्य एकदम जवाब दे गया था, पर उसे जेठूराम ने बता दिया था कि अब वे लोग 'नगर' के बहुत समीप पहुंच चुके हैं और हो सकता है कि जगतसुख गांव वाली मोड़ तक स्वयं बड़े बाबू आए हों। वह जल्दी से जल्दी जगतसुख वाले मोड़ तक पहुंच जाना चाहती थी। गोकुलचंद वहां आए हों, तो फिर उनके साथ चाहे उसे पांच दिन और यात्रा करनी पड़े।

धीरे-धीरे उसकी इच्छा का रूप उसके मन में बहुत स्पष्ट होता जा रहा था। अब वह स्पष्ट समझ रही थी कि उसे नगर पहुंचने की कोई जल्दी नहीं थी। जल्दी उसे गोकुलचंद से मिलने की थी। यदि जेठूराम और चपरासी को भेजने के बदले वह स्वयं पालमपुर आ गए होते तो यह दस दिनों की यात्रा उसे कुछ भी न लगती। हो सकता है कि वैसी स्थिति में उसे यह यात्रा भली लगती।

पर गोकुलचंद जगतसुख वाली मोड़ पर भी उन्हें नहीं मिले और वे लोग, जितनी तेज चलना संभव था, चलते हुए नगर की ओर बढ़ रहे थे। 'नगर' से दो मील इधर पेड़ों के झुंड के पीछे से निकलकर खच्चर-सड़क जब सीधे नगर के चेहरे को तकने लगी तो गोकुलचंद उन्हें प्रतीक्षा में खड़े मिले।

अब तक जेठूराम और चपरासी वीरां के सहायक थे, वे लोग उसे दस दिनों की दूरी से लाये थे और उसके प्रत्येक सुख-आराम का ध्यान रखते आये थे; किन्तु इस समय उनकी उपस्थिति उसे बुरी तरह खल रही थी। गोकुलचंद सामने खड़े थे। वीरां ने उन्हें छः महीनों के पश्चात् देखा था और अब भी वह दौड़कर उनकी छाती से नहीं लग सकती थी।

गोकुलचंद धीरे-धीरे उनकी ओर बढ़ रहे थे। उनकी चाल में कोई तत्परता नहीं थी। चेहरे पर किसी प्रकार का उत्साह नहीं था। वीरां अथवा जुगल की ओर वे लपककर नहीं बढ़े थे। जैसे वे लोग छः महीनों के पश्चात्, स्यालकोट से तेरह दिनों की यात्रा करके न आये

हों, अगली मोड़ तक सैर के लिए जाकर लौट रहे हों।

"कैसी हो ?" गोकुलचंद ने भाव-शून्य स्वर में पूछा।

वीरां ने बड़े हल्के से सिर हिला दिया। वह अपनी प्रसन्नता को बड़ी कठिनाई से फूट पड़ने से रोक रही थी। गोकुलचंद ने जरा खुल कर व्यवहार किया होता तो शायद वह जेठूराम और चपरासी की भी उपेक्षा कर जाती। पर गोकुलचंद उसे बहुत थके हुए, उदास और कमज़ोर लग रहे थे। वीरां अपनी भूल पर पछता रही थी। उसे इतने समय के लिए अपने पति से अलग नहीं रहना चाहिए था। नौकर तो पत्नी की जगह नहीं ले सकता। पता नहीं उन्हें ठीक से कुछ खाने को भी मिला है कि नहीं। कितने कमज़ोर हो गए हैं।

उसने अपने संकोच को परे धकेला और खच्चर से उतरने की चेष्टा करने लगी। उसे उतरते देख गोकुलचंद ने उसका हाथ थामा, उसे सहारा दिया और नीचे उतार लिया। वे आमने-सामने खड़े एक दूसरे को देख रहे थे।

"रास्ते में तकलीफ तो नहीं हुई ?" गोकुलचंद ने पूछा।

वीरां ने इंकार की मुद्रा में ज़रा सा मुस्कराकर हल्के से आंखें बन्द कर लीं।

गोकुलचंद जुगल की ओर घूमे। वह इस समय जेठूराम के कंधे पर बैठा हुआ था। उसने पिता को पहचान लिया था। मां ने उसे पहले ही बता दिया था कि वह अपने पिता के पास जा रहा है। पर वह पहचानकर भी कुछ संकोच और कुछ उनके आतंक के मारे चुपचाप बैठा हुआ था।

गोकुलचंद ने जुगल को अपनी गोद में ले लिया। बाप-बेटे ने एक-दूसरे की ओर देखा भर। फिर उन्होंने उसे ज़मीन पर खड़ा कर दिया और अपनी अंगुली उसे पकड़ा दी।

उन्होंने खच्चर-सड़क छोड़ दी और पगडंडी के मार्ग से क्वार्टरों की ओर जाने वाली चढ़ाई चढ़ने लगे। जेठूराम और चपरासी खच्चरों को लेकर सड़क के मार्ग से आ रहे थे।

वीरां को उनसे अलग हो अपने पति के साथ चलना अच्छा लग

रहा था । वे दोनों साथ-साथ चलते जा रहे थे । जुगल का एक हाथ गोकुलचंद ने पकड़ रखा था, दूसरा वीरां ने । बोल कोई भी नहीं रहा था । अलग हुए बहुत समय हो गया था । इस अवधि में पत्र-व्यवहार भी कोई विशेष नहीं हुआ था । बीच में इतनी बातें हो गई थीं । वीरां कहां से बात आरम्भ करे । गोकुलचंद थके-से लग रहे थे, जैसे रात को सोये न हों । शायद दफ्तर का बहुत काम करना पड़ता है । आराम पूरी तरह से नहीं करते होंगे । अब वह आ गई है तो ध्यान रखेगी ।

वे लोग क्वार्टरों के समीप आ गये थे । चढ़ाई लगभग समाप्त हो गई थी । बहुत सारी स्त्रियां और बच्चे क्वार्टरों, के बाहर खड़े उनकी ओर देख रहे थे । उन्हें पता लग गया था कि बड़े बाबू के घर से लोग आ गये हैं । वीरां इस दृश्य से काफी परिचित थी । वे स्त्रियां देखने आई थीं कि उन्हें किससे निभाना है । वीरां उनकी अफसर नहीं थी, पर उसका पति तो उनके पतियों का अफसर था । इसलिए उन स्त्रियों के बीच वीरां का स्थान भी अफसर का-सा था ।

वे लोग उस झुंड के पास से चुपचाप गुजर गये थे । गोकुलचंद के साथ रहने के कारण उनमें से कोई उससे नहीं बोला था जबकि वह जानती थी कि सब लोग उससे बोलने को उत्सुक थे । गोकुलचंद से अधिकांश स्त्रियां परदा करती थीं, इसलिए उत्सुकता दुपट्टे की ओट में छिप गई थी । किसी एक स्त्री ने साहस करके 'नमस्ते जी' कह दिया था । वह कौन थी, यह वीरां नहीं देख पाई थी । पर उसने भी हाथ जोड़कर एक सामान्य 'नमस्ते जी' सबकी ओर उछाल दी थी । झुंड के चेहरों से लगा था कि उन्हें यह बात अच्छी लगी है । बातचीत नहीं हुई थी, किन्तु अभिवादन का आदान-प्रदान हो गया था । उन्हें बड़े बाबू की घरवाली का स्वभाव अच्छा लगा था ।

जब वे लोग उनके पास से गुजर रहे थे तो बच्चे भी चुप थे, पर जब वे लोग बढ़ गये तो बच्चों का शोर उनका पीछा करने लगा था और जुगल मुड-मुड़कर पीछे देख रहा था ।

क्वार्टर का ताला गोकुलचंद ने खोला और आगे-आगे चलते हुए सीढ़ियां चढ़ गये । दरवाज़ा खोला और जाकर चारपाई पर बैठ गये ।

जुगल बाहर बरामदे में खड़ा नीचे की ओर झांकता रहा, उसे अपने मां-बाप या उनके लम्बी अवधि के बाद के मिलने में कोई रुचि नहीं थी।

वीरां जाकर गोकुलचंद के साथ चारपाई पर बैठ गई। गोकुलचंद तब भी कुछ नहीं बोले। वह दीवार की ओर देख रहे थे और देखते रहे।

वीरां उनके और पास सरक आई।

"क्या बात है ?" उसने धीमे से पूछा।

"कुछ नहीं।" गोकुलचंद अनमने से उठ खड़े हुए, "मेरा स्वास्थ्य इन दिनों कुछ ठीक नहीं है और मेरे दफ्तर में काम भी बहुत है।"

वे टहलते हुए से कमरे के दरवाजे तक गये और लौटकर बोले, "अच्छा ! मैं दफ्तर से थोड़ी देर की छुट्टी लेकर आया था, ताकि तुम लोगों से मिल आऊं। देर हो गई तो साहब नाराज़ होंगे। अंग्रेजी लोग समय के बहुत पक्के होते हैं।"

गोकुलचंद चले गये और वीरां कमरे में अकेली रह गई।

वह चाहती थी कि गोकुलचंद आज दफ्तर न जाएं। इतने दिनों के बाद तो वे मिले थे। पर आज छुट्टी का दिन नहीं था और पत्नी के आने की खुशी में किसी भी बाबू को छुट्टी नहीं मिल सकती, चाहे वह स्वयं बड़ा बाबू ही क्यों न हो।

वैसे भी थोड़ी देर में जेठूराम और चपरासी सामान लेकर आ जायेंगे और उसे सामान को ठीक-ठिकाने रखना होगा। घर कैसा गंदा हो रहा था, जैसे किसी ने कभी सफाई ही न की हो। अच्छा हो कि शाम को गोकुलचंद के आने तक वह घर को ठीक-ठाक कर दे।

गोकुलचंद के जाने के थोड़ी देर बाद ही बहुत सारी स्त्रियां वीरां से मिलने के लिए आ गईं। वे शायद इस ताक में ही थीं कि गोकुलचंद बाहर जाएं और वे आ जाएं। कुछ ने दूर से ही नमस्ते की और बैठ गईं। वीरां ने फर्श पर चटाई बिछा दी थी। कुछ स्त्रियां, जो उसकी अपनी आयु की थीं, और आगे बढ़ीं। उन्होंने उससे गले मिलकर 'रामसत' की और बैठ गईं। स्त्रियों के साथ कुछ बच्चे भी आये थे,

जो अपनी मांओं के इर्द-गिर्द मंडराते फिर रहे थे। दो-एक बच्चे जुगल से खेलने लग गये थे।

वीरां को लगा, ये स्त्रियां बहुत दिनों से उसकी प्रतीक्षा कर रही थीं और उसके आने से बहुत प्रसन्न थीं। उन्होंने कई बार बातों ही बातों में उससे कहा था कि उसके स्वयं वहां न होने के कारण उसका घर लुट रहा था। अब वह आ गई तो सब कुछ ठीक हो जाएगा।

उसे भी आशंका थी कि घर को एकदम नौकर के हाथ में छोड़ना, घर को लुटाना है। गोकुलचंद इतने चतुर नहीं थे कि वह नौकर पर और उसके द्वारा किए गए खर्च पर इस प्रकार दृष्टि रखें कि घर लुटने से बच सके। किंतु, यहां तो पड़ोसिनें तक जानती थीं कि घर लुट रहा था और गोकुलचद को पता ही नहीं था। पुरुष भी बस पुरुष ही होते हैं—उसने सोचा। पर उसके पास कोई प्रमाण नहीं था और न ही कोई उसे कुछ बताने को तैयार था, जिससे वह नौकर से कुछ पूछ-ताछ कर सके।

थोड़ी देर में सारी स्त्रियां और बच्चे चले गए थे, केवल पड़ोस के बाबू घनश्यामदास की पत्नी सोमा रह गई थी। वह आई तो शेष स्त्रियों के साथ थी, पर जाने में उसने उनका साथ नहीं दिया था। वह साथ वाले क्वार्टर में रहती थी, इसलिए शेष लोगों की अपेक्षा उसका अधिकार वीरां पर अधिक था। उसी ने वीरां से किसी चीज की आवश्यकता होने पर ले लेने की ज़िद सबसे अधिक की थी।

जब शेष स्त्रियां जा रही थीं और सोमा वहां से हिली नहीं तो वीरां ने देखा था कि प्रत्येक स्त्री ने उस पर एक रहस्यमयी दृष्टि डाली थी। सोमा भी उनकी ओर देख-देखकर, आश्वासन-सा देती हुई मुस्कराई थी और वीरां यह जानने के लिए बहुत उत्सुक हो उठी थी कि यह सारी रहस्यमयता क्यों है। उसे उन लोगों के व्यवहार से बार-बार लगा था कि कोई ऐसा सामान्य रहस्य है, जिसे वे सब लोग जानती हैं, केवल वही नहीं जानती। उसे यह भी लगा था कि वे लोग वह रहस्य उससे छिपाना नहीं चाहती थीं, पर बताती-बताती रुक जाती थीं। किंतु जब तक कोई उसे बताएगा नहीं, वह कैसे जानेगी।

सोमा के पीछे रुक जाने से उसे काफी ग्राशा हुई थी कि वह उसे कुछ बता जाएगी । पर वह ग्रधिकांशतः उसके मायके ग्रौर ससुराल वालों के विषय में पूछती रही थी ग्रौर ग्रपने मायके ग्रौर ससुरालवालों के विषय में बताती रही थी कि उसके मायके वाले काफी ग्रमीर लोग थे ग्रौर ससुराल वाले एकदम ही टंटपूंजिया लोग थे । केवल उसके पति, घनश्यामदास पढ़-लिखकर सरकारी दफ्तर में नौकर हो गए थे ग्रौर बड़े ग्रादमी हो गए थे । यदि सोमा संभलकर न चलती तो उसके ससुराल वाले उसके पति को लूटकर खा जाते । इसलिए उसने ग्रपने ससुराल वालों से ग्रधिक मेल-जोल नहीं रखा था

उठकर जाते समय उसने कहा था, "बहन ! स्वयं को यहां ग्रकेली मत समझना । हम सब तुम्हारे साथ हैं । हां ! कहीं स्वयं को ग्रकेली समझकर गम खा जाग्रो । किसी से झगड़ा हो तो भी चिंता मत करना, सभी बाबुग्रों की घरवालियां तुम्हारा साथ देंगी ।"

सोमा चली गई थी ग्रौर वीरां उसे देखती रही थी । 'कपत्ती ग्रौरत'[1]—उसके जाने के बाद वीरां ने सोचा था —स्वयं ससुराल वालों से लड़ी बैठी है तो समझती है कि सभी लोग झगड़ालू होते हैं । मुझे किसी से झगड़ा करके क्या करना है, जो सभी बाबुग्रों की घर-वालियां मेरा साथ देंगी । जैसे मुझे कहीं हमला करना हो ।

उसने सब कुछ ग्रपने मस्तिष्क से झटक दिया ग्रौर घर के छोटे-मोटे कामों में लगी गोकुलचंद की प्रतीक्षा करती रही ।

शाम को गोकुलचंद काफी देर से ग्राए थे । तब तक उनकी तबियत ग्रधिक खराब हो गई थी । उनके सिर में बहुत दर्द हो रहा था । उन्होंने कुछ खाया भी नहीं ग्रौर सोने चले गए । वीरां ने बहुत कहा कि वह उनका सिर दबा देगी, पर वे टाल गए । वीरां ने जिद की तो उन्होंने उसे शक्ति से डांट दिया, "तुम इतनी लंबी यात्रा कर के ग्राई हो । थकी-थकाई हो । तुमसे सिर दबवाता मैं ग्रच्छा लगता हूं ।"

वीरां को उनकी ग्रावाज़ का तीखापन बुरा लगा । छः महीने के

१. झगड़ालू ।

बाद, तेरह दिनों की यात्रा कर के वह आज उनसे मिली है और वह कैसी बेरुखी से बोल रहे हैं। उसने कोई बुरी बात कही है क्या। सिर दबाने के लिए ही तो कहा है। सुख-दुख तो घर में चलता ही रहता है। अब पति की अस्वस्थता में पत्नी सेवा नहीं करेगी तो क्या कोई बाहर से आएगा ?

वह रूठकर गोकुलचंद की ओर पीठ कर लेट रही।

वह बहुत देर तक प्रतीक्षा करती रही कि गोकुलचंद उसे बुलाएंगे, उससे बातचीत करेंगे। पर गोकुलचंद का ध्यान उसकी ओर नहीं था। वह करवटें बदल-बदलकर सो गए थे।

वीरां को मिलने आने वाली सारी पड़ोसनें याद आ रही थीं। और उसके मन में बहुत सारी आशंकाएं घिर आई थीं।

४

"आज क्या है मां ?" जुगल वीरां से पूछ रहा था।

वीरां काफी व्यस्त थी। रसोई का सारा काम अभी पड़ा था। मुश्किल से अभी तक घर की सफाई करवाई थी, खुद नहाई-धोई थी और जुगल को नहला-धुलाकर तैयार किया था। जेठूराम तो वैसे ही बड़ा आलसी था, हर काम धीरे-धीरे करता था और फिर आज का सारा काम वीरां स्वयं करना चाहती थी। गोकुलचंद उसके कामों में बाधा डाल रहे थे। हर दो क्षणों बाद उसे आवाज़ लगा देते थे और उसे अपना काम छोड़कर भागना पड़ता था। उन्हें पता नहीं क्या हो गया था। सुबह से बड़े प्रसन्न थे और बड़े समारोह के साथ तैयार हो रहे थे। उन्हें किसी न किसी चीज़ की आवश्यकता पड़ जाती थी और वीरां को उठना पड़ता था।

"आज दशहरा है बेटे !" उसने जल्दी-जल्दी जुगल की निकर के गैलेस लगाए और उसके बाल संवारने लगी, "आज के दिन भगवान राम ने रावण को मार कर लंका जीति थी। आज के दिन भलाई की

बुराई पर विजय हुई थी। भगवान राम अच्छे थे। रावण बुरा था। आज के दिन सीता माता, लंबे विरह के बाद भगवान से मिली थीं।"

जुगल ने मां की बात सुनते-सुनते, चुपचाप कंघी करवा ली थी। नहीं तो कंघी करवाते हुए वह अवश्य शोर मचाता था।

मां की सारी बातें उसकी समझ में नहीं आई थीं। पर मां बहुत जल्दी में थी। उसके पास बहुत काम था। वह कभी इधर भाग रही थी, कभी उधर। जुगल उससे हर बात का अर्थ पूछ नहीं पाता था। और हर बात का अर्थ पूछना या जानना आवश्यक भी नहीं था। मां ने उसे सवेरे ही बता दिया था कि पिताजी उसे आज मेला दिखाने ले जाएंगे—उसके लिए यही काफी था। वह मेला देखने जा रहा था। वहां बहुत सारे लोग होंगे। बहुत सारी दुकानें होंगी। वहां बहुत सारी चीज़ें बिक रही होंगी। उनमें खिलौने होंगे, मिठाइयां होंगी। वह खिलौनों से खेलेगा और मिठाइयां खाएगा। उसे मां ने बताया था, वहां बहुत सारे खेल होते हैं। झूले होते हैं—गोल-गोल घूमने वाला, तथा ऊपर से नीचे और नीचे से ऊपर झुलाने वाले। मां ने पिताजी से कह दिया था कि वह उसे झूले अवश्य दिलवा दें।

वह मां से पूछना चाह रहा था कि वहां मेले में भगवान राम भी आएंगे क्या और रावण को वे उसके जाने के पहले तो नहीं मार देंगे। वह रावण को मरते हुए देखना चाहता था। उसे किसी ने बताया था कि जब रावण मरता था तो खूब पटाखे बजते थे, ज़ोर-ज़ोर के पटाखे। उसे पटाखे बहुत पसंद थे। रावण हर साल मरता था और हर साल पटाखे बजते थे। पर वह अभी तक उसे देख नहीं पाया था। आज वह अवश्य उसे देखेगा। यदि रावण हर साल मरता है—वह सोच रहा था—तो हर रोज क्यों रहीं मरता। रोज दशहरा हो तो कितना मजा आए। रोज मेला लगे, रोज पटाखे बजें......

गोकुलचंद बाहर जाने के लिए तैयार हो गए। उन्होंने जुगल को आवाज लगाई।

जुगल के मेले जाने की प्रसन्नता में एक ही बाधा थी। मां साथ नहीं जा रही थी। उसे पीछे रहकर शेष तैयारियां करनी थी। पिताजी

के साथ अकेले जाकर जुगल प्रसन्न नहीं था। पिताजी के साथ अकेले होते ही उस पर एक प्रकार का आतंक-सा छा जाता था। वह उसे मारते नहीं थे; पर उससे कभी उस प्रकार कोमल होकर भी नहीं बोलते थे, जिस प्रकार मां बोलती थी। पिताजी के साथ उसका संबंध मां के माध्यम से ही था। पिताजी के साथ अकेले होते ही सब कुछ अटपटा जाता था।

पर मेला देखने की खुशी इतनी थी कि वह पिताजी के साथ अकेले जाने से इंकार नहीं कर सकता था।

गोकुलचंद ने जुगल को अपनी अंगुली पकड़ा दी और वीरां से बोले, "मैं शाम तक आ जाऊंगा। बाज़ार से मिठाई इत्यादि जो कुछ लाना है, मैं ले आऊंगा। घर में तैयार होने वाली चीजें तुम बना रखना। शाम को आऊंगा तो पड़ोसियों के घर मिठाई भेज देंगे।"

वीरां ने चुपचाप सिर हिला दिया और अपने काम में लग गई।

गोकुलचंद जुगल को लेकर क्वार्टर से निकल आए।

जुगल से उन्होंने कोई बात नहीं की थी। जुगल चाहता भी नहीं था कि वह उससे कोई बात करें, क्योंकि सीधे उन्हीं से कुछ कहने में जुगल को संकोच आ घेरता था। वह बस इतना ही चाहता था कि पिताजी हर दुकान के सामने खड़े होकर उससे पूछ लें कि उसे क्या लेना है और वह अंगुली के संकेत से उस वस्तु के विषय में बता दे। फिर पिताजी उसे वह चीज ला दें। बातें, वह घर आकर मां से कर लेगा।

वे लोग, बगीचों की सिंचाई करने वाले कूल के साथ-साथ, झरने की ओर बढ़ रहे थे।

झरने के पास पहुंचकर गोकुलचंद रुक गये।

जुगल ने देखा, वहां एक स्त्री खड़ी थी। वह उसके पिताजी की ओर इस प्रकार बढ़ी थी, जैसे उन्हीं की प्रतीक्षा कर रही हो। गोकुलचंद भी उसके लिए रुक गए थे। वे दोनों एक-दूसरे को देख रहे थे। जुगल उस स्त्री को पहचानने का प्रयत्न कर रहा था, पर उसे उसके विषय में कुछ भी याद नहीं आ रहा था।

"बहुत देर हो गई क्या ?" गोकुलचंद ने पूछा।

"हां।" गंगा के चेहरे पर उपालंभ था, "मैं तो सवेरे से यहां खड़ी हूं। मैं तो डर रही थी कि तुम आओगे ही नहीं।"

"आता कैसे नहीं।" जुगल ने देखा, उसके पिता एकदम बदल गए थे। उसने उन्हें इस प्रकार प्रसन्न होकर किसी से बातें करते हुए कभी नहीं देखा था। वह कह रहे थे, "तुम नहीं समझ सकतीं कि ये दिन मैंने तुम्हारे बिना कैसे गुजारे हैं ?"

"मेरी बात सोचो।" गंगा ने कहा, "मां अलग नाराज हो रही थीं कि मैं अकेली मायके क्यों चली आई और फिर तुम मुझे लेने भी नहीं आए। मैंने उन्हें किसी तरह समझा दिया। वह यह भी चाहती थीं कि मैं दशहरा वहीं बिताऊं, पर मैंने कहा कि तुमने मुझे दशहरे के दिन बुलाया है।"

"अच्छा चलो।" गोकुलचंद बोले, "मेले की ओर चलते हैं।"

और फिर उन्होंने जुगल का हाथ गंगा को पकडा दिया, "इसे अब तुम पकड़ो।"

जुगल ने सिर उठाकर गंगा के चेहरे की ओर देखा और फिर सहसा उसने झटके से अपना हाथ छुड़ा लिया और फिर गोकुलचंद की अंगुली पकड़ ली।

गंगा जोर से हंस पड़ी, कुछ बोली नहीं।

"डरता है। अभी पहचान जाएगा।" गोकुलचंद ने कैफियत दी और फिर जुगल से बोले, "डरो नहीं ! यह तुम्हारी मां है।"

जुगल ने अविश्वास से उनकी ओर देखा और धीरे से भयभीत स्वर में बोला, "मां तो घर पर है।"

"यह तुम्हारी छोटी मां है।" गोकुलचंद बोले, "इनकी अंगुली पकड़ लो।"

गंगा ने जुगल के पास आने का कोई प्रयास नहीं किया। वह चुपचाप अपनी जगह पर खड़ी देखती रही कि वह क्या करता है।

जुगल की आंखों में अविश्वास अब भी था। वह कभी गोकुलचंद को देखता था कभी गंगा को। पर गोकुलचंद के स्वर और मुद्रा में

कुछ ऐसा था, जिसने जुगल को अपना विरोध और अविश्वास दबा देने को बाध्य कर दिया था। वह अपने पिता का विरोध नहीं कर सकता था। फिर उसने गंगा के चेहरे को बार-बार देखा था। वहां उसे डराने वाली कोई बात नहीं थी। वह मां के समान आगे बढ़कर उसे गोद में ले, प्यार नहीं कर रही थी, पर वह उसे डरा भी नहीं रही थी। अंत में उसने पिता की बात मान लेनी ही उचित समझी और आगे बढ़कर उसने गंगा की अंगुली पकड़ ली।

वे लोग पहाड़ी से नीचे उतर कर खुले मैदान में आ गए थे। मैदान में काफी भीड़ थी। बहुत सारे लोग जमा थे। चारों ओर दुकानें ही दुकानें थीं, जिनमें तरह-तरह की चीजें बिक रही थीं। दुकानों और उनमें बिकती चीजों को देखकर, जुगल अपनी नई और पुरानी मां की समस्या को भूल गया था। वह बस यही चाहता था कि उसे कुछ खिलौने खरीद दिए जाएं।

आज गोकुलचंद ने उसे किसी चीज़ के लिए मना नहीं किया था। उसे लगा वे उससे भी अधिक खिलंडरे हो गए हैं। आज वह सदा के समान धीरे-धीरे एक-एक कदम पर गंभीरतापूर्वक नहीं चल रहे थे। वह भी उसी के समान कभी एक ओर चल पड़ते, कभी दूसरी ओर। कभी किसी दुकान के सामने खड़े हो जाते, कभी किसी। कभी खाने की चीज़ खरीदते, कभी खेलने की। कुछ चीज़ें उसे दे देते और कुछ छोटी मां को; और ज़ोर-ज़ोर से हंसने लगते। गोकुलचंद पहले कभी भी ऐसे नहीं थे। आज उन्होंने एक बार भी जुगल को नहीं डांटा था। जुगल अपने पिता से बहुत प्रसन्न था।

सामने के खुले मैदान के बीचों-बीच कुछ चबूतरे बने हुए थे। उन पर बहुत सारी पालकियां पड़ी थीं, जिनमें आस-पास के सारे मंदिरों के देवताओं को यहां तक लाया गया था। लोगों ने उन पालकियों के चारों ओर एक-एक की पंक्ति में गोल वृत्त बना रखा था और वे गाते हुए गोल-गोल घूम रहे थे। जुगल अपनी नई मां और पिताजी को भूल कर उनकी ओर देख रहा था। वे लोग कभी-कभी केवल चक्कर काटते थे, कभी अपने हाथ-पैर एक साथ इधर-उधर

फेंकते थे और ज़ोर से घूमने लगते थे। फिर चार-चार आदमियों ने देवताओं की पालकियां अपने कंधों पर उठा लीं और पुनः उसी प्रकार नाचने लगे। उसके पश्चात् वे चार-चार आदमी हट आए और दूसरे चार-चार आदमियों ने पालकियां अपनें कंधों पर ले लीं। यह क्रम बड़ी देर तक चलता रहा।

सहसा उन लोगों ने पालकियां चबूतरों पर रख दीं और ज़ोर से नरसिंह देवता की जयजयकार की।

'गंगा' गोकुलचंद और जुगल को वहीं छोड़, उन लोगों की भीड़ में जा मिली। जुगल ने देखा, उसके पिताजी एड़ियां उठा-उठाकर उस भीड़ में किसी को देख रहे थे। शायद नई मां को ही देख रहे हों।

वह फिर लोगों की भीड़-भड़क्के में खो गया था।

थोड़ी देर में गंगा भीड़ में से निकल कर उनकी ओर आई और आकर चुपचाप खड़ी हो गई।

"क्या करने गई थीं?" गोकुलचंद ने पूछा।

गंगा चुपचाप चबूतरों की ओर देखती रही फिर मुड़कर गोकुल चंद की ओर देखकर मुसकराई, "मन्नत मानने गई थी।"

"क्या मन्नत मानी ?' गोकुलचंद ऐसे मुसकरा रहे थे, जैसे कोई बड़ा व्यक्ति बच्चों से उनके खेल के विषय में पूछताछ करते हुए मुसकराता है।

"मैंने नरसिंह देवता के सामने यह मन्नत मानी है", गंगा ने श्रद्धा से अपनी आंखें बन्द कर ली थीं, उसके चेहरे पर वृद्ध आयु आ बैठी थी, "कि यदि तुम मुझे अपनी पहली पत्नी के आ जाने पर भी, पहले की ही तरह अच्छी तरह रखोगे तो मैं नरसिंह देवता को काले बकरे की बलि चढ़ाऊंगी।"

गोकुलचंद के चेहरे से सहसा मुस्कान गायब हो गई थी। उनका खिलंडरापन उन्हें छोड़ गया था। वह पहले जैसे ही गंभीर हो गए थे। उन्होंने कुछ नहीं कहा।

गंगा ने फिर कुछ नहीं पूछा। जुगल फिर से खेल-तमाशों को देखने में खो गया था।

पर गोकुलचंद के घूमने का उत्साह जैसे समाप्त हो गया था। वह थोड़ी देर इधर-उधर मंडराते र । पर वह कहीं रुके नहीं और उन्होंने कुछ खरीदा भी नहीं। अंत में एक दुकान पर खड़े होकर हर प्रकार की मिठाई सेर-सेर, दो-दो सेर खरीदी, जुगल को अपनी अंगुली पकड़ाई और बोले, "गंगा ! अब घर चलो।"

वीरां ने दूर से ही गोकुलचंद और जुगल को क्वार्टरों की ओर आते देख लिया था, पर उनके साथ कोई स्त्री भी थी। स्त्री कौन हो सकती है ?···वीरां ने सोचा। गोकुलचंद ने जुगल को अपनी अंगुली पकड़ा रखी थी और दूसरी ओर से उस स्त्री ने जुगल का हाथ पकड़ रखा था, जैसे घर की ही कोई स्त्री हो। पर यहां उनके रिश्तेदारों में से भी कोई नहीं था। उनके शहर के सरदार हरिसिंह ज़रूर यहां हैं, उसे गोकुलचंद ने बताया था। पर यह जसवंतकौर नहीं है यह तो कोई स्थानीय स्त्री है।

वीरां द्वार पर खड़ी हो गई। उसका ध्यान जुगल और गोकुलचंद से हट गया था। वह एकटक गंगा को ही देखती जा रही थी।

पास आने पर उसने देखा। गंगा, पहाड़ी लड़की थी। छोटी आयु की। सुन्दर और मोहक। उसने अपने पति की ओर देखा।

गोकुलचंद उसकी ओर नहीं देख रहे थे। उनकी आँखें जुगल पर टिकी हुई थीं और वह उसके बालों को सहला रहे थे।

अंत में गोकुलचंद बोले, "यह गंगा है। जुगल की छोटी मां।" और सहसा उन्होंने अपनी सारी शक्ति लगाकर अपना चेहरा ऊपर उठाया। वह सीधे वीरां की आंखों में देख रहे थे। उन्होंने अपना संकोच जीत लिया था। वह वीरां को उसी प्रकार देख रहे थे, जैसे कोई कठोर आदेश देते हुए पहले देखा करते थे, "इन्हें तुम अपनी बहन की जगह समझो। इनका आदर-मान करो। यह तुम्हारी सेवा करेंगी।"

और वह वीरां को धकियाते से, गंगा को लेकर घर के भीतर चले गए।

वीरां द्वार पर खड़ी की खड़ी रह गई। उसका चेहरा एकदम सफेद

पड़ गया था। उसके लिए अब कुछ समझना शेष नहीं रह गया था कि पहले दिन जब उससे मिलने के लिए पड़ौसिनें आई थीं तो वे उससे क्या कहना चाह रहीं थीं। वह बड़े चाव से स्यालकोट से चलकर अपने पति के पास नगर आई थीं, जब से आई थी, अपने पति को उसने बदला-बदला—पाया था। उन्होंने उससे मिलने का कोई चाव नहीं दिखाया था। बेटे को इतने दिनों के पश्चात् देखकर प्यार नहीं किया था। वह यही समझती रही थी कि नया स्थान है और गोकुलचंद पर काम का बहुत सारा बोझ है, इसलिए उनका व्यवहार बदल गया है। आज सवेरे से वह उसे कुछ उत्साही लग रहे थे। त्यौहार का दिन था। नहा-धोकर बेटे को लेकर मेला देखने निकले थे। वह प्रसन्न हो गई थी कि वह कुछ सहज हुए हैं। त्यौहार के दिन तो अपने परिवार में प्रसन्न हैं। वह बैठी प्रतीक्षा कर रही थी कि वह आएंगे और साथ मिठाइयां लाएंगे। वे लोग खुशी-खुशी दशहरा मनाएंगे।

पर वह क्या जानती थी कि गोकुलचंद की यह प्रसन्नता अपनी प्रेमिका को घर लाने की प्रसन्नता थी। वह क्या जानती थी कि वह मेले से मिठाई के साथ-साथ उसके लिए एक सौत भी खरीद लाएंगे।

थोड़ी देर में गोकुलचंद बाहर लौटे।

"क्या सोच रही हो?" उन्होंने पूछा।

वीरां ने देखा, उनके चेहरे पर कहीं कोई संकोच नहीं था, जैसे उन्होंने कोई ग़लत काम न किया हो। जो कुछ उन्होंने किया, वह उनका अधिकार था और उसे विरोध करने का कोई हक नहीं था।

"क्या सोच रही हो?" गोकुलचंद ने फिर पूछा।

"कुछ नहीं।" वीरां बड़ी कठिनाई से बोली। उसके चेहरे पर जड़ता छा गई थी। उसके मन की बात को समझना संभव नहीं था।

गोकुलचंद बोले, "तो लो, मैं यह मिठाई लाया हूं। इसे थालियों में सजाकर पड़ौसियों को भेज दो।"

वीरां के जी में आया, पूछे,, "तुम्हारी नई शादी की खुशी में मैं पड़ौसियों को मिठाई बांटती फिरूं।" पर बोली, "यह काम आप

स्वयं ही कर लीजिए। मैं नहीं जानती कि आपका किसके साथ कितना मेल-जोल है और किसके घर कितनी मिठाई भेजी जानी चाहिए।"

गोकुलचंद समझ रहे थे कि वीरां यह काम क्यों नहीं करना चाहती। पहले भी अनेक बार नए स्थानों पर दिवाली और दशहरा के त्यौहार आए थे : पर वीरां ने ऐसा उत्तर कभी नहीं दिया था। उसने इस बात की चिंता कभी नहीं की थी कि गोकुलचंद का किसके साथ कितना मेल-जोल है। वह अपनी इच्छा से मिठाई भेज दिया करती थी। आज के इंकार का कारण कुछ और था।

इतना तो गोकुलचंद भी जानते थे कि गंगा घर में सहज-स्वीकृत नहीं होगी। वीरां की ओर से विरोध होगा, यह निश्चित था। पर जितने विरोध की अपेक्षा थी, वीरां ने उतना भीं नहीं किया था। थोड़ा-बहुत अप्रत्यक्ष विरोध वह कर रही थी, वह अनुचित नहीं था, फिर भी उसे कड़ाई से दबा दिया जाना चाहिए। वह अंग्रेजी सरकार की नीति को अच्छी तरह जानते थे—विरोध का कड़ाई से दमन !

गोकुलचंद कुछ नहीं बोले। वह भीतर लौट गए। उन्होंने गंगा के साथ मिलकर थालों में मिठाई सजाई और जेठूराम के हाथ सारे पड़ोसियों के घर भेज दी और फिर वह स्वयं मिठाई खाने बैठ गए। जेठूराम खाना लेकर आया तो उन्होंने गंगा के साथ बैठकर पूरा खाना खाया।

वीरां ने न मिठाई छुई, न खाना खाया।

वीरां अपनी चारपाई पर पड़ी रही। जुगल को अंधेरा होते ही नींद आ गई थी और वह आकर मां की चारपाई पर सो गया था। वीरां की समझ में नहीं आ रहा था कि वह गोकुलचंद से क्या कहे ? क्या वह उनके सामने गिड़गिड़ाकर पूछे कि उसने कौन-सा अपराध किया था, जिसका फल गोकुलचंद ने उसे यह दिया था। अपने जानते उसने उनकी कभी कोई बात तक नहीं टाली थी। फिर गोकुलचंद को दूसरी स्त्री की क्या आवश्यकता पड़ गई थी। ठीक है कि उसकी और गंगा की आयु में बहुत अंतर था। वह उससे सुन्दर भी अधिक कही जा सकती है। तो क्या केवल नारी-शरीर की भूख ने गोकुलचंद से यह

सब करवाया है। क्या वह उनसे कहे कि वह इस प्रकार उसके साथ अन्याय न करें। वह उनकी पत्नी है, धर्मपत्नी ! जिसे वह अग्नि देवता और समाज को साक्षी मानकर ब्याह कर अपने घर लाए थे। वह उनकी संतान की मां है। फिर उन्हें क्या अधिकार है कि वह उसे इस प्रकार तंग करें।

पर क्या ये बाते गोकुलचंद के मन में न आई होंगी। उन्होंने यह सब नहीं सोचा होगा ? अवश्य सोचा होगा और इन सब बातों के विरोध में भी वे गंगा को लाए हैं। तो फिर उनसे कुछ कहने-सुनने का लाभ ? अवश्य ही यह करने से पहले उनका शील मर गया होगा। फिर यदि वह वीरां का अपमान कर बैठे तो ? इससे तो अच्छा है कि उनसे कुछ न कहा जाए।

उनसे कहेगी भी क्या ! क्या उनसे कहे कि वह गंगा को छोड़ दें ? वह मान जाएंगे ! कभी नहीं मानेंगे। और यदि उसने रिश्तेदारों का दबाव डालकर उनको बाध्य भी किया तो क्या वह उसके प्रति वैसे ही हो सकेंगे, जैसे पहले थे। उसका मन कहता था कि अब वह उसके नहीं हो सकते। गंगा को यदि छोड़ भी दिया, तो भी वह उसके नहीं होंगे। फिर क्या लाभ ? उनसे कुछ भी कहने का कोई लाभ नहीं है।

"मुझे उनसे कुछ नहीं कहना।"—उसने मन-ही-मन कहा और करवट बदल ली।

साथ की दूसरी चारपाई पर गोकुलचंद और गंगा दोनों लेटे हुए थे। और कोई रास्ता नहीं था— गोकुलचंद ने काफी सोचा था—उन्हें भी उसी कमरे में रहना था और वीरां को भी। फिर चारपाई से क्या अन्तर पड़ता है। उन्होंने सोचा था, शायद गंगा संकोच करेगी। पर गंगा को कोई संकोच नहीं हुआ। उसने वीरां की ओर देखा तक नहीं।

गोकुलचंद जानते थे कि वीरां दुखी है। पर वह क्या करें ? यदि वह चाहती है कि वह अपनी पसंद की स्त्री के साथ न रहें तो, यह संभव नहीं था। आरंभ में हल्का-सा संकोच उनके मन में आया था। पर गंगा कई दिनों के बाद उन्हें मिली थी और सुबह से ही उनका

रक्त गरम हो रहा था और सबसे बड़ी बात यह थी कि गंगा बहुत आतुर थी।

उन्होंने वीरां की ओर से आंखें मूंद लीं और गंगा को अपनी बांहों में भर लिया। उसे अपने शरीर के साथ सटाकर उन्होंने खूब भींचा। उसे चूमने से पहले उन्होंने वीरां की ओर देखा, पर जब तक वह अंधेरे में वीरां के चेहरे के भाव जान सकें, गंगा ने ही उन्हें चूम लिया था।

सहसा गोकुलचंद को लगा उनका खून बहुत गरम हो गया है। उनकी उत्तेजना आसमान छूने लगी थी और उन्हें एक प्रकार का सुख मिल रहा था—अघोरी सुख! वीरां का मन इस समय कितना पीड़ित होगा। होना चाहिए। क्यों नाराज़ है वह? उसे क्या अधिकार है उनका विरोध करने का। उनकी इच्छा को वह परमेश्वर की आज्ञा के रूप में क्यों स्वीकार नहीं करती। क्या पति परमेश्वर से कम होता है। वह उस विरोध का उसे मजा चखाएंगे।

उनका मन वहशी हो रहा था। वे चाह रहे थे कि वीरां को आवाज़ लगाकर कहें, "देख वीरां!" और फिर उसे दिखा कर गंगा को चूम लें। वह उसे पास बुला कर दिखाएं कि गंगा उनसे कैसे प्यार करती है और वीरां जरा भी अप्रसन्नता दिखाए तो हंटर से मार-मार कर उसकी खाल उधेड़ लें।

उनके भीतर का भेड़िया आक्रमण के लिए तैयार था। उसकी गर्दन के बाल खड़े हो गए थे और जबड़े के मांस पर हल्की-हल्की झुर्रियां पड़ गई थीं। उत्तेजना में उन्होंने दांतों से अपना होंठ काट लिया था और उनके मुँह में गरम नमकीन रक्त का स्वाद भर गया था।

फिर वह स्वयं को रोक नहीं पाए। उन्होंने स्थान-स्थान से गंगा को झंझोड़ना आरंभ कर दिया था, "बोल! इतने दिनों तक कहां थी? बोल!"

गंगा बहुत हल्के-हल्के सुख की हंसी हंस रही थी। वह धीरे से बोली, "मैं इतनी सुखी कभी नहीं थी।"

गोकुलचंद ने दांत गाड़ दिए थे, "बोल! फिर मुझ से अलग होगी?

बोल।"

उसने हल्की-सी सिसकारी ली और हंसती रही।

वीरां के भीतर जैसे कुछ टूट कर गिर गया। उसने अपने पल्लू से आंखें पोंछीं और कपड़ा अपने मुँह में ठूंस लिया, ताकि उसकी सिसकियों की आवाज़ न हो।

उसने करवट बदल ली। उसका गोकुलचंद से अब कोई संबंध नहीं।

५

वीरां ने अंत में स्वयं को समझा लिया। वह गंगा को घर से नहीं निकाल सकती थी। गोकुलचंद इसके लिए किसी भी रूप में तैयार नहीं होते और उनकी इच्छा के विरुद्ध वीरां क्या कर सकती थी। उसके लिए भी और कोई ठिकाना नहीं था और गंगा को भी उसी घर में रहता था। उसे गंगा को अपनी छोटी बहन के रूप में न सही, एक अवांछनीय सदस्य के रूप में परिवार में स्वीकारना ही होगा।

वह इस घर में अपरिचित आगंतुक हो गई थी। गोकुलचंद से उसका कोई संबंध नहीं रह गया था। एक कमरे में रहते हुए भी कई-कई दिन उनमें बातचीत नहीं हो पाती थी। गोकुलचंद के पास वीरां के लिए एकदम समय नहीं रह गया था। सुबह-शाम उन्हें गंगा से ही अवकाश नहीं था। जुगल बच्चा था। गंगा से वह बिना आवश्यकता के बात नहीं करती थी।

पर वह मरना नहीं चाहती थीं। उसके तीन बच्चे थे, उसे बच्चों के लिए जीना था। उसे अपने ढंग से जीना था। वह अपने मायके या ससुराल किसी को पत्र लिख नहीं सकती थी, नहीं तो शायद कुछ सहारा मिलता। और किसी पराए पुरुष से क्या कहती, क्या लिखवाती।

उसकी सारी पड़ौसिनें बारी-बारी आती थीं और उसके पास बैठ

कर चली जाती थीं। सोमा दिन में दो-दो, तीन-तीन बार ग्राती थी। पर उसकी किसी से भी विशेष बात नहीं हो सकती थी। साथ की चारपाई पर गंगा बैठी होती। न उसके विरुद्ध कुछ कहा जा सकता था। वे लोग ग्रातीं ग्रौर वीरां को घेर कर उसके चारों ग्रोरबैठ जातीं। वह उनसे घिरी, बीच में सिर झुकाए बैठी रहती। सबकी दृष्टि गंगा पर टिकी रहती। ग्रौर गंगा उन सबकी उपेक्षा कर ग्रपने किसी काम में लगी रहती।

कोई बहुत साहस कर पूछती, "बहना ! क्या हाल है ?"

उत्तर में वीरां एक लंबी सांस छोड़ देती।

"भगवान की मर्जी !" वह स्त्री कहती ग्रौर चुप हो जाती।

वीरां को हर बार लगता कि वे लोग उससे मिलने नहीं ग्राती, किसी की मृत्यु पर दुख प्रकट कर सांत्वना देने के लिए ग्राती हैं। हर बार वे ही वाक्य बोले जाते हैं, उसी प्रकार से व्यवहार किया जाता है। उसके सम्मुख ढेर-सा दुख प्रकट किया जाता है।

सोमा ने उसे कितनी बार ग्रपने घर बुलाया था। यदि वह चली जाती, तो शायद कुछ बातें हो पातीं। वहां उस पर गंगा का पहरा नहीं होता ग्रौर न ही गोकुलचंद तक बात पहुंचने का भय। वैसे ग्रब उसके भीतर एक विशेष प्रकार की धृष्टता पनप रही थी। जितने ही गोकुल चंद उसकी ग्रोर से निस्पंद हो गए थे, वह भी संसार की ग्रोर से जड़ होती जा रही थी। मनुष्य बनकर उसका कल्याण नहीं था। उसे ग्रपना जीवन बिताने के लिए जड़ मशीन ही बन जाना चाहिए था। ग्रौर मशीन को किसी का क्या भय ! जिस बात का भय हो सकता था, वह बात हो चुकी थी।

वह ऊपर से जितनी टूटती नज़र ग्रा रही थी, भीतर से उतनी ही दृढ़ होती जा रही थी। गोकुलचंद ने उसे ग्रपने हृदय से निकाल दिया था, पर घर से वह भी नहीं निकाल सकते थे। घर की स्वामिनी वह ही रहेगी।

उसने गोकुलचंद के बिना पूछे ही जेठूराम को निकाल दिया ग्रौर रसोई का सारा काम स्वयं करने लगी। उसने रसोई को धो-पोंछकर

स्वच्छ किया और ठाकुरजी की मूर्ति रसोई में ही रख ली थी। अपना अधिकांश समय भी वह नीचे ही बिताती थी। कोई मिलने आ जाता तो उसे लेकर ऊपर आ जाती नहीं तो नीचे ही पड़ी रहती।

रसोई संभालते ही वीरां ने पहले दिन गंगा को रसोई की देहलीज़ के बाहर रोककर, पीतल के बर्तनों में खाना पकड़ा दिया और बोली "ये बर्तन अब अपने ही पास रखना। इन्हें खुद ही साफ भी कर लेना। इन्हें रसोई के भीतर मत लाना और न ही स्वयं कभी रसोई के भीतर आना। दोनों समय आकर इन्हीं बर्तनों में अपना खाना ले जाना।"

एक बार उसके मन में आया कि गोकुलचंद इस बात से नाराज़ होंगे। वे स्वयं को अपमानित अनुभव करेंगे। कोई बात नहीं, उन्होंने उसे कम अपमानित नहीं किया था। वह उन्हें अपमानित करने के लिए ही यह सब कर रही है। वह उसे उसके लिए घर से नहीं निकाल सकते। नहीं मार-पीटकर सकते हैं। चारों ओर दफ्तर के बाबुओं के ही क्वार्टर थे। यहां मार-पीट करने का साहस वह नहीं करेंगे। थोड़ा-सा डांट लेंगे। उसकी उसे चिंता नहीं थी।

गंगा ने वीरां के दुस्साहस को आश्चर्य की दृष्टि से देखा और सर झुका लिया। वह अपना खाना लेकर चली गई। वह जब इस घर में आई थी तो मालकिन बनने के विचार से नहीं आई थी। उसको जो कुछ मिल रहा था, वह उसकी आशा से अधिक ही था। और उसके लिए पर्याप्त था। इससे अधिक की उसे इच्छा भी नहीं थी। वैसे भी उसे घर का काम नहीं करना पड़ता था। नहीं तो यदि वीरां चाहती तो उससे दिन भर घर का ही काम कराती रहती। उसका विरोध करने की बात गंगा ने कभी नहीं सोची थी। वह प्रतिदिन दोनों समय अपने बर्तन लेकर रसोई के सामने आकर खड़ी हो जाती। वीरां अपने कामों में लगी रहती और उससे खूब प्रतीक्षा करवाती। जब उसे लगता कि अब काफी समय हो गया है तो वह दूसरे बर्तनों में खाना डालकर रसोई की दहलीज़ तक लाती और बहुत ऊंचे से ही गंगा के बर्तनों में उंडेल देती। सुबह चाय के लिए भी गंगा अपना गिलास लेकर वहां आ जाती। पर चाय के लिए उसे कम ही प्रतीक्षा करनी पड़ती। तब तक

गोकुलचंद घर में ही होते थे। और उनके नाराज़ होने के भय से वीरां उससे अधिक प्रतीक्षा नहीं करवा सकती थी।

पहले गोकुलचंद रसोई में चूल्हे के पास बैठकर गरम-गरम खाना खाया करते थे। वीरां गरम-गरम फुल्के बनाकर उनकी थाली में डालती जाती थी पर जब से गंगा आई थी, तब से उन्होंने रसोई में खाना छोड़ दिया था। अब जुगल उनको ऊपर कमरे में ही खाना पहुंचा आता था। गोकुलचंद का खाना कांसे के बर्तनों में जाता था। कांसे के बर्तनों को छूने की अनुमति गंगा को नहीं थी। जूठे बर्तन भी या तो जुगल लाता था, या फिर वीरां स्वयं ले आती थी।

काफी दिनों तक यही व्यवस्था चलती रही गोकुलचंद भी इस व्यवस्था से परिचित हो चुके थे और उन्हें इस बात का बुरा भी बहुत लगा था। वह इसमें हस्तक्षेप करना भी चाहते थे, पर गंगा ने ही उन्हें मना कर रखा था। उसका कहना था कि उसे पकी-पकाई मिल जाती है। कुछ करना धरना नहीं पड़ता, इसलिए वह प्रसन्न है।

गोकुलचंद समझते थे कि वीरां ने यह व्यवस्था उन्हें चिढ़ाने के लिए ही कर रखी है। वस्तुतः इस प्रकार वह उनका अपमान कर रही थी। उन्हें कई बार बहुत क्रोध भी आया था। उनका जी चाह रहा था कि गंगा को लेकर रसोई में चले जाएं और दोनों वहीं बैठकर खाना खाएं। वह देखेंगे कि वीरां क्या कर लेती है। पर गंगा ही इस काम के लिए तैयार नहीं होती थी। उन्हें भी लगा कि जब घर का काम चलता ही जा रहा है तो चलने दें। क्या यह कम था कि बिना अधिक विरोध के वह गंगा को घर में एक सुरक्षित स्थान दिला सके थे।

६

सरदार हरिसिंह का बंगला, गोकुलचंद के क्वार्टर से लगभग दो मीलों की दूरी पर था। इंजीनियर तथा उसके अधीनस्थ कार्य करने

वालों के लिए मकान, सरकारी दफ्तर के क्लर्कों से अलग बनवाए गए थे। हरिसिंह और गोकुलचंद का संबंध, एक शहर के होने तक ही नहीं था, उनके परिवारों का मेल-जोल तीन पीढ़ियां पुराना था। हरिसिंह के पिता का अपना फर्नीचर का व्यापार था। लकड़ी के कई कारखाने थे और हरिसिंह के अन्य भाई भी सरकारी अफसर थे। उनकी लाखों रुपयों की जायदाद थी और सरकार से हरिसिंह के पिता को सरदार बहादुर की पदवी भी मिली थी। आर्थिक रूप से गोकुलचंद उनके सामने कहीं नहीं ठहरते थे। पर पीढ़ियों से मिलना जुलना था, उसमें रुपए-पैसे की बात कहां आती है। गोकुलचंद हरिसिंह को बड़ा भाई मानते थे और उनका व्यवहार उसी के अनुकूल था।

गोकुलचंद जब नगर में आए थे, हरिसिंह उनसे मिलने के लिए कई बार आ चुके थे। पर वह जानते थे कि वीरां यहां नहीं है, अतः अकेले ही आते थे और दफ्तर में ही गोकुलचंद से मिल जाते थे। उन्हें गंगा के विषय में कोई सूचना नहीं थी, नहीं तो स्यालकोट से चलने के पूर्व ही वीरां को भी उसकी सूचना मिल गई होती।

उन्हें अपने घर से आए पत्र से वीरां के नगर आने की सूचना मिली तो उन्होंने अपनी पत्नी जसवंतकौर को साथ ले गोकुलचंद के घर आने का कार्यक्रम बना डाला। पर बीच में ही आवश्यक कार्य से उन्हें दौरे पर जाना पड़ गया और जसवंतकौर अकेली ही वीरां से मिलने आई।

वीरां को जसवंतकौर के नगर में होने की सूचना थी और उसने कई बार उससे मिलने या उसे बुला भेजने की बात सोची थी; पर उसकी मानसिक अवस्था कुछ ऐसी हो गई थी कि उससे कोई उद्यम करते न बनता था। सुबह उठकर अपने काम में लग जाती थी और जब तक संभव होता अपने शरीर को थकाती रहती।

जसवंतकौर को उसने अपने सामने खड़ी देखा तो उसे कुछ आश्चर्य हुआ, पर उससे अधिक आश्चर्य स्वयं जसवंतकौर को हुआ। वीरां अब पहले से काफी दुबली हो गई थी। उसका चेहरा उतरा हुआ था, गालों में गोलाई नहीं रह गई थी। आंखों के चारों ओर काले-काले वृत्त पड़ गये थे। उसके चेहरे की सारी चमक गायब थी। उसने

पास ही एक और स्त्री को बैठे देखा, जो स्पष्टतः वीरां की रिश्तेदार नहीं थी। जसवंतकौर गोकुलचंद और वीरां के सारे रिश्तेदारों को पहचानती थी।

उसने वीरां को अपने साथ चिपका कर रामसत की और छूटते ही पूछा, "यह तूने अपना क्या हाल बना रखा है बहना ?"

वीरां सिर झुकाए चुपचाप बैठी रही।

जसवंतकौर ने थोड़ी-सी प्रतीक्षा की और फिर पूछा, "यह दूसरी औरत कौन है ?"

वीरां फिर उसी प्रकार चुप बैठी रही।

"अरी बोलती क्यों नहीं ?" जसवंतकौर ने उसे झंझोड़ डाला।

"क्या बोलूं बहना !" अंत में वीरां बहुत धीरे से बोली, "अब बोलने को क्या रह गया है ? सब कुछ नष्ट हो चुका।"

जसवंतकौर का मन स्थिति को समझने के लिए पूरी भाग-दौड़ कर रहा था, पर वीरां उसकी कोई सहायता नहीं कर रही थी। जुगल वहीं खेल रहा था। गोकुलचंद भी ठीक-ठाक थे; फिर वीरां का सब कुछ नष्ट कैसे हो गया। जसवंतकौर की दृष्टि आकर फिर गंगा पर ठहर गई। कहीं इसी स्त्री के कारण तो नहीं ? कहीं गोकुलचंद इसे वीरां की सौत बनाकर तो नहीं ले आया ? जसवंतकौर का नारी-मन बार-बार इस प्रश्न से टकरा रहा था। पर उसका समाधान करने को कोई तैयार नहीं था। गंगा ने उसकी ओर पीठ कर रखी थी और वीरां के आंसू बहते जा रहे थे।

गोकुलचंद ने घर के अन्दर पैर रखते ही जसवंतकौर को वीरां के पास बैठे देखा। सहसा ही उन्हें पसीना आ गया और पैर डगमगा गए। जी में आया कि उल्टे पैर लौट जाएं। पर जसवंतकौर ने उन्हें आते हुए देख लिया था और अब तक उसे सब कुछ मालूम भी हो ही गया होगा, फिर किसी न किसी दिन इन परिस्थितियों का सामना करना ही पड़ेगा, तो आज ही सही।

उन्होंने साहस बटोरा और आगे बढ़कर जसवंतकौर के पैरों पर सर झुका दिया, "भरजाई जी ! पैरी पैनां।"

"जीते रहो।" जसवंतकौर ने धीरे से कहा और अगले ही क्षण उसका स्वर क्रुद्ध हो गया, "तुमने घर की क्या हालत बना रखी है ? वीरां यदि बीमार थी तो तुमने हमें सूचना क्यों नहीं दी ? मुझे तो घर से चिट्ठी आई कि वीरां यहां आई हुई है। तुमने हमें इतना तक नहीं बताया। अच्छे देवर हो तुम मेरे।" और फिर जसवंतकौर ने सारा ज़ोर अपने अंतिम प्रश्न पर डाला, "यह स्त्री कौन है ?"

गोकुलचंद इस प्रश्न का उत्तर सीधे नहीं देना चाहते थे। पर उत्तर दिए बिना कैसे बात बनती। और इस समय हारने का अर्थ सदा के लिए हार जाना था। वह अपने स्वर के कंपन को संभालकर बोले, "वीरां बीमार है ? उसने मुझ से कभी कुछ कहा ही नहीं।"

जसवंतकौर समझ रही थी कि गोकुलचंद दूसरा प्रश्न टाल रहे हैं। उसने डांटा, "उसकी हालत मुर्दों से गई बीती है। तुझे स्वयं दिखाई नहीं देता ?"

गोकुलचंद ने अब तक अपना सारा संकोच नोच कर फेंक दिया था। धृष्ट होकर बोले, "वीरां अच्छी-भली हट्टी-कट्टी है। घर का सारा काम करती है। मुझे तो वह बीमार नहीं लगती।"

जसवंतकौर का क्रोध उबल पड़ा, "तेरी आंखों में तो चर्बी छा गई है। तुझे तो कुछ दिखाई ही नहीं पड़ता। पता नहीं मैं भी यहां बैठी हुई दिखती हूं कि नहीं। अच्छा बता यह स्त्री कौन है ?"

गोकुलचंद को लगा कि अब यह बात साफ हो जानी चाहिए। इस झगड़े में ही कह दें तो कह दें, बाद में शायद फिर कहना मुश्किल हो जाए। दरवाज़े से बाहर की ओर देखते हुए बोले, "भरजाई जी ! वह भी आपकी देवरानी ही है। जुगल की छोटी मां।"

जसवंतकौर कुछ-कुछ तो समझ ही चुकी थी, पर बात यहां तक साफ और स्पष्ट होगी, यह उसने नहीं सोचा था। उसका स्वयं पर रहा-सहा नियंत्रण भी समाप्त हो गया। चीख़ कर बोली, "गोकुलचंद तेरा यह साहस ! तू क्या कह रहा है और किससे कह रहा है। लाज-शरम सारी घोल कर पी गया है। निर्लज्ज ! ठहर ज़रा। आने दे ज़रा अपने भाई को। दौरे पर न गए होते तो आज ही सारा फैसला

हो जाता। पर कोई बात नहीं, मैं सब कुछ समझ लूंगी और ठीक कर लूंगी।"

सहसा वह चुप होकर हांफने लगी। उसकी दृष्टि वीरां पर टंगी हुई थी। और फिर जैसे स्वयं को रोक न पाई हो, बड़बड़ाने लगी, "है अंधेर साईं का! सोने-सी लड़की को गला-गला कर मार डाला और कहता है हट्टी-कट्टी है। यह हट्टी-कट्टी है?" उसने गोकुलचंद की आंखों में देखा और बिना उत्तर पाए ही बोली, "सुन! तेरे भाई परसों दौरे से लौट आएंगे। परसों इतवार है। तुम वीरां और जुगल को लेकर हमारे घर आ जाना, सवेरे-सवेरे। दिन भर वहीं रहना और दोनों वक्त का खाना भी वहीं खाना। समझा?"

गोकुलचंद ने अत्यन्त धीमे स्वर में पूछा, "और गंगा?"

"कौन गंगा? जसवंतकौर ने पूछा।"

"आपकी छोटी देवरानी।"

इस बार जसवंतकौर आपे से बाहर नहीं हुई। उसका स्वर ऊंचा नहीं था, पर दृढ़ और तेज़ था, "मैंने अभी उसे इस रूप में स्वीकार नहीं किया है और न ही उसे मैं इस योग्य समझती हूं। वैसे भी ऐसी नीच स्त्री को मैं अपने घर बुलाने को तैयार नहीं हूं, जिसने एक बसते परिवार को उजाड़ डाला है।"

गोकुलचंद ने जसवंतकौर से आंखें तो नहीं मिलाईं, पर दृढ़ स्वर में बोले, "उसके बिना, हम आपके घर न आ सकेंगे।"

जसवंतकौर का सारा आत्म-नियंत्रण हवा हो गया। उसने अत्यंत झगड़ालू स्त्री के समान अपने दोनों हाथ गंगा की ओर पटके और चीख कर बोली, "क्यों री अभागी! दुनिया के कुंवारे मर गए थे, जो तू बच्चों वाली सधवा पर सौत बनकर आ बैठी।"

वीरां अब तक उदासीन भाव से बैठी हुई थी। उसने इस सारी बातचीत में भाग नहीं लिया था। गंगा भी पीठ फेरे चुपचाप बैठी थी। पर जसवंतकौर ने उसे जबरदस्ती बातचीत में घसीट लिया था। डील-डौल में वह जसवंतकौर की पासंग भी नहीं थी। और जसवंतकौर के

हाव-भाव से लग रहा था कि वह किसी समय भी गंगा को पीट सकती थी ।

गंगा ने जसवंतकौर की बात का उत्तर नहीं दिया । वह भयभीत बच्चे के समान फटी-फटी आंखों से उसे देखती रही । उसकी आंखों से आंसू ढुलकने को हुए तो उसने चेहरा अपने हाथों में छिपा लिया ।

गोकुलचंद भी डर गये थे, कहीं जसवंतकौर ने गंगा पर हाथ उठा दिया तो वह क्या करेंगे, वह जसवंतकौर का हाथ नहीं पकड़ सकते । ऐसी अवस्था में उन्हें उसे पिटते देखना होगा । उनका मुंह सूख गया था और आवाज़ कांपने लगी थी । बड़ी कठिनाई से वह इतना ही बोल पाए, "भरजाई जी ! आप इसे कुछ न कहें ।"

जसवंतकौर और भी नाराज़ हो गई, "अच्छा जी ! इस कमीनी का तुझे इतना ध्यान है, जो राह चलते आकर तेरे घर में बैठ गई । और वीरां का तुझे कोई विचार नहीं । तुझे इस औरत को घर से निकाल बाहर करना होगा । उठ, और इसका हाथ पकड़, इसे बाहर निकाल दे ।"

गोकुलचंद जसवंतकौर के सामने स्वयं को एकदम निस्सहाय पा रहे थे, पर गंगा को अलग करने की बात से उनके भीतर भूचाल आ गया था । उनके जबड़ों में तनाव आ गया, मुट्ठियां भिंच गईं । वह बड़े स्थिर स्वर में बोले, "भरजाई जी! मैंने इस स्त्री का हाथ पकड़ा है, इसे अब मैं नहीं छोड़ सकता ।"

जसवंतकौर ने फिर झगड़ालू औरतों के समान हाथ नचाए, "अह-ह-हा ! बड़ा आया हाथ पकड़ने वाला । हाथ तो पहले तूने वीरां का पकड़ा था । सेहरा बांध कर तू उसे ब्याह कर लाया था । वहां वेदी पर बैठकर सारे रिश्तेदारों के सामने तूने इसका हाथ पकड़कर प्रण किया था कि सारी ज़िन्दगी तू इसका साथ निभाएगा । उसे भूल गया । अब हाथ पकड़ने वाला बना है । जिसका हाथ पहले पकड़ा था, उसी के साथ निभाना होगा । ऐसी औरत के साथ नहीं, जो आकर अपने आप तेरे गले में झूल गई ।"

अब गोकुलचंद का स्वर भी कुछ ऊंचा हो गया, "मैंने कब वीरां

का हाथ पकड़कर, जीवन भर निभाने का प्रण किया था, मुझे याद नहीं है। वह ऐसे समय की बात है। जब मैं शादी का अर्थ ही नहीं समझता था। मैं बहुत छोटा था तब। पंडित जो मंत्र पढ़ता गया होगा, मैं उन्हें बिना समझे ही दुहराता गया हूंगा। मैं उन अनसमझे मंत्रों से बाध्य नहीं हूं। पर गंगा की बात और है। मैंने अपनी इच्छा से, अपने पूरे होश-हवास में, भगवान को साक्षी मानकर वचन दिया है मैं इसका हाथ नहीं छोड़ सकता। हां, वीरां को भी मैं रोटी-कपड़ा देता रहूंगा, उसे भी मैं किसी प्रकार की तंगी न होने दूंगा। इसका वचन मैं आप को देता हूं।"

अब तक जसवंतकौर वीरां का पक्ष लेकर गोकुलचंद से झगड़ रही थी। पर किसी का पक्ष लेकर लड़ने से, अपना बचाव कहीं अधिक भयंकर होता है। गोकुलचंद का अंतिम वाक्य सारी नारी जाति का अपमान था। अब वीरां का पक्ष लेने की बात नहीं थी, अब तो अपना बचाव करना था। जसवंतकौर घायल बाघिन के समान झपट कर बोली, "तू समझता है कि स्त्री रोटी-कपड़े की भूखी होती है। निर्लज्ज! तू हर नारी को वेश्या समझता है या नौकरानी। स्त्री को अपने पति का प्यार चाहिए। पति घर का राजा है और पत्नी रानी। जब पत्नी को पति का प्यार न मिले, उसको पूरा आदर-मान न मिले, उसके सिंहासन पर आकर कोई कमीनी बैठ जाए तो क्या घर की मालकिन जीवित भी रह सकती है। बड़ा आया रोटी-कपड़ा देने वाला...।"

गोकुलचंद कुछ और मुखर हो गए, "भरजाई जी! गंगा को बार-बार कमीनी और राह-चलती न कहो। उसे मैंने स्वयं अपनी पत्नी बनाया है। रहा प्रश्न प्रेम का, तो प्रेम मैं केवल गंगा को दे सकता हूं, वीरां को नहीं।"

जसवंतकौर की आवाज़ टूट गई। वह बड़े उदासीन स्वर में बोली, "मुझे यह आशा नहीं थी कि तुम मेरे सामने ऐसी निर्लज्जता की बातें करोगे। तुम यदि इस सीमा तक गिर चुके हो जो मुझे तुमसे कुछ नहीं कहना है।"

वह वीरां की ओर मुड़ी और सांत्वना देती सी बोली, "तुम चिंता न

करो बहना ! तुम्हारे जेठ परसों दौरे से वापस आ जाएंगे। उन्हें मैं भेजूंगी। फिर देखूंगी इसकी मर्दानगी। तू चिंता मत कर, वह सब ठीक कर लेंगे।"

गोकुलचंद और गंगा से बिना कुछ कहे, जसवंतकौर उठकर चल पड़ी। वीरां उठी और बाहर द्वार तक आई। गोकुलचंद वहीं बैठे-बैठे गंगा के आंसू अपने रूमाल से पोंछते रहे। न वह अपनी जगह से हिले, न कुछ बोले।

बाहर आकर वीरां जसवंतकौर के पैरों पर गिर पड़ी। जसवंतकौर ने प्यार से उसकी पीठ और सिर पर हाथ फेरा और उसे उठाकर भींच लिया। जाते-जाते उसने अपने आंसू पोंछे और बोली, "साहस न छोड़ बहना।"

वीरां भीतर आई तो गोकुलचंद पीछे की ओर दोनों हाथ बांधे, कमरे के एक सिरे से दूसरे सिरे तक टहल रहे थे। उसे लौट आया देख, वह रुके और उसे घूरते हुए बोले, "गंगा को जली-कटी सुनवा कर तेरे कलेजे में ठंडक तो पड़ गई होगी। और कौन-कौन आ रहा है, तेरा पक्ष लेकर लड़ने ?"

वीरां ने दृष्टि उठाकर एक बार गोकुलचंद की ओर देखा और फिर सिर झुका कर चुपचाप चारपाई पर बैठ गई। दो-चार बार तेज़-तेज़ सांस लेने के बाद धीरे से बोली, "मैंने तो उनसे एक बात भी नहीं कही थी।"

गंगा ने रोते हुए भी समर्थन में सिर हिला दिया, "इन्होंने कुछ नहीं कहा था।"

गोकुलचंद फिर उसी प्रकार, कमरे के एक सिरे से दूसरे सिरे तक टहलने लगे और ऊंची आवाज़ में स्वयं से ही बोले, "पता नहीं भरजाई मेरे ऊपर इतना रौब किस बूते पर जमाती है। मुझे उन लोगों की क्या परवाह है। मुझ पर उनका क्या वश है। मैं जो चाहूंगा, करूंगा। मेरे आखिर वे लगते ही क्या हैं। केवल शहरदारी का मामला है। मैं उनका आदर करता हूं, इसीलिए तो कुछ बोला नहीं; नहीं तो साफ-साफ कह सकता था कि उन्हें मेरे कामों में हस्तक्षेप करने का कोई

अधिकार नहीं है। अब वह कह गई है कि भाई साहब को भेजेंगी। भाई साहब को ही क्या अधिकार है कि वह मेरे निजी मामलों में हस्तक्षेप करें। यदि वह कुछ अधिक कहें-सुनेंगे तो मुझसे साफ और कोरी बातें सुनेंगे। मैं नहीं चाहता कि यहां परदेस में उनसे हमारी अनबन हो, इसलिए उचित यही है कि वह मुझे तंग न करें।"

और फिर वह वीरां के सामने आकर खड़े हो गए, "यदि तू अपना भला चाहती है तो उन्हें समझा दें कि मेरे मुंह न लगें।"

"मैं कैसे कह दूं," वीरां बोली, "मैंने तो भाई साहब से कभी बात तक नहीं की। मैं कभी उनके सामने नहीं हुई। मैं भला उन्हें कैसे समझा सकती हूं। वह हमारे बड़े हैं। मैं उनके सामने बोल नहीं सकती।"

वीरां ने उनकी बात का विरोध भी इतने निरीह स्वर में किया था कि गोकुलचंद उससे झगड़ा न कर सके। वह उसी प्रकार कमरे में टहलते हुए बड़बड़ाते रहे।

दो दिनों तक घर में एक प्रकार की प्रतीक्षा रही। वीरां के मन में जसवंतकौर के आने से बहुत सारी आशा उठ खड़ी हुई थी। जब अकेली जसवंतकौर इतना दबाव डाल सकती है तो हरिसिंह उससे भी अधिक बल दे सकते हैं। और यदि सारे रिश्तेदार एक ओर हो गए तो गोकुलचंद को बाध्य होकर गंगा को छोड़ना पड़ेगा।

गोकुलचंद के मन में चिंता थी। पता नहीं हरिसिंह से क्या बात हो। इतना तो जसवंतकौर उन्हें जता ही गई थी, इस विषय में रिश्तेदारों में से कोई भी उनका पक्ष नहीं लेगा। उनकी ओर नैतिक बल नहीं था। वह चाहे स्वयं को कितना ही ठीक मानें और अपने कार्य का औचित्य सिद्ध करें, दूसरों को मनवाना शायद संभव न हो।

गंगा अपनी जगह पर अत्यंत भयभीत थी। गोकुलचंद के सारे प्रेम व्यवहार के बावजूद भी आज तक वह इस बात पर विश्वास नहीं कर पाई थी कि वह स्थायी रूप से इस घर में रह सकेगी। इस आशंका ने उसे सदा ही त्रस्त रखा था। अब जसवंतकौर ने उसे एकदम हिला दिया था। हरिसिंह आएं तो पता नहीं क्या हो। उसे अपने भविष्य के संबंध में अनेकों आशंकाएं बिच्छुओं के समान काट रहीं थीं।

दो दिनों के पश्चात् हरिसिंह दौरे से लौटने पर गोकुलचंद से मिलने के लिए घर पर आए। वीरां ने उठकर पैरीपौना किया। गोकुलचंद भी आगे बढ़कर झुके। गंगा अपनी जगह चुपचाप बैठी रही।

हरिसिंह ने वीरां को सांत्वना दी, "बहू! तुम चिंता न करो ईश्वर पर भरोसा रखो। वही तुम्हारी सहायता करने वाले हैं। हम से जो हो सकेगा, तुम्हारी लुटी दुनिया को वापस लाने का हर संभव प्रयत्न करेंगे।"

वीरां ने स्वयं को बहुत कठोर बना लिया था, पर हरिसिंह की सांत्वना ने उसे रुला दिया। वह खड़ी अपने आंसू पोंछती रही।

हरिसिंह ने वहां अधिक ठहरना उचित न समझा। वह गोकुलचंद का हाथ पकड़कर उन्हें बाहर ले गए।

घर से कुछ दूर निकल जाने पर बोले, "गोकुलचंद! तुम जानते हो कि मैं क्यों आया हूं? सीधी बात पूछता हूं, वीरां को किस अपराध का दंड दे रहे हो?"

गोकुलचंद जानते थे कि उनसे यह प्रश्न पूछा जाएगा। फिर जसवंतकौर की बात और थी, वह स्त्री थी। हरिसिंह पुरुष हैं, उनसे बात दूसरे ढंग से होगी। और फिर पिछले दो दिनों में उन्होंने स्वयं को ठोक-पीट कर अच्छी तरह तैयार कर लिया था। बोले, "भाई साहब! मैं आपका बहुत आदर करता हूं। डरता भी हूं कि आप मेरी किसी बात से नाराज़ न हो जाएं। देखिए पति-पत्नी की बहुत सारी ऐसी बातें होती हैं, जो किसी के सामने नहीं कहनी चाहिएं। अपने बड़े भाई के सामने भी नहीं। फिर भी आपने पूछा है तो मुझे कहना ही पड़ेगा। आप नाराज़ तो नहीं हो जाएंगे?"

"नहीं।" हरिसिंह बोले, "तुम कहो।"

गोकुलचंद ने कहा, "वह आयु में मुझसे बहुत बड़ी है। मेरा और उसका कोई मेल नहीं है। हमें एक साथ देखकर लोग हमें मां-बेटा समझ बैठते हैं।"

"क्या बकते हो?" हरिसिंह की आवाज़ तीखी हो गई।

गोकुलचंद और भी ज़ोर देकर बोले, "भाई साहब! मैं सच कह

रहा हूं।"

हरिसिंह इसे स्वीकार नहीं कर सके, "मैं तुम्हारे विवाह में बाराती बनकर गया था। तुम्हारी आयु उस समय ग्यारह वर्ष थी। वीरां को उस समय सात सालों की बताते थे। हां, खाते-पीते घर की लड़की है, उसकी काठी अच्छी है। वैसे भी लड़कियां जल्दी बढ़ जाती हैं।"

गोकुलचंद अपनी बात पर अड़े रहे, "नहीं भाई साहब! वीरां उस समय कम से कम चौदह वर्षों की रही होगी। उसके घरवालों ने उसकी आयु सात वर्ष कम बताई थी। हमें धोखा दिया गया था।"

हरिसिंह बोले, "मैं तुम्हारी बात नहीं मान सकता। उस समय गरीब से गरीब लड़की भी चौदह वर्षों तक कुंवारी नहीं बैठी रहती थी। तुम्हें ऐसा झूठ नहीं बोलना चाहिए। मैं स्वयं वहां था। वीरां एकदम गुड़िया जैसी लग रही थी। वह किसी भी प्रकार सात वर्षों से अधिक की नहीं थी। तुम्हें उस पर इतना अत्याचार नहीं करना चाहिए। शादी के सात वर्षों बाद उसका मकलावा आया था, तब वह चौदह वर्ष की थी और तुम अट्ठारह वर्ष के। उससे अधिक की वह नहीं थी। उसका शरीर अवश्य तुमसे भारी है। वैसे भी स्त्रियां विवाह के पश्चात् फूल जाया करती हैं। पर अब तुम उसकी क्या दुर्गति बना रहे हो। वह सूख कर कांटा होती जा रही है।"

उन्होंने गोकुलचंद की ओर देखा। पर गोकुलचंद कुछ नहीं बोले। वह सिर झुकाए चुपचाप चलते रहे। अर्थ स्पष्ट था कि वह हरिसिंह से सहमत नहीं हैं।

हरिसिंह को फिर से बात आरंभ करनी पड़ी, "यदि ऐसी ही बात थी, तो जब वीरां का मकलावा आया था, तब तुमने ऐसी बात क्यों नहीं कही। उस समय तो उस पर इतने आसक्त हो गए थे कि एक दिन के लिए भी उसे मायके भेजने को तैयार नहीं थे।"

गोकुलचंद झेंपी-सी हंसी हंसे, "उस समय मैं आपे में नहीं था। मैं स्वयं नहीं समझ पा रहा कि उस समय मुझे आयु का यह अंतर क्यों नहीं खटका था। इसका पता तो मुझे अब गंगा को देखकर चला है।"

हरिसिंह अपने स्वर को कुछ दृढ़ करके बोले, "गंगा की आयु इस

समय चौदह-पंद्रह वर्ष है। वीरां की भी यही आयु थी, जब वह मकलावा लेकर आई थी। कुछ समय पश्चात् गंगा भी वीरां जैसी हो जाएगी। रूप और यौवन स्थायी तो नहीं होते। जब गंगा वीरां की आयु की हो जाएगी तो तुम उसे भी छोड़कर फिर चौदह वर्षों की लड़की की खोज में निकलोगे?"

गोकुलचंद कुछ नहीं बोले, वह मिट्टी को घूरते रहे।

हरिसिंह ने समझाया, "कुछ अपने बच्चों के विषय में भी सोचो। घर में यही हालत चलती रही तो बच्चों का क्या होगा। और फिर गंगा से कोई संतान हुई तो बिरादरी उसे कभी स्वीकार नहीं करेगी। लड़के तो खैर फिर भी कोई बात नहीं, लड़कियां कहां ब्याहोगे? लोग पूछेंगे कि लड़की के ननिहाल कहां है, तो क्या उत्तर दोगे? तुम्हारी लड़कियों को कोई नहीं ब्याहेगा। उन्हें सारा जीवन अपने ही पास रखना पड़ेगा। तुम लाख कहो कि गंगा तुम्हारी पत्नी है, तुमने उससे विवाह कर लिया है, पर समाज उसे कभी भी तुम्हारी पत्नि का स्थान नहीं देगा। लोग तो उसे रखैल ही समझेंगे।"

गोकुलचंद अब भी कुछ नहीं बोले। वह चुपचाप हरिसिंह को देखते रहे। उनके मन में एक ही बात थी। ये सब लोग गंगा को उनसे छीनना चाहते हैं और वह ऐसा नहीं होने देंगे।

हरिसिंह ने फिर कहा, "बोलो। बोलते क्यों नहीं?"

अंत में गोकुलचंद को बोलना ही पड़ा, 'आपकी कुछ बातें सच्ची अवश्य हैं। मैं उनका उत्तर नहीं दे सकता और उनको अस्वीकार भी नहीं कर सकता। पर सबसे बड़ी बात यह है कि मैं गंगा को किसी भी अवस्था में नहीं छोड़ सकता। बच्चों का जब समय आएगा, तब देखा जाएगा।"

हरिसिंह सारी बातचीत में पहली बार क्रुद्ध हुए, "तुम पर किसी भी बात का प्रभाव नहीं होता। तुम्हें उसने कुछ खिला तो नहीं दिया। बुद्धि ही भ्रष्ट हो गई है तुम्हारी। सीधे रास्ते से नहीं मानोगे तो मैं

स्वय ग्राकर गंगा को गुत्त[1] से पकड़कर घर से बाहर कर दूंगा। मैं वीरां को इस प्रकार तड़पते हुए नहीं देख सकता।"

गोकुलचंद की ग्रांखों में कोई हिंस्र पशु गुर्राया। पर उन्होंने स्वयं को संयत कर बड़े शांत स्वर में कहा, "ग्राप तो मेरा गला तेसे से काट रहे हैं।"

हरिसिंह हतप्रभ होकर गोकुलचंद को देखते रहे। गोकुलचंद ने ग्रपना सारा ग्रादर भुलाकर उनके फर्नीचर बनाने के पुश्तैनी काम पर व्यंग्य किया था। पर झगड़े का कोई लाभ न होता—वह समझ रहे थे। वह हंस पड़े, "इसमें कोई संदेह नहीं कि मैं तुम्हारा गला तेसे से काट रहा हूं, परंतु तुम भी तो वीरां का गला भोथरी ग्रारी से रेत रहे हो ग्रौर उसी से उसका हृदय चीर रहे हो।"

गोकुलचंद झेंप गए। कोई उत्तर न दे सके तो बात टाल गए, "ग्रच्छा भाई साहब! मुझे कुछ समय दीजिए। इसी क्षण मुझे न दबाइए। मैं कुछ दिनों तक सोचकर ग्रपने निर्णय की सूचना ग्रापको दूंगा।"

हरिसिंह समझ रहे थे कि गोकुलचंद विचार करने के लिए समय नहीं मांग रहे, बात टाल रहे हैं। पर वह कर भी क्या सकते थे। वह गोकुलचंद पर नैतिक दबाव ही डाल सकते थे। वैसे जाते-जाते बड़े भाई के स्नेह में गोकुलचंद को सीधे रास्ते पर चलने ग्रौर इस मुसीबत से छुटकारा पाने का उपदेश देकर चले गए।

७

क्वार्टरों के उस मुहल्ले के जीवन में एक ग्रनहोनी बात हो गई। ग्रभी दोपहर ग्रारंभ ही हुई थी, दफ्तर बंद होने में बहुत सारा समय शेष था कि सारे के सारे बाबू झुंड-सा बनाकर क्वार्टरों की ग्रोर की

१. चोटी

चढ़ाई चढ़ते हुए नज़र ग्रा रहे थे। क्वार्टरों के सामने के मैदान में खेलते हुए किसी बच्चे की दृष्टि उस झुंड पर पड़ गई। वह ठगा-सा खड़ा रह गया। इस समय तो पिताजी को दफ्तर में होना चाहिए था। कहीं ऐसा तो नहीं कि उसे खेलते हुए देख लिया गया हो ग्रौर उसे इस बात के लिए डांट पड़ जाए कि इस समय वह खेल क्यों रहा है, पढ़ क्यों नहीं रहा।

उसकी देखा-देखी शेष बच्चे भी स्तंभित होकर खड़े-के-खड़े रह गए। ग्रौर सहसा वे सारे के सारे शोर मचाते हुए ग्रपने घरों में काम करती हुई माग्रों के पास भाग गए। बच्चों से ग्रधिक उत्सुकता स्त्रियों में थी। ग्राखिर इस समय मर्दों के घर लौटने का क्या ग्रर्थ ? ग्रौर फिर मेरे पति भी ग्रा रहे हैं या बाकी लोग ही। थोड़ी देर में सारे क्लर्कों की पत्नियां ग्रपने बच्चों के साथ बाहर ग्रा खड़ी हुईं।

सबने देखा कि सारे बाबू क्वार्टरों की ग्रोर ग्रा रहे हैं। ग्रवश्य ही कोई ग्रनहोनी हुई है, नहीं तो सारे लोग कैसे घर ग्रा सकते हैं, जैसे दफ्तर ही बंद हो गया हो। पर पुरुष लोग बड़े धीरे-धीरे सहज भाव से घरों की ग्रोर ग्रा रहे थे, जैसे दफ्तर बंद होने के पश्चात् शाम को लौटा करते थे। वे लोग बड़े सहज ढंग से ग्रापस में गपशप भी कर रहे थे ग्रौर जोर-जोर से हंस रहे थे। उन लोगों को देखकर किसी ग्रनहोनी की उत्तेजना का कोई ग्राभास नहीं मिलता था। वे तो ऐसे ही लौट रहे थे, जैसे कुछ न हुग्रा हो।

वे लोग जब कुछ ग्रौर पास ग्राए तो ग्रौरतों ने देखा, सारे पुरुषों ने ग्रपने-ग्रपने कोट की बांह पर काला कपड़ा-सा बांध रखा था। पर जब सवेरे वे लोग दफ्तर गए थे, तब तो किसी ने भी इस प्रकार की कोई चीज़ नहीं बांधी थी। स्त्रियों ने एक दूसरी की ग्रोर देखा। पर किसी की समझ में कुछ नहीं ग्राया।

तब तक पुरुष इतने पास ग्रा चुके थे कि स्त्रियों का ग्रपने-ग्रपने घर चले जाना ग्रावश्यक हो गया था। हर स्त्री, उस झुंड में से किसी-न-किसी पुरुष को बड़ा ग्रौर ग्रादरणीय मानकर उससे परदा करती थी। ग्रतः किसी स्त्री को भी बाहर खड़े रहना उचित नहीं था।

स्त्रियों के साथ-साथ बच्चे भी घरों में घुस गए थे। क्वार्टरों के बाहर का मैदान अब खाली पड़ा था।

जुगल ने भी जाकर वीरां को बताया था कि पिताजी आ रहे हैं। पर वीरां के लिए यह कोई प्रसन्नता की बात नहीं थी। गोकुलचंद घर में नहीं होते तो वह गंगा की उपेक्षा कर स्वयं को घर की मालकिन और स्वतंत्र समझने लग जाती थी। किसी बात में गंगा से विरोध हो जाने पर भी उसे कोई अंतर नहीं पड़ता था। गंगा उससे अपनी कोई बात नहीं मनवा पाती थी। तब वीरां की ही चलती थी। पर गोकुलचंद के घर पर होने से गंगा का पलड़ा भारी हो जाता था। गोकुलचंद घर में वही बात होने देते थे, जो गंगा को पसंद हो। गंगा ने यद्यपि वीरां का विरोध कर अपनी कोई बात मनवाने का प्रयत्न नहीं किया था। वह उस घर में आकर, उस घर की सदस्या बनकर, काम से छुटकारा और अच्छे कपड़े प्राप्त कर ही प्रसन्न थी। फिर भी गोकुलचंद गंगा के कहे बिना ही कहीं न कहीं वीरां को अपनी इच्छा के विरुद्ध कार्य करने को बाध्य कर देते थे।

वीरां के भीतर कोई बहुत सख्त-सी चीज़ पैदा हो गई थी। वह ऊपर से जितनी निरीह लगती थी, भीतर से उतनी ही कठोर होती जाती थी। उसने गंगा ही नहीं धीरे-धीरे गोकुलचंद की उपेक्षा करनी भी सीख ली थी। अब उसके लिए आवश्यक नहीं था कि गोकुलचंद के घर आने पर वह अवश्य ही बाहर जाकर उनका स्वागत करे। वह उनकी ओर ध्यान ही नहीं देती थी। ठीक समय पर उन्हें खाना देना उसने अपना कर्तव्य समझ लिया था और वह, वह कर देती थी। नहीं तो गोकुलचंद को किसी चीज़ की आवश्यकता पड़े तो नीचे आ जाएं, या उसे ऊपर बुला लें।

किन्तु, गंगा के लिए गोकुलचंद का इस समय घर लौट आना रोमांच से कम नहीं था। वह दरवाज़े के साथ सटी खड़ी थी। जैसे ही गोकुलचंद पास आए, उसने भिड़ा हुआ दरवाज़ा खोलकर उन्हें घर के भीतर आने का मार्ग दे दिया।

गंगा कुछ पूछने को ही थी कि उसकी दृष्टि गोकुलचंद के कोट की

पृष्ठभूमि

मेरे दादा हरकिशनदास कोहली अविभाजित पंजाब के वन-विभाग में हेडक्लर्क थे। जीवन-भर वे अपने विभाग की दृष्टि से महत्वपूर्ण स्थानों तत्कालीन पंजाब के पहाड़ी क्षेत्रों में रहे। मेरे पिता परमानन्द कोहली ने अपना बचपन दादाजी के साथ उन्हीं पहाड़ी क्षेत्रों में बिताया और बड़े होने पर, स्वयं भी उसी विभाग में नौकरी करने के कारण, उन्हीं क्षेत्रों में बराबर घूमते रहे। उन क्षेत्रों के तत्कालीन जीवन को उन्होंने अच्छी तरह देखा और समझा था। अपने इन अनुभवों से उन्होंने पाया कि मैदानी क्षेत्रों से गये अनेक 'बाबुओं' का उस ठंडे प्रदेश के मादक वातावरण में अपनी स्त्रियों के बिना रहना कठिन था —जो उन दिनों अधिकांशतः अपने पति के साथ नौकरी-स्थान पर न जाकर, घर पर शेष परिवार के साथ रहा करती थीं। अतः स्थानीय लोगों की कल्पनातीत निर्धनता का शोषण कर, वे किसी-न-किसी स्थानीय स्त्री से सम्बन्ध स्थापित करने में सफल हो जाते थे, जिसका अनिवार्य परिणाम उनके निजी तथा परिवार के जीवन पर पड़ता था।

मेरे पिताजी को अपने शैशव मे ही लिखने का शौक रहा है। यह संयोग ही था कि उनके जीवन की कठिन और प्रतिकूल परिस्थितियों ने उन्हें इस क्षेत्र में आगे बढ़ने नहीं दिया। अपने पुत्र को इस क्षेत्र की ओर उन्मुख होते देख, उन्होंने अपनी नौकरी के दिनों के अनुभव के आधार पर लिखा गया एक दीर्घ उपन्यास, इस विचार से मुझे सौंप दिया कि यदि मैं उस सामग्री का उपयोग कर सकूं, तो कर लूं।

प्रस्तुत उपन्यास उनके द्वारा लिखे गये उस दीर्घ उपन्यास के एक अत्यन्त संक्षिप्त अंश का पुनर्लेख मात्र है। अतः मूल लेखक होने का श्रेय न लेकर, मैं स्वय को संपादक या पुनर्लेखक ही मानता हूँ।

अवसर मिला तो भविष्य में यथासम्भव उनकी शेष सामग्री का भी पुनर्लेखन करूँगा।

नरेन्द्र कोहली
दस सितम्बर, उन्नीस सो बहत्तर।

बांह पर बंधी काली पट्टी पर पड़ गई। वह ज़ोर से खिलखिला कर हंस पड़ी।

गोकुलचंद समझ गए कि वह उस काली पटटी के कारण हंस रही है। उन्होंने एक बार हंसती हुई गंगा को देखा और एक नज़र से अपनी काली पट्टी को भी देख लिया। उन्हें उसमें कुछ अटपटा नज़र नहीं आया।

"क्यों हंस रही हो?"

गंगा उसी प्रकार हंसती रही। बोली, "तावीज़ भी बांधनी नहीं आती। गले में नहीं डालनी थी तो बांह पर बांध लेते। कोट के ऊपर क्यों बांधी?"

गोकुलचंद गंगा की सरलता को मुग्ध आंखों से देखते रहे। फिर धीरे से उठकर कमरे का दरवाज़ा बंद किया और गंगा को अपनी बांहों में घेर लिया "तू इसे ताबीज़ समझती है?"

"और क्या है?"

"यह काला कपड़ा है।" गोकुलचद बोले, "दुख का चिह्न।"

"किस बात का दुख है तुम्हें?" गंगा ने स्वयं को छुड़ा, जाकर कमरे का दरवाज़ा खोल दिया।

"हमारे राजा तो अंग्रेज़ हैं न।" गोकुलचंद ने समझाया, "अंग्रेज़ों के देश का बादशाह सातवां एडवर्ड आज मर गया है। उसी का दुख सारे अंग्रेज़ मना रहे हैं। इसलिए दफ्तर भी बंद हो गया है।"

"तो तुम्हारी नौकरी छूट जाएगी क्या?" गंगा भयभीत हो गई।

"नौकरी क्यों छूटेगी!" गोकुलचंद हंसे, "यह भी किसी के घर की नौकरी है कि मालिक मर गया तो नौकरी छूट गई। यह तो सरकारी नौकरी है। बादशाह मर गया, सरकार तो नहीं मरी। अब उसकी जगह उसका बेटा बादशाह बनेगा।"

नौकरी से आश्वस्त होकर गंगा का मन दूसरी ओर चल पड़ा। बोली, "हमारा बादशाह कौन है?"

"हम अंग्रेजों के गुलाम हैं।" गोकुलचंद ने समझाया, "इसलिए

अंग्रेजों का बादशाह ही हमारा बादशाह है। अंग्रेजों के समान हम भी शोक मनाकर अपनी वफादारी जता रहे हैं। अब यह पट्टी नये बादशाह के सिंहासन पर बैठने पर खुलेगी।''

''अच्छा! बाहर जाओगे तो फिर बांध लेना। घर में तो खोल दो।'' गंगा उनकी पट्टी खोलने लगी।

''नहीं गंगा! इसे मत खोलो।' गोकुलचंद सहसा ही एकदम उदास हो गए थे, ''यदि अंग्रेज़ अफसरों को यह पता चलेगा कि मैंने घर जाकर पट्टी खोल दी थी, तो वे नाराज़ हो जाएंगे। वैसे भी गंगा! मैं शोक मना रहा हूं। मेरी यहां से बदली हो गई है। मुझे लाहौर जाना पड़ेगा।''

''हम यहां नहीं रहेंगे?'' गंगा ने पूछा।

''नहीं। हमें लाहौर में रहना होगा।'' गोकुलचंद का स्वर वीरान हो गया था।

लाहौर बदली हो जाने की बात घर में सबके लिए महत्वपूर्ण थी। इसलिए उसने सभी को प्रभावित किया था।

वीरां के लिए यह सूचना बहुत प्रसन्नता लेकर आई थी। यहां वह अपने घर, रिश्तेदारों और बिरादरी से दूर थी, इसलिए गोकुलचंद अपनी मनमानी कर रहे थे। लाहौर तो उनके स्यालकोट के एकदम पास था। गाड़ी से कुछ ही घंटों का रास्ता था। स्यालकोट में उसके देवर और जेठ थे। उसके अपने भाई भी वहां से बहुत पास थे। डिंगीं था ही कितनी दूर! आदमी दिन में चार बार जाकर लौट आए। फिर सारी बिरादरी वहीं थी। वे सब लोग उसी का पक्ष लेंगे—वह अच्छी तरह से जानती थी। तब गोकुलचंद उन सबका विरोध कैसे करेंगे। सबसे लड़कर वह गंगा को साथ कैसे रखेंगे, वह भी देखेगी।

एक बात उसके मन में और भी थी। हो सकता है, इन सारी बातों का अवसर ही न आए। संभव है गोकुलचंद गंगा को साथ लेकर ही न जाएं। आखिर वह उनकी ब्याहता तो है नहीं। रखैल है। जब तक मन चाहा, साथ रख लिया, नहीं मन चाहा, निकाल कर बाहर कर दिया। कोई भी गोकुलचंद को गंगा को साथ रखने के लिए बाध्य

नहीं कर सकता था। वह बहुत सारे ऐसे लोगों को जानती थी, जो नौकरी पर घर से दूर जाने पर वहां दूसरी स्त्री रख लेते थे और घर के आस-पास बदली होने पर उस स्त्री को वहीं छोड़ जाते थे।

फिर यह भी हो सकता था कि गंगा ही साथ जाने से इंकार कर दे। गंगा जीवन में पहली बार अपना गांव जगतसुख छोड़कर नगर आई थी। उसने इससे बाहर की दुनिया कभी देखी ही नहीं थी। जगतसुख में उसकी मां थी, उसकी बहन थी। और भी रिश्तेदार थे तो यहीं थे। उनको छोड़कर वह लाहौर जाना पसंद करेगी क्या? आखिर वह गोकुलचंद की ब्याहता तो नहीं थी। इसलिए उनके पास आ गई थी कि उसे काम न करना पड़े, और पहनने को अच्छे कपड़े मिलें। यह सब उसे किसी और से भी मिल सकता है। फिर उसे गोकुलचंद के साथ अपने घर से इतनी दूर जाने की क्या आवश्यकता थी?

वीरां ने गंगा को यह भी बताया था कि लाहौर में बहुत गर्मी पड़ती है। वहां घर तपते हैं और पीने का पानी तक उबलता रहता है। वहां पहाड़ों जैसी ठंड साल में कभी भी नहीं पड़ती। वहां पहाड़ों के लोग जीवित नहीं रह सकते। हो सकता है गंगा वहां की लू लगने से मर जाये या फिर वहां की गरम हवा में सांस लेने से मर जाये। पर उसका मरना निश्चित था।

और यदि वहां की प्रकृति में किसी प्रकार वह जीती भी रही तो वहां वीरां के रिश्तेदार हैं, जो उसे नहीं छोड़ेंगे। वे लोग गोकुलचंद के काम से बहुत नाराज़ हैं और प्रतीक्षा कर रहे हैं कि कब गोकुलचंद गंगा को लेकर वहां आये। वहां पहुंच कर यदि गोकुलचंद ने गंगा को न छोड़ा तो वे लोग उन दोनों की हत्या कर देंगे। पर यदि गंगा उनके साथ न जाए तो वे लोग गोकुलचंद को कुछ नहीं कहेंगे। गंगा यदि चाहती है कि गोकुलचंद जीवित रहें तो उसे चाहिए कि गोकुलचंद के साथ जाने से इंकार कर दे।

गंगा लाहौर जाने की बात से बहुत डर गई थी। इतनी चिंता उसको तब भी नहीं हुई थी, जब जेठूराम ने उसे अपने साथ बड़े बाबू

के घर चलने के लिए कहा था। बड़ी सरलता से वह चली आई थी। तब दुविधा नहीं हुई थी उसे। पर लाहौर जाने की बात से उसके मन में भय, चिंता और दुविधा सारी बातें एक साथ आ बैठी थीं। कहीं सचमुच ही गोकुलचंद ने वहां जाकर उसे छोड़ दिया, या लोगों ने उसे अथवा गोकुलचंद को मार डाला तो?

और सहसा ही उसने अनुभव किया कि उसका भय गोकुलचंद के लिए ही अधिक था। कहीं उनका कोई अनिष्ट न हो। ऐसी अवस्था में उसका गोकुलचंद के साथ जाना और भी आवश्यक हो गया था। वह अपने 'बाबू' से अलग नहीं रह सकती। उस पर कोई कष्ट आया और वह उनके साथ न हुई तो उनकी सहायता कोई नहीं करेगा— यह उसके मन में निश्चित था। वीरां की ओर से उसे कोई आशा नहीं थी। उसे लगता था कि उसके कारण, वीरां गोकुलचंद से इतनी चिढ़ गई थी कि समय पड़ने पर वह उसकी सहायता न करके, उन्हें और अधिक परेशान करेगी।

गंगा ने बहुत सोच-समझ कर अपने भय और चिंता के बावजूद गोकुलचंद के साथ लाहौर जाने का निर्णय कर लिया था।

गोकुलचंद पर इस बदली का प्रभाव सबसे अधिक पड़ा था। वह लाहौर जाने की तैयारी वैसे कर रहे थे, जैसे कोई काले पानी जाने की तैयारी कर रहा हो। वह जानते थे कि यहाँ उनके अपने बिरादरी वाले या रिश्तेदार नहीं थे। यहाँ उनके पास बच्चा भी एक ही था। लाहौर जाते ही वह ऐसे लोगों से घिर जाएंगे, जो उन पर गंगा को छोड़ देने के लिए दबाव डालेंगे। फिर उन्हें दोनों बड़े बच्चों को भी स्यालकोट से बुला लेना पड़ेगा और उनकी स्वतंत्रता पर प्रतिबंध लगने लगेंगे। आर्थिक रूप से भी उनका लाहौर जाना ठीक नहीं था। लाहौर में न सरकारी क्वार्टर मिलने की संभावना थी और न शेष चीजें इतनी सस्ती थीं। पर जाना तो था ही।

८

लाहौर में गोकुलचंद ने गली मिट्टी पट्टां में मकान लिया था। गली बहुत ही संकरी थी, अधिक से अधिक छः फिट चौड़ी रही होगी। मकान एक दूसरे से मिले हुए थे और आमने-सामने के मकानों की खिड़कियों से दूसरे घर को अच्छी तरह देखा जा सकता था और आवाज़ें तो सारी गली में ही सुनी जा सकती थीं।

गोकुलचंद का मकान तीन मंजिला था। सबसे नीचे एक ड्योढ़ी और एक कमरा था। यही कमरा गोकुलचंद और गंगा का कमरा था। ड्योढ़ी से ऊपर सीढ़ियां जाती थीं। ऊपर एक रसोई और एक कमरा था। यह कमरा वीरां और बच्चों के लिए था। तीसरी मंजिल पर केवल एक बरसाती थी। यह एक तरह से खाली ही थी।

गंगा अपने घर में चावल या खिचड़ी खाने की आदी थी। पर जब से वह वीरां का बनाया खाना खा रही थी, उसे दोनों समय रोटियां ही खानी पड़ती थीं। वीरां स्वयं चावल बनाती नहीं थी और गंगा को रसोई में घुसने नहीं देती थी कि वह स्वयं चावल या खिचड़ी बना ले।

ऊपर की बरसाती खाली देखकर गंगा का मन अपनी अलग रसोई बनाने को कर गया। गोकुलचंद को उसमें कोई आपत्ति नहीं थी और वीरां से पूछने की आवश्यकता नहीं थी। गंगा ने बरसाती में अपना चूल्हा बना लिया और वीरां से एक पतीला, ढक्कन और कड़छी मांग लाई। वीरां को बर्तन देने में कोई आपत्ति नहीं थी, पर वे बर्तन वापस उसकी रसोई में नहीं आएंगे। वैसे भी वह चाहती थी कि गंगा अपना खाना अलग पकाए ताकि उसे गंगा की रोटियां पकाने से अवकाश मिले। वीरां ने बर्तन दे दिए।

वीरां खाना बनाकर बहुत देर तक गोकुलचंद की प्रतीक्षा करती रही। पर बहुत देर हो गई और गोकुलचंद ऊपर से नीचे न आए।

अंत में वीरां ने जुगल को ऊपर भेजा कि वह उन्हें बुला लाए।

जुगल ने आकर बताया कि गंगा ने खिचड़ी बनाई है और गंगा और पिताजी एक ही थाली में इकट्ठे बैठे खा रहे हैं।

वीरां के तन-बदन में आग लग गई। उसने कभी नहीं सोचा था कि गोकुलचंद, उसके पति, कभी गंगा के साथ बैठकर एक ही थाली में उसका जूठा खाएंगे। स्त्री का पुरुष के जूठे बर्तनों में खाना और चीज़ है, पर पुरुष होकर स्त्री का जूठा खाना—इससे अधिक पतित बात और क्या हो सकती है। स्त्री पुरुष का जूठा खाती है तो वह उसके प्रेम और सौभाग्य की निशानी है, पर पुरुष स्त्री का जूठा खाए……

वीरां से नहीं सहा गया। वह अपना खाना-पीना भूलकर सीढ़ियों के पास बैठ गई। कभी तो गोकुलचंद नीचे उतरेंगे ही। वह इस विषय में उनसे ज़रूर बात करेगी। अब वह और नहीं सह सकती। वह कभी भी बर्दाश्त नहीं करेगी कि उसका पति, उसके बच्चों का बाप, एक नीच जाति की औरत का जूठा खाना खाए……

गोकुलचंद नीचे उतरे तो वीरां उनके सामने आकर खड़ी हो गई। पर बोली कुछ नहीं।

"क्या है?" अंत में गोकुलचंद को ही पूछना पड़ा।

अब वीरां बोली, "सुना है आपने गंगा के साथ बैठकर एक ही थाली में खाना खाया है।"

"हां खाया है।" गोकुलचंद बोले, "तो क्या हुआ?"

वह भी लड़ाई के लिए पूरी तरह प्रस्तुत थे। या फिर वह इस अवसर की प्रतीक्षा ही कर रहे थे।

वीरां बोली, "मर्दों को औरतों का जूठा नहीं खाना चाहिए।"

"क्यों?" गोकुलचंद ने व्यंग्यात्मक ढंग से मुस्करा कर पूछा।

"क्योंकि औरत मूर्ख होती है।" वीरां बोली, "उसमें बुद्धि नहीं होती। जो पुरुष स्त्री का जूठा खाता है उसकी बुद्धि भी नष्ट हो जाती है, और फिर यह स्त्री तो एक नीच जाति की है। तुम खतरी होकर शूद्र जाति की स्त्री का जूठा खाते हो, सीधे नरक में जाओगे।"

गोकुलचंद का क्रोध एकदम उबल पड़ा। बोले, "बकवास बंद करो। तुम्हें मेरे सामने बहुत ज्यादा बोलने की आवश्यकता नहीं है। बहुत जूठा-जूठा लगा रखा है। कौन सा पुरुष ऐसा है, जिसके भीतर स्त्री की जूठन नहीं जाती। बताओ तुम्हारे ही मुंह में मेरी थूक नहीं गई कि मेरे मुंह में तुम्हारी थूक नहीं गई। स्त्री और पुरुष में अलग रह क्या जाता है। यदि गंगा शूद्र है तो फिर मैं भी शूद्र हो चुका हूं और यदि तुम मुझे खतरी मानती हो तो गंगा मेरे कारण खतरानी हो गई है।"

वे चुप होकर वीरां को घूरते रहे और फिर नीचे की सीढ़ियों की ओर लपके। दो-तीन सीढ़ियां वे बहुत तेजी में उतरे और फिर मुड़कर तेज आवाज में बोले, "आज शाम का खाना गंगा बनाएगी और तुम्हारी रसोई में बैठ कर बनाएगी। वही खाना मैं खाऊंगा और वही सब लोगों को खाना होगा। तुम्हें भी। सुना?" वे क्षण भर रुके और फिर बोले, "मैं आज तक तुम्हारा मुंह देखता रहा और कुछ नहीं बोला, पर देखता हूं कि तुमको कभी भी बुद्धि नहीं आएगी। वह बेचारी कुछ कहती नहीं और तुम उसे अछूत भिखारिन समझती हो। मैं अब यह सब और सहन नहीं करूंगा।"

और वह धड़ाधड़ सीढ़ियां उतरते हुए दफ्तर चले गए।

शाम को पांच बजे के लगभग गोकुलचंद लौटे तो उन्होंने पहला प्रश्न खाने के विषय में ही किया, "खाना किसने बनाया है?" उन्होंने पूछा।

"मैंने।" वीरां ने उत्तर दिया।

गोकुलचंद आपे से बाहर हो गए, "तुम कान खोलकर यह सुन लो" वह बोले, "यह घर मेरा है और यहां वही होगा, जो मैं चाहता हूं। जो मुझसे बाहर होकर चलना चाहे, वह अपना रास्ता पकड़े। वह इस घर में नहीं रह पाएगा।"

वीरां अपने स्वभाव के उद्धतपन के साथ चुपचाप खड़ी रही।

गोकुलचंद कुछ देर तक तो उत्तर की प्रतीक्षा में खड़े रहे, पर कोई उत्तर न पाकर वह रसोई के भीतर चले गए। उन्होंने दीवार के

साथ टिका हुआ आसन उठाया और उसे बिछाकर बैठ गए। फिर उन्होंने जोर से गंगा को आवाज़ दी।

"आई", कहती हुई गंगा नीचे उतरी।

उसे सवेरे ही मालूम हो गया था कि आज घर में कुछ न कुछ फसाद होने वाला है। वह इन बातों से बहुत डरती थी। ठीक है कि उसे गोकुलचंद का संरक्षण प्राप्त था और कोई उसे कुछ नहीं कह सकता था, पर फिर भी वह अपने लिए केवल इस घर में रहने का स्थान और गोकुलचंद के साथ शांतिमय जीवन चाहती थी। वह वीरां अथवा उसके बच्चों का बुरा नहीं चाहती थी। वह अपना आराम तो चाहती थी पर यह नहीं चाहती थी कि वीरां अथवा उसके बच्चों को तकलीफ हो। पर यह भी जानती थी कि उसके चाहने से कुछ नहीं होगा। वीरां और गोकुलचंद दोनों ही अपनी-अपनी जगह बहुत हठी थे। उनमें से एक व्यक्ति भी झुकने को तैयार नहीं था। फिर फसाद तो कभी न कभी होना ही था।

सीढ़ियों से नीचे उतरते ही उसने सब कुछ देख लिया था और वह समझ भी गई थी कि बात क्या है। गोकुलचंद रसोई के भीतर बैठे उसे बुला रहे थे। पर वह इस रसोई के भीतर कभी नहीं गई थी। वीरां वहां न होती तो शायद उसे रसोई में घुसने में इतनी दुविधा न होती। पर वीरां ऐन रसोई के दरवाज़े पर खड़ी थी। वह झपट कर उसकी गर्दन भी पकड़ सकती थी। हो सकता है कि गोकुलचंद के सामने वह ऐसा साहस न करे पर फिर भी संकोच के कारण गंगा के पैर रसोई की दहलीज़ नहीं टाप रहे थे।

गोकुलचंद ने गंगा को बाहर ही रुके देखा तो उनका क्रोध और भी तेज़ हो गया, "आती हो या मैं तुम्हें झोंटे से घसीट कर लाऊं ?"

वह सचमुच उठने की तैयारी में थे।

"बहन वीरां को बुरा लगेगा।" अंत में गंगा ने बड़े प्रयत्न के साथ कहा। उसकी दृष्टि वीरां पर टिकी हुई थी।

"जब मैं स्वयं तुम्हें बुला रहा हूं तो वीरां के नाराज़ होने का क्या र्थ है।" गोकुलचंद का स्वर और भी ऊंचा हो गया।

गंगा के मन में एक ओर वीरां का भय था और दूसरी ओर गोकुलचंद का। उसका द्वंद्व उसे कुछ भी करने नहीं दे रहा था। पर वह जानती थी कि वीरां और गोकुलचंद में से उसे यदि किसी एक को चुनना हो तो उसे गोकुलचंद को ही चुनना है।

वह अपने मानसिक और शारीरिक बल को एकत्र करके रसोई में घुस गई। वीरां के चेहरे पर क्रोध का एक भभूका चमका और चेहरा क्षण भर के लिए एकदम लाल हो गया। पर वह अपने को बांधने में सफल हो गई। वह कुछ नहीं बोली। चुपचाप उठी और ऊपर छत पर जाकर लेट रही।

तीनों बच्चे सहमे-सहमे मां के आस-पास ही मंडरा रहे थे। वे समझ रहे थे कि घर में झगड़ा हो रहा है। पर उन्हें क्या करना है, वे नहीं जानते थे। ऐसे समय में उन्हें इतना ही पता था कि उन्हें अपनी मां के आस-पास ही बने रहना है और आगे होने वाली घटनाओं की प्रतीक्षा करनी है।

गोकुलचंद ने गंगा को खाना परोसने के लिए कहा। गंगा ने डरते-डरते खाना परोस दिया और उनके पास ही जमीन पर बैठ गई। गोकुलचंद ने अपना पूरा खाना खाया, जैसे जो कुछ हुआ है, उसका उन पर कोई प्रभाव नहीं पड़ा था। खाना समाप्त कर उन्होंने पानी पिया। जोर से डकार लिया, 'हरि ओम्' कहा और हाथ धोकर कुल्ला किया।

फिर वह गंगा की ओर मुडकर बोले, "तुम भी खाना खा लो।"

गंगा ने जो कुछ किया था, वह मजबूरी में किया था, नहीं तो वीरां को नाराज़ करना वह नहीं चाहती थी। वह जानती थी कि रसोई में घुस कर गोकुलचंद को खाना देना और बात है और उसका स्वयं वहां बैठकर वीरां के बर्तनों में खाना खाना और बात है। अब तक जो कुछ हुआ था, वह की उपस्थिति में वीरां गोकुलचंद ने जबर्दस्ती करवाया है। यदि गंगा ने वहां खाना खाया, तो वीरां यही समझेगी कि वह गंगा ने अपनी मर्ज़ी से किया है। पर गोकुलचद की बात को टालना भी सरल नहीं था।

"मैं बाद में खा लूंगी।" वह बोली, "मुझे अभी भूख नहीं है। वैसे भी मेरे बर्तन अपने कमरे में पड़े हैं। उन्हें ले आऊं तो उनमें अपना खाना ले लूंगी।"

गोकुलचंद भी जानते थे कि वह उन्हें टाल रही है। वह अपनी बात पर अड़े रहे। बोले, "मैं आज इस झगड़े को सदा के लिए समाप्त कर रहा हूं। तुम रसोई में आया करोगी और सबके लिए खाना बनाया करोगी। तुम भी यहां, रसोई में बाकी घर वालों के समान इन्हीं बर्तनों में खाना खाया करोगी।"

गंगा जानती थी कि गोकुलचंद वैसे ही क्रोधी स्वभाव के हैं और इस समय तो वह अपनी हठ पर अड़े हैं। उन्हें कुछ भी समझाना व्यर्थ था। उसके पास एक ही रास्ता था कि वह बिना कुछ कहे-सुने चुपचाप वहां से खिसक जाए।

गोकुलचंद ने उसका हाथ पकड़ कर उसे फिर से बैठा लिया और बोले, "तुम मेरी बात नहीं मानोगी। मैं तुम्हें अपने साथ मिला रहा हूं। मैं तुम्हें शुद्ध कर रहा हूं और तुम भाग रही हो। मैं कहता हूं कि आज से इस घर में कोई तुम्हें नीच नहीं समझेगा।"

अब गंगा के सामने उनकी बात मानने के सिवाय और कोई रास्ता नहीं था। वह किसी प्रकार मन मार कर फिर से बैठ गई। उसने गोकुलचंद के जूठे बर्तनों में खाना डाला और बैठकर खाने लगी। जब क वह पूरी तरह खा नहीं चुकी, गोकुलचंद वहां से क्षण भर के लिए हीं टले। उसे पूरी तरह खाना खिला कर वह अपने साथ ही नीचे के मरे में ले गए।

वीरां ऊपर लेटी चुपचाप रोती रही। इस समय कोई भी उसकी सहायता नहीं कर सकता था। अपने पति के विरुद्ध वह किसी की सहायता चाहती भी नहीं थी। वह मन ही मन भगवान को ही मना सकती थी कि वह उसके पति को सद्बुद्धि दें।

बच्चों ने मां के पास आकर उससे दो-एक बार बात करने का भी प्रयत्न किया, पर वीरां ने हर बार उन्हें झिड़क दिया। बच्चे मां की मनःस्थिति पहचानते थे, इसलिए रो भी नहीं रहे थे।

वीरां को कभी-कभी बच्चों पर तरस आ जाता था। उसे लगा कि इस सारी समस्या की जड़ में वह स्वयं ही है। यदि वही अपनी ज़िद छोड़ दे, तो शायद सब कुछ ठीक हो जाएगा। ठीक है कि उसका पति अब उसे नहीं मिल सकता। पर यदि वह गंगा को नीच समझना छोड़ कर उसके साथ बराबरी का व्यवहार करे और उसे भी अपने ही समान घर का, परिवार का एक सदस्य समझने लगे तो शायद घर का जीवन काफी शांतिमय हो जाए। वह घर का काम-काज करती हुई अपने बच्चों का मुंह देखती हुई अपना जीवन सुविधापूर्वक बिता सकती है। यदि गोकुलचंद गंगा के साथ शांतिपूर्वक रह सकेंगे तो यह सारा क्लेश मिट जाएगा और बच्चों के लिए जीवन इतना कठिन नहीं रहेगा।

पर फिर उसका उद्धत स्वभाव जाग उठता—वही क्यों अपना और अपने बच्चों का धर्म भ्रष्ट होने दे। घर की शांति धर्म से बड़ी चीज़ तो नहीं है। अपने जीवन को सरल और सुविधामय बनाने के लिए वह एक ग़लत ज़िद के सामने घुटने टेककर अपना और अपने बच्चों का धर्म नहीं बिगाड़ेगी। आखिर वह भी खतरानी है और इस घर की मालकिन है। वह अपने अंतिम सांस तक इस अन्याय के विरुद्ध लड़ेगी। जब वह नहीं रहेगी तो जिसके जी में जो आगे, वह करे। अपने जीते जी वह अपनी इच्छा के विरुद्ध होने वाले कामों का पूरा विरोध करेगी···

जुगल काफी समय से दूर-दूर से अपनी मां को देख रहा था कि ज़रा-सा भी मां का रुख देखे तो उसके पास चला जाए। पर मां की आँखें आकाश के तारों से हट ही नहीं रही थीं और उसका धैर्य अब जवाब दे रहा था। वह कुछ कह नहीं सकता था, इसलिए जब सहा नहीं गया तो चुपचाप रोने लगा।

वीरां ने उसकी सुबकियां सुनीं तो उसका गुस्सा और भी तेज़ हो गया। डांट कर बोली, "तेरा कौन मर गया है कि बैठा टसुए बहा रहा है।"

जुगल ने आंसू और सुबकियां रोकीं और सहम कर बोला, "मां

भूख लगी है। खाना दो। पिताजी और गंगा खाकर नीचे चले गए हैं। अब रसोई में कोई नहीं है।"

वीरां का जी भर आया, पर फिर भी अभी उसके भीतर विरोध था। बोली, "आज घर में खाना नहीं है। जो खाना बना था, वह सब भ्रष्ट हो गया है। आज रसोई में नीच जाति की औरत गंगा घुस गई है।"

जुगल को इतना ही समझ में आया कि उसे मां खाना नहीं देगी। अब वह अपनी सुबकियां नहीं रोक सका। उसके गले से अनायास ही आवाज़ निकलने लगी। उसे रोते देखकर कमला और सालगराम को भी सहारा मिला और तीनों बच्चे इकट्ठे ऊंचे स्वर में रोने लगे। वीरां ने करवट बदल कर उनकी ओर पीठ कर ली।

बच्चों के रोने के स्वर सुनकर गोकुलचंद ऊपर आ गए। वह जानते थे कि वीरां यदि अपनी ज़िद नहीं छोड़ेगी तो इस झगड़े का अंत नहीं होगा और उन्हें शायद वह भी करना पड़े, जो सामान्यतः वह करना पसंद नहीं करेंगे।

बाप को ऊपर आया देखकर बच्चे एकदम सहम कर चुप हो गए। आज जब उनकी मां ही उनके साथ इस प्रकार पेश आ रही थी तो बाप के हाथों कैसा व्यवहार मिलेगा, इस विषय में वे बहुत अधिक आशंकित थे।

"बच्चे क्यों रो रहे हैं?" गोकुलचंद ने वीरां से पूछा।

वीरां कुछ नहीं बोली। वह उसी प्रकार पीठ किए चुपचाप लेटी रही।

कोई उत्तर न पाकर गोकुलचंद का क्रोध छलक आया। उन्होंने ज़ोर से चारपाई के पाए पर ठोकर मारी और बोले, "जवाब क्यों नहीं देती?"

"बच्चे खाना मांग रहे हैं।" वीरां ने उसी प्रकार पीठ किए हुए लेटे-लेटे कहा। उस पर गोकुलचंद के क्रोध का कोई प्रकट प्रभाव नहीं पड़ा था।

"तो अभी तक इन्हें खाना दिया क्यों नहीं?" गोकुलचंद सख्त

ग्रावाज़ में बोले।

वीरां लेटी रही, पर उसने करवट बदलकर गोकुलचंद की ग्रोर मुंह कर लिया। उसने तेज़ नज़रों से उनकी ग्राँखों में देखा ग्रौर दृढ़ ग्रौर ठहरी हुई ग्रावाज़ में एक-एक शब्द पर बल देती हुई बोली, "सारा खाना गंगा ने छूकर भ्रष्ट कर दिया है। ग्रब उसे कौन खाए?"

"यह बात है।" गोकुलचंद बोले, "यदि तुम यह समझती हो कि कि खाना भ्रष्ट हो गया है तो तुम मत खाग्रो, पर बच्चे ऐसा नहीं समझते। तुम उन्हें वह खाना दो।"

वीरां की ग्रावाज़ ग्रौर भी दृढ़ हो गई, "मैं वह भ्रष्ट खाना ग्रपने बच्चों को नहीं खिलाऊंगी।"

गोकुलचद की ग्रावाज़ कुछ ग्रौर ऊंची हो गई, "ये बच्चे मेरे हैं। जब मैं गंगा का छुग्रा हुग्रा खाना खाकर स्वयं को भ्रष्ट नहीं समझता तो वह खाना खाकर मेरे बच्चे भी भ्रष्ट नहीं होंगे। मैं कहता हूं कि तुम उन्हें वह खाना दो।"

पर वीरां पर गोकुलचंद के क्रोध का प्रभाव उल्टा हो रहा था। वह ग्रपनी जगह ग्रौर भी ग्रड़ती जा रही थी। वह उसी उद्धत भाव में बोली, "बच्चे चाहे बाप के होते हैं, पर यह देखना मां का काम होता है कि वे लोग धर्म के भीतर रहें। उनके धर्म की रक्षा करना मेरा काम है। मैं उनका धर्म भ्रष्ट नहीं होने दूंगी।"

गोकुलचंद के लिए ग्रब क्रोध रोकना कठिन हो गया, पर वह बच्चों के सामने वीरां पर हाथ उठाना नहीं चाहते थे। गरज कर बोले, "तुम्हारा यही निर्णय है तो तुम ग्रपने बच्चों को लेकर यहां से चली जाग्रो। यहां ग्रधर्मी लोग रहते हैं। तुम्हारे बच्चों का धर्म यहां कभी भी सुरक्षित नहीं रहेगा।"

वीरां बोली, "हमें स्यालकोट भेज दो, हम ग्रपने घर में रहेंगे।"

गोकुलचंद इसके लिए तैयार नहीं थे। बोले, "स्यालकोट वाला घर मेरा है। तुम्हारा उससे क्या सम्बन्ध! तुम ग्रपने बच्चों को लेकर ग्रपने मायके चली जाग्रो।"

वीरां जानती थी कि गोकुलचंद उसे बहुत दिनों से मायके भेजने

के प्रयत्न में हैं। इस प्रकार तो उन्हें एकदम खुली छूट मिल जाएगी। वैसे भी वह तीन-तीन बच्चों को लेकर कहां अपने भाइयों पर बोझ बन कर रहेगी। इस बात का विरोध तो उसे और सभी बातों से बढ़ कर करना था। बोली, "मैं अपने मायके क्यों जाऊं! विवाह के बाद से तुम्हारा घर ही मेरा घर है। मैं तो अपने घर जाऊंगी। मुझे स्यालकोट भेज दो।"

गोकुलचंद ने बहुत देर तक अपने आपको बांधा था। उनके भीतर का पशु बहुत देर से कूं कूं कर रहा था, पर उन्होंने उसे प्रकट नहीं होने दिया था। पर अब वह एकदम अनियंत्रित होकर भौंक उठा, "निकलो! तुम सब लोग यहां से निकल जाओ। मैं एक मिनट के लिए भी तुम लोगों को यहां नहीं रहने दूंगा। उठो और अभी निकल जाओ यहां से।"

उन्होंने लेटी हुई वीरां की बांह पकड़ कर उसे घसीट कर चारपाई से नीचे उतार दिया।

बच्चों ने एक साथ ही ज़ोर-ज़ोर से चिल्ला कर रोना आरम्भ कर दिया था। पर गोकुलचंद के भीतर के खुंखारते पशु में अब सामाजिक तत्त्व नहीं रह गया था। रात को बच्चों के रोने और लड़ाई-झगड़े की आवाज़ों को सुनकर लोग क्या कहेंगे—इन सब बातों का संकोच वे बहुत पीछे छोड़ आए थे।

वीरां भी अब तक एकदम ढीठ हो चुकी थी। वह उसी प्रकार रूखे स्वर में बोली, "मैं अपना सामान बांध लूं। आप हमें अभी ही गाड़ी पर चढ़ा दीजिए।"

गोकुलचंद इसके लिए भी तैयार नहीं थे। बोले, "तुम्हारा यहां कोई सामान-वामान नहीं है। तुम यहां से कुछ भी नहीं ले जा सकतीं। उठो और सीधे सीढ़ियों से नीचे उतर जाओ। मैं तुम लोगों को गाड़ी में चढ़ा कर ही कमरे में घुसूंगा।"

बिना सामान के कहीं भी जाने का कोई अर्थ नहीं था। वीरां अपने स्थान पर चुपचाप पड़ी रही।

गोकुलचंद ने बच्चों का हाथ पकड़ा और उन्हें नीचे ले चले। जब

तक मकान के भीतर रहे, तब तक बच्चों को मां-बाप में सुलह होने की फिर भी कुछ आशा थी। पर जब गोकुलचंद ने लाकर उन्हें गली में खड़ा कर दिया तो उनके रोने के स्वर और भी तेज़ हो गए।

अड़ोस-पड़ौस वाले झगड़े की आवाज़ें तो काफी देर से सुन रहे थे। पर जब बच्चों ने गली में ज़ोर-ज़ोर से रोना शुरू किया तो सारी गली के मकानों की खिड़कियां खुल गईं और सब लोग झांकने लगे। गोकुलचंद ने यह सब देखा। पर उन पर इसका कोई असर नहीं हुआ। उनकी पत्नी है, उनके बच्चे हैं, जो उनके मन में आएगा वे करेंगे। उन्हें कोई कुछ नहीं कह सकता। यदि किसी ने बीच में टांग अड़ाई तो वह उसे भी देख लेंगे।

वह बच्चों को लेकर आगे बढ़े।

वीरां छत से सब कुछ देख रही थी। उसका विचार था कि गोकुलचंद उसे धमका मात्र रहे हैं। पर जब बच्चों को लेकर गली के सिरे तक पहुंच गए तो वह समझ गई कि वह अपना कहा पूरा करेंगे। वह सीढ़ियां उतरकर नीचे आ गई और तेज़-तेज़ चलती हुई अपने बच्चों के साथ जा मिली। गोकुलचंद ने उसे कुछ नहीं कहा, न ही वह कुछ बोली। वह चुपचाप साथ चली जा रही थी।

अंधेरा काफी हो चुका था। स्टेशन दूर था और बच्चे और वीरां भूखे थे। पर गोकुलचंद को एक ही धुन थी कि इन्हें गाड़ी चढ़ा कर ही दम लूंगा। उन्होंने तांगा भी नहीं किया और बच्चों को घसीटते चले गए। बच्चों में से जब कभी किसी ने रोने का प्रयत्न किया, उन्होंने जोर से डांट दिया। वे भय से चुप हो जाते और थोड़ी देर में कोई दूसरा बच्चा रोने लगता। गोकुलचंद उसे भी डांट देते।

घंटा भर चलने के बाद वे स्टेशन पहुंचे। गोकुलचंद ने सब लोगों को प्रतीक्षालय में पटका और टिकट लेने के लिए चले।

"मुझे मकान की चाबियां दे दीजिए और घर की टिकटें ला दीजिए" वीरां ने धीरे से कहा।

"तुम घर नहीं जा रही हो।" गोकुलचंद बोले, "मैंने तुम्हें पहले ही कहा है कि तुम अपने मायके जा रही हो। मैं तुम्हारे मायके के टिकट

ला देता हूँ।

वीरां गोकुलचंद के स्वर में ग्राए परिवर्तन को पहचान रही थी। उसमें ग्रब उतनी सख्ती ग्रौर दृढ़ता नहीं थी। वह शब्दों को चबा-चबा कर बोली, ''तो ग्राप भी कान खोलकर सुन लीजिए। मैं ग्रपने मायके वाली गाड़ी में पैर भी नहीं रखूगी। मेरे मायके में मेरे लिए क्या रखा है ग्रौर फिर वहां मैं जाऊं ही क्यों। मैं जाऊंगी तो ग्रपने ससुराल, ग्रपने घर जाऊंगी, नहीं तो यहीं, इसी मुसाफिरखाने में बैठी सारी ज़िन्दगी गुजार दूंगी।''

जुगल मां के कन्धे से ग्रा लगा, ''मां! मुझे नींद ग्राई है।''

वीरां का क्रोध ग्रौर मुखर हो गया, ''तो मैं क्या करूं। तुम्हारा बाप तुम्हें यहां मुसाफिरखाने में लाया है। यहीं फर्श पर सो मर जा, ग्रौर ग्रपने बाप की जान को रो।''

गोकुलचंद कुछ नहीं बोले। यहां मुसाफिरखाने में वह वीरां के साथ नहीं लड़ना चाहते थे। घर की बात ग्रौर थी। वहां भी लोग उनके झगड़े को सुन रहे थे, पर ग्रांखों की ग्रोट तो थी। यहां तो सब साथ-साथ ग्रामने-सामने बैठे हैं। वैसे भी इस लंबे झगड़े, स्टेशन तक पैदल ग्राने ग्रौर बच्चों की दुर्गति ने उन्हें उतना दृढ़ नहीं रहने दिया था। पर वह वीरां की बात भी कैसे मान सकते थे! वह वीरां ग्रौर बच्चों को वहीं छोड़कर निकल गए।

लगभग ग्राधे घंटे तक वह प्लेटफार्म पर इधर से उधर घूमते रहे ग्रौर सोचते रहे। पर वह कुछ भी निश्चित नहीं कर पा रहे थे। वह वीरां ग्रौर बच्चों को घर वापस ले जाने के लिए तैयार नहीं थे। पर वह उन्हें इस प्रकार किसी भी गाड़ी पर चढ़ाकर छुटकारा पा लेने के लिए भी बहुत उत्सुक नहीं रह गए थे। वह प्लेटफार्म पर टहलते रहे ग्रौर सोचते रहे। पर जब कुछ भी निर्णय नहीं ले पाए तो उन्हें स्वयं ग्रपने ऊपर ही झल्लाहट होने लगी। गंगा वहां ग्रकेली बैठी उनकी प्रतीक्षा कर रही होगी ग्रौर वह यहां व्यर्थ ही रात गंवा रहे हैं।

ग्रौर फिर उनके मन में एक उत्सुकता जागी। वह वीरां ग्रौर बच्चों को वहां छोड़ ग्राए थे। वह चाहते तो लौट कर घर चले जाते। वह

कभी भी वीरां के पास वापस नहीं जाते। तब वीरां बच्चों के साथ क्या करेगी ! क्या सचमुच वह यहीं, मुसाफिरखाने में जीवन बिता देगी !

उनके पैर मुसाफिरखाने की ओर बढ़ चले। उन्होंने दूर से देखा कि सारे बच्चे वहीं फर्श पर बिना कोई कपड़ा बिछाए लेट कर सो गए हैं। और वीरां अभी भी उसी प्रकार चेहरे पर उद्धत भाव लिए निडर होकर बैठी है। उसके चेहरे पर सचमुच ही सारी जिन्दगी यहीं बिता देने का संकल्प था।

वह एकदम झल्ला उठे। तेज़ कदमों से चलते हुए वह उनके पास आए और बच्चों को झंझोड़ कर जगा कर खड़ा कर दिया। वीरां ने कुछ भी नहीं कहा। वह चुपचाप उठकर खड़ी हो गई। उसने यह भी नहीं पूछा कि वह टिकटें लाए हैं या नहीं और यदि लाए हैं तो कहां की लाए हैं। वह केवल खड़ी थी, मूर्तिवत्, कुछ भी सहने को तैयार। दृढ़ संकल्प।

और उस बौखलाहट में रात के ग्यारह बजे फिर वापसी की यात्रा आरंभ हुई। बच्चे भूख और नींद में घिसट रहे थे और रास्ता था कि समाप्त ही नहीं हो रहा था।

बारह बजे के लगभग वे लोग घर पहुंचे। गंगा ने दरवाज़ा खोला, वह अभी तक जाग रही थी।

घर में घुसते ही गोकुलचंद ने दरवाज़ा बंद किया और वीरां पर झपट पड़े, "मैं तुमसे बहुत तंग आ गया हूं। तुमने मेरे जीवन को नरक बना रखा है। तुम यही चाहती हो तो यही सही। अब कल तुम मुझे जीवित न पाओगी।"

वह अपने कमरे में घसे और चारपाई का बिस्तर उठा कर नीचे पटक दिया। उन्होंने चारपाई की अदवैन निकाल ली और मेज पर चढ़ कर उस रस्सी को छत में पंखा लगाने के लिए लगाए गए हुक में लटका दी।

वीरां अब तक खड़ी सब कुछ देख रही थी। उसकी आंखों में से दो आंसू निकल आए। उसके भीतर की कठोरता सहसा पिघल गई थी। वह अब चुपचाप खड़ी न रह खकी। वह गोकुलचंद रर झपट

पड़ी। गंगा डरी-डरी सी एक कोने में चुपचाप खड़ी रही और वीरां और गोकुलचंद में छीन-झपट होती रही। रस्सी कभी एक के हाथ में होती और कभी दूसरे के हाथ में।

वीरां ने महसूस किया कि गोकुलचंद इस समय न क्रोध में थे और न ही वह अपनी पूरी शक्ति से रस्सी छीन रहे थे। वह जैसे बार-बार वीरां को रस्सी छीन लेने का अवसर दे रहे थे और चाहते थे कि वह उन्हें मना ले कि वह आत्महत्या नहीं करेंगे। दाम्पत्य जीवन के इस कोमल अवसर को वीरां अच्छी तरह पहचानती थी। वह एक बार पिल पड़ी और उसने गोकुलचंद के हाथ से रस्सी छीन कर उन्हें धक्का देकर चारपाई पर गिरा दिया।

गोकुलचंद ने उठने और रस्सी छीनने की कोई इच्छा प्रकट नहीं की।

वीरां ने बच्चों को घेर घार कर ऊपर पहुंचाया और बच्चों सहित भूखी सोने के लिए चारपाई पर गिर पड़ी।

सुबह होने से कुछ पहले ही वीरां उठी और उसने रात का बचा हुआ खाना निकाल कर जमादार को देने के लिए अलग रख दिया। बर्तन अच्छी तरह मल-मलकर साफ किए। रसोई को अच्छी तरह धोया, पोंछा और नए सिरे से रसोई को पवित्र कर वह खाना बनाने बैठ गई।

९

शाम को गोकुलचंद दफ्तर से लौटे तो उन्हें पता चला कि वीरां का बड़ा भाई मिलने के लिए आया हुआ है। उनके भीतर जैसे ज्वालामुखी का विस्फोट हो गया। पहले भी वीरां के भाई आते थे। कभी बड़ा आता था, कभी मंझला और कभी छोटा। पर गोकुलचंद ने कभी उनसे सीधे मुंह बात नहीं की थी। उनका प्रयत्न यही रहता था कि वह उनका अधिक से अधिक अपमान करें ताकि वे लोग फिर कभी न

श्राएं। पर वे लोग भी श्रपमान सह-सह कर एक प्रकार से ढीठ हो चुके थे। जानते थे कि उनका बहनोई उनसे बिना श्रपशब्दों का प्रयोग किए बात तक नहीं करेगा, फिर भी बहन श्रौर उसके बच्चों को देखने के लिए वे लोग श्रा ही जाया करते थे।

इधर गोकुलचंद ने यह भी देखा था कि पिछली दो-तीन बार से वे लोग शाम की गाड़ी से न श्राकर सवेरे की गाड़ी से श्रा जाते थे। इस प्रकार उनका पूरा दिन तो खराब होता था, पर उन्हें श्रपनी बहन से एकांत में मिलने का श्रवसर मिल जाता था। उस समय गोकुलचंद दफ्तर में होते थे। वह कुछ कह नहीं सकते थे। यदि वह घर पर होते तो वह उन लोगों को एकांत तो क्या श्रपने सामने भी बात नहीं करने देते थे।

श्राज भी उन्होंने वीरां के बड़े भाई श्यामदास को देखा तो समझ गए कि यह सवेरे श्रा गया होगा। बहन भाई ने मिलकर श्रपने मन की भड़ास निकाल ली होगी। श्रौर श्रब वह केवल इसलिए बैठा है कि बहनोई से मिलने की श्रौपचारिकता पूरी करके लौट जाए।

"मिल चुके बहन से ?" उसे देखते ही गोकुलचंद व्यंग्यात्मक स्वर में बोले, "मेरी निन्दा हो चुकी ?"

"भाइया जी ! श्राप तो व्यर्थ ही वहम करते हैं।" वह बोला, "मैं श्राप लोगों से मिलने श्राता हूं। किसी की निन्दा करने नहीं श्राता। श्रापको मेरी बहन के बारे में काफी गलतफहमियां हैं। श्राप मेरी बात का विश्वास करें, वह कभी भी श्रापकी बुराई नहीं करती।"

गोकुलचंद ने उसे घूर कर देखा श्रौर बोले, "मुझे उपदेश देने की श्रावश्यकता नहीं है। मैं उसे भी श्रच्छी तरह जानता हूं श्रौर उसके भाइयों को भी।"

"वही तो मैं कह रहा हूं।" श्यामदास बोला, "कि श्राप श्रभी तक मेरी बहन को ठीक नहीं समझ पाए हैं। वह श्रापके पीछे भी श्रापकी प्रशंसा ही करती रहती है। हमारे परिवार में लड़कियों को यह शिक्षा नहीं दी जाती कि वे श्रपने पतियों या ससुराल वालों की निन्दा करें।"

"अच्छा !" गोकुलचंद बोले, "मैं नहीं जानता था कि ससुराल भक्ति की परंपरा तुम्हारे ही परिवार से आरंभ हुई थी।"

श्यामदास ने कुछ नहीं कहा। वह जानता था कि गोकुलचंद उससे इसी प्रकार की बातें करेंगे। जिनसे संबंध खराब होने का भय तो सदा बना रहता है, सुधरने की कोई आशा नहीं होती।

अंत में गोकुलचंद ही दुबारा बोले, "मैं कहता हूं, जब मैं तुम्हारा यहां आना पसंद नहीं करता तो फिर तुम लोग यहां आते ही क्यों हो। और यदि आते हो तो अपनी बहन से मिलकर ही क्यों दफ़ा नहीं हो जाते। मुझे अपनी शक्ल दिखानी क्या बहुत ज़रूरी है ?"

"आप नाराज़ न हों भाइया जी।" श्यामदास बहुत नम्र होकर बोला, "आप हमसे चाहे अपने संबंध तोड़ लें, पर हमारे लिए तो आप अब भी वैसे ही हैं, जैसे पहले थे। हम आपसे, अपनी बहन से, अपने भांजे-भांजियों से संबंध कैसे तोड़ सकते हैं। आप लोगों को देखने को मन करता है तो चले आते हैं।"

गोकुलचंद और भी नाराज़ हो गए, "अपनी बहन, और भांजे-भांजियों से तुम्हारा संबंध है, उनको तुम देख जाया करो, मिल जाया करो। मेरे साथ अब तुम्हारा कोई संबंध नहीं है और न ही तुम्हारी बहन के साथ मेरा अब कोई रिश्ता है। मैं तो उसे कितनी बार कह चुका हूं कि वह अपने बच्चों को लेकर अपने मायके चली जाए, पर वही निर्लज्ज होकर यहां पड़ी है।"

श्यामदास का स्वर गोकुलचंद के अनुपात में नाराज़ तो नहीं हुआ, पर वह अब उतना नम्र भी नहीं रह गया था। बोला, "जिससे आपका संबंध है, जिसके साथ आपने सारे समाज और देवताओं की साक्षी में फेरे लिए हैं, जो आपके बच्चों की मां है, उसके साथ अपना संबंध आप तोड़ रहे हैं, उसके लिए जिसके साथ आपका सचमुच कोई संबंध नहीं है। मेरी बहन मायके क्यों जाएगी। विवाह के बाद ससुराल ही उसका घर है। वह निर्लज्ज होकर आपके घर में नहीं पड़ी है। वह ठीक जगह है। वह अपने घर में है। निर्लज्ज होकर तो आपके घर वह पड़ी है, जिसे आप कहीं से पकड़ लाए हैं।"

गोकुलचंद ने नहीं सोचा था कि श्यामदास यहां तक कह जाएगा। वह चीख़ती हुई आवाज़ में बोले, "किसके साथ मेरा क्या संबंध है, यह बताने की तुम्हें कोई आवश्यकता नहीं है। मैं अपने संबंधों को अच्छी तरह जानता हूं और तुम लोग जो बार-बार इस आशा में यहां आते हो कि तुम लोग मुझे गंगा को छोड़ देने के लिए तैयार कर लोगे, तो वह तुम्हारी भूल है। तुम आज अच्छी तरह से सुन जाओ कि या तो मैं इन दोनों के साथ रहूंगा, या फिर अगर इनमें से एक को निकालना होगा तो वीरां ही इस घर से निकलेगी। गंगा को इस घर से कोई शक्ति नहीं निकाल सकती।" वह क्षण भर रुक कर श्यामदास को घूरते रहे और फिर उसी क्रोध के साथ बोले, "और अब इस विषय पर मुझसे बात करने का साहस न करना, नहीं तो ठीक नहीं होगा।"

गोकुलचंद ने उत्तर की प्रतीक्षा नहीं की। वह सीढ़ियां चढ़ते हुए एकदम ऊपर वाली छत पर चले गये। श्यामदास समझ गया कि यह आज की भेंट की समाप्ति की घोषणा है। वैसे भी अब उसकी गाड़ी का समय हो रहा था। अपने बहनोई से, इससे लंबी भेंट की बात उसने कभी सोची भी नहीं थी, नहीं तो बात जीभ से न होकर हाथों से करने की नौबत आ जाती।

वीरां के भाइयों का आना और गोकुलचंद के साथ झगड़ा—ये बातें वीरां और गोकुलचंद दोनों के लिए इतनी सामान्य हो गई थीं कि उन पर इसका कोई प्रभाव नहीं पड़ता था। वैसे तो गंगा भी ऐसे दो-तीन झगड़े देख चुकी थी, पर आज का झगड़ा उसे बहुत कुछ सोचने पर मजबूर कर रहा था।

वीरां के मायके वालों के साथ गोकुलचंद का व्यवहार अच्छा नहीं था, पर फिर भी वे अपनी बहन और उसके परिवार के साथ मिलने आते थे। इस सारे झगड़े के बीच बैठकर भी वीरां को यह नहीं लगता कि उसका कोई नहीं है। उसके भाइयों का बारी-बारी चक्कर लगाना ही यह बताता था कि पति के साथ झगड़ा करके भी वीरां असहाय नहीं है। वह अपने लोगों के बीच बैठी है। यह उसका अपना क्षेत्र है। यहां उसकी अपनी बिरादरी है। पति को छोड़ शेष

सारे रिश्तेदार, चाहे वे ससुराल की ओर से हों या मायके की ओर से, उनकी सहानुभूति वीरां की ओर ही थी। वस्तुतः तो गोकुलचंद ही अकेले पड़ गए थे। उनके अपने भाई अपने नहीं थे, वे भाभी के ही थे।

गंगा अपने घर में राज कर रही है। उसका पति उसकी हर बात मानता है। फिर भी उसके मायके से उससे मिलने कोई नहीं आया, कोई नहीं आएगा। वह अपने क्षेत्र, अपने लोगों, अपने रिश्तेदारों, अपनी बिरादरी से दूर बैठी है। सिवाय उसके पति के यहां उसका कोई नहीं है।

और कौन जानता है कि गोकुलचंद कल उसके साथ भी वैसे ही नहीं हो जाएंगे, जैसे आज वीरां के साथ हैं। वीरां और उसमें बहुत अंतर है। वीरां का विवाह सारे रिश्तेदारों और बिरादरी के बीच हुआ था। वीरां गोकुलचंद के तीन बच्चों की मां है। वीरां शारीरिक और मानसिक रूप में उससे अधिक शक्तिशालिनी है। वह गोकुलचंद का विरोध सह सकती है, विरोध कर सकती है। पर गंगा से यह सब कुछ नहीं होगा। यदि गोकुलचंद ने गंगा के साथ वही व्यवहार किया जो वह वीरां के साथ करते हैं, तो उसके पास सिवाय मर जाने के और कोई रास्ता ही नहीं रह जाएगा।

गंगा को अपना गांव बार-बार याद आ रहा था। उसे अपना घर याद आ रहा था। उसे अपने पहाड़ और पहाड़ी रास्ते याद आ रहे थे। उसे कितना समय हो गया था, इन सबसे बिछुड़े। एक बार उनसे अलग होकर उसने कभी किसी को दुबारा नहीं देखा। यदि आज उसकी मौत हो जाए, तो वह उन सब लोगों से बिना मिले ही मर जाएगी।

वह बहुत दिनों से एक अनाम-सी उदासी का अनुभव कर रही थी। उसे अपनी मां और बहन बहुत याद आती थीं। पर वह गोकुलचंद पर इस बात के लिए बोझ नहीं डाल सकती थी। उसका मायका वीरां के मायके के समान ही लाहौर से कुछ घण्टों की यात्रा की दूरी पर नहीं था।

गोकुलचंद गंगा की उदासी से परिचित थे। उन्होंने गंगा को नए कपड़े बनवा दिए थे। कुछ गहने ला दिये थे। पर गंगा उन चीज़ों को लेकर और अधिक चाहती थी कि वह अपने मायके जाकर अपनी बहन और मां को अपने वे गहने और कपड़े दिखाए, जो उसके पति ने उसे लेकर दिये थे।

गोकुलचंद चाहते थे कि वह गंगा की प्रत्येक इच्छा को पूरी करें। जो कुछ उनकी शक्ति में होता वह करते। पर गंगा के मायके जाना सरल नहीं था। उन्हें कम से कम एक महीने की छुट्टी लेनी पड़ती, तब कहीं गंगा वहां छः-सात दिन रह सकती थी। शेष दिन रास्ते में ही लग जाते। फिर गोकुलचंद गंगा के घर जाकर उस प्रकार नहीं रह सकते थे, जैसे वे कभी वीरां के मायके जाकर रहा करते थे। गांव वालों के उन कच्चे घरों में, एक पहाड़ी गांव की सारी असुविधाओं में रहना, गोकुलचंद के लिए संभव नहीं था। और फिर गंगा की मां अपने गांव वालों को क्या बताती, उसके घर कौन आया है। और सबसे बड़ी समस्या पैसों की थी। गोकुलचंद के हिसाब से उन लोगों को कम से कम दो सौ रुपयों की आवश्यकता पड़ती।

पैसे की कमी कभी भी गोकुलचंद को नहीं रही थी। पर अब पता नहीं क्या हो गया था। पैसे किधर चले जाते थे,उन्हें पता ही नहीं लगता था। अब वह पहले की तरह खर्च भी नहीं करते थे। बहुत कंजूसी से जहां पैसा खर्च करना ही पड़ता था, वहीं करते थे। पहले बाहर से आते हुए बच्चों और वीरां के लिए फल या मिठाई या फिर कोई और चीज़ ले आया करते थे। अब यदि उन्हें कुछ खाने की इच्छा होती तो बाहर ही बाहर खा आया करते थे। या फिर दो आदमियों के लिए चीज़ लाते और सीधे गंगा के कमरे में घुस जाते। स्वयं खाते और गंगा को अपने सामने खिलाते। वीरां की उन्हें चिंता नहीं थी। पर बच्चों को पता न लगे, इसका ध्यान उन्हें भी रहता था। वह जानते थे कि आजकल बच्चे छोटी-छोटी चीज़ के लिए तरस जाते हैं। पर उन्हें यही लगता था कि पैसों के अभाव में बच्चों के लिए इससे अधिक वह कुछ नहीं कर सकते। उनकी बहुत पुरानी इच्छा थी कि

जब उनका वेतन पचास रुपए हो जायेगा तो वह अपने लिए एक तांगा और घोड़ा खरीदेंगे। पर अब दूसरी स्त्री के घर में आ जाने के कारण साठ रुपए वेतन लेते हुए भी वह घोड़े और तांगे की बात नहीं सोच सकते थे।

दिन प्रति दिन गंगा उदास होती जा रही थी और गोकुलचंद अपनी असमर्थता के कारण विक्षिप्त होते जा रहे थे। वह जब घर आते और गंगा उनके सामने पड़ती तो उनके मन में वे सारी बातें घूम जातीं। धीरे-धीरे उनके मन में गंगा के लिए एक अनाम-सा भय पैदा हो गया था। यह स्थिति उन्हें और भी चिंताजनक लग रही थी। गंगा उनकी पत्नी ही नहीं प्रेमिका भी थी। और यदि उनके मन ने उसी के प्रति भय की भावना को पाल लिया तो फिर वह क्या करेंगे।

वीरां का भाई श्यामदास गंगा के मन में मायके जाने की इच्छा को उकसा गया था तो अब गोकुलचंद चाहते थे कि किसी प्रकार गंगा को उसके यहां घुमा ही लाएं। उन्हें स्वयं भी बाहर गए काफी समय हो गया था। इसी बहाने से कुछ दिनों के लिए वीरां और बच्चों से पीछा छूटेगा और वह दोनों खुलकर घूम-फिर सकेंगे। और फिर गंगा की इच्छा ही पूरी नहीं होगी, उसे यह भी लगेगा कि वह उसके लिए क्या कुछ कर सकते हैं। पर वास्तविक बात तो पैसे की थी। पैसा कहां से आए?

पैसे की बात सोचते-सोचते, वह दिन-प्रति-दिन उग्र होते जा रहे थे। उन्हें लगता था कि उन्हें पैसा मिलना ही चाहिए था, चाहे जहां से मिले। अपने वेतन में यह संभव नहीं था। दूसरा रास्ता यह था कि किसी से उधार ले लेते। पर उधार ले लेने में कठिनाई नहीं थी, कठिनाई उसे चुकाने में थी। उसे चुकाया कहाँ से जायेगा। चुकाने का कोई साधन पाए बिना उधार लेना उनको उचित नहीं लगा। या फिर घर के गहने इत्यादि बेचे जाते। गंगा के गहने बेचने में कोई औचित्य न था। एक तो उसके पास अधिक गहने थे भी नहीं और दूसरे फिर यदि उससे यह कहा जाता कि वह उसी के गहने बेचकर उसे उसके मायके ले जाना चाहते हैं तो यह गोकुलचंद के प्रेम का चिह्न न होता।

दूसरा रास्ता यह था कि वह वीरां के गहने बेचते। पर वीरां ने अपने गहने पहन रखे थे। उससे वे गहने लेना कोई सरल कार्य न था। उसके लिए घर में बाकायदा झगड़ा होता और बिना शारीरिक शक्ति के प्रयोग के वीरां के शरीर से गहने उतारे नहीं जा सकते थे। गोकुलचंद यह करने के लिए अपने भीतर साहस नहीं पा रहे थे।

उनके मन का बोझ बढ़ता जा रहा था। हर समय की चिंता थी। सवेरे सोकर भी उठते तो लगता जैसे रात को सोए न हों, सोचते ही रहे हों। थकावट ज़रा भी दूर नहीं हुई होती। सर में हल्का-हल्का दर्द-सा रहने लगा था।

गोकुलचंद को लगा कि उन्होंने अपनी जान मुसीबत में फंसा ली है। इससे तो अच्छा था कि वह गंगा को लाहौर ही न लाते। उसे वहीं छोड़ आते तो कोई समस्या नहीं थी। उसके सुंदर शरीर से जो सुख उन्हें मिल रहा था, यह चिंता उससे भी बड़ी थी। पर उसकी इच्छा पूरी किए बिना भी उनके लिए जीना मुश्किल था। उसकी इच्छा तो पूरी होनी ही चाहिए थी।

चाहे उन्हें चोरी करनी पड़े या किसी को लूटना पड़े......उन्हें निश्चय हो गया था कि वे स्वयं पैसों का प्रबंध नहीं कर सकते थे। उन्हें या तो किसी से सहायता मांगनी होगी या फिर कहीं से चोरी-चारी करनी होगी। सहायता करने वाला कोई नहीं था। और तो और अपने भाइयों को भी उन्होंने इतना नाराज़ कर रखा था कि वे उनसे कुछ मांग नहीं सकते थे। वैसे तो किसी अवसर पर भाई कुछ दे भी देते, किंतु इस काम के लिए तो वे लोग भी कुछ नहीं देंगे। ...ऐसी स्थिति में तो किसी को ठगना ही पड़ेगा...और सहसा उनका ध्यान वीरां के भाइयों की ओर चला गया। वे लोग बहुत दिनों से उनके पीछे पड़े हैं। वे चाहते हैं कि गंगा को छोड़ दिया जाए। वे ही लोग इस कार्य में रुचि ले सकते हैं।

१०

अगली बार वीरां के मायके से उसका छोटा भाई आया। वैसे सबसे कम छोटा भाई ही आता था और सबसे ज्यादा बड़ा भाई। सब ही जानते थे कि वीरां के घर जाने पर झगड़ा अवश्य होगा, इसलिए बड़ा भाई श्यामदास ही अधिक आता था कि झगड़ा होने पर भी वह संभाल लेगा। वह गोकुलचंद की सारी बातें चुपचाप सुन लेता था और आगे से उत्तर बहुत कम देता था। पर छोटा भाई नारायण दास अपनी आयु के कारण और कुछ स्वभाव से भी सबसे उग्र था। इसलिए उसे कम ही भेजा जाता था। वह तब आता था, जब या तो साफ-साफ झगड़ा करना हो या कोई और न आ सकता हो। उसके आने से वीरां को भी डर लगता था और स्वयं गोकुलचंद को भी। वीरां नहीं चाहती थी कि उसके भाई आकर उसके पति के साथ हाथा-पाई करें और नारायणदास के आने से हर बार हाथापाई का भय लगा रहता था।

और इस बार नारायणदास ही आया था।

पर गोकुलचंद के सामने पड़ते ही उसने भी अनुभव किया और वीरां ने भी कि गोकुलचंद इस बार पहले जैसे उग्र नहीं हैं। वह उसे देखते ही उस प्रकार गुर्रा कर नहीं पड़े हैं, जैसे एक कुत्ता अपने प्रति-योगी कुत्ते को देखकर गुर्राता है। पहले वह उसी प्रकार पेश आया करते थे।

उनके ढीलेपन को देखकर नारायणदास भी समझ गया कि आज झगड़े की आशा नहीं है। काफी देर तक गोकुलचंद उसके पास बैठे उसके घर वालों का एक-एक कर हाल-चाल पूछते रहे। वह उसके साथ पुरानी बातें करते रहे और फिर उसे खाना खाकर जाने के लिए कहकर बाहर चले गये।

वीरां और नारायणदास दोनों ने एक दूसरे की ओर देखकर

संकेत किया कि आज गोकुलचंद का रुख बदला हुआ है। ऐसे अवसर बार-बार नहीं आते। नारायणदास आज अपनी बात खुलकर करना चाहता था। पहले जब कभी वह अपनी बात करने का प्रयत्न करता था, तभी झगड़ा हो जाता था। उसके लिए स्वयं वीरां ही तैयार नहीं थी। वह उसे मना कर देती थी और अंत में नारायणदास को उसकी बात माननी ही पड़ती थी।

गोकुलचंद सैर करके लौटे तो फिर नारायणदास के पास आ बैठे।

नारायणदास को यह अवसर काफी उपयुक्त लगा। वीरां रसोई में खाना बना रही थी और गंगा अपने कमरे में थी।

उसने अपनी बात आरंभ की, "भाइया जी ! काफी कमज़ोर लग रहे हैं आप !"

गोकुलचंद आत्मीयता से मुस्कराए. "क्या करें भई ! परेशानियां ही कम नहीं होतीं।"

"आपको क्या परेशानियां हैं ?" नारायणदास ने कोंचा, "सरकारी अफसर हैं। घर में पत्नी है, बच्चे हैं।"

"तुम नहीं समझोगे भई।" गोकुलचंद ने गहरी सांस छोड़ी, "तुम साहूकार लोग क्या समझोगे नौकरीपेशा लोगों की परेशानियां। लाहौर में आकर और भी तंग हुए। तुम सोचो, मेरी हैसियत का आदमी, अभी तक अपना घोड़ा और तांगा तक नहीं खरीद सका। अपनी सवारी तक नहीं हो तो आदमी क्या करे।"

"पहले तो आपको तंगी नहीं थी। मज़े में थे।" नारायणदास ने उन्हें घेरना आरम्भ किया।

"नहीं, पहले ठीक था।" गोकुलचंद वार बचा गए, "सस्ता ज़माना था। सरकारी क्वार्टर था। आस-पास के गांवों से पचासों चीजें मुफ्त आ जाती थीं। बच्चे छोटे थे। अब मकान का किराया ज्यादा। चीजें महंगी। मुफ्त लकड़ी तक नहीं मिलती और बच्चे बढ़ रहे हैं, उनका खर्च है।"

"मेरा विचार है कि वास्तविक कारण कुछ और है।" नारायण

दास अपनी बात पर आ गया।

"क्या ?" गोकुलचंद उसे खुलने को बाध्य कर रहे थे।

"एक और स्त्री।" नारायणदास बोला, "भाइया जी ! आप नाराज़ तो होंगे, पर दूसरी स्त्री सफेद हाथी से कम नहीं होती। पूरे परिवार के बराबर अकेली का खर्च होता है।"

"होता होगा।" गोकुलचंद ने स्पष्ट स्वीकृति नहीं दी।

"देखिए, एक ओर पैसे की परेशानी, फिर घर में रोज़-रोज़ का लड़ाई झगड़ा। बिरादरी और रिश्तेदारों का दबाव। आदमी परेशान तो हो ही जाता है। आप ऐसा नहीं मानते ?"

"अब क्या करूं फिर ?" गोकुलचंद ने निस्सहायता दिखाई।

"मैं कहता हूं, अब भी समय है।" नारायणदास बोला।

"अब क्या हो सकता है ?" गोकुलचंद ने पूछा।

"उसे छोड़ दीजिए।" नारायणदास ने बहुत ज़ोर देकर तीन शब्द कहे।

और गोकुलचंद एकदम नाराज़ होकर उठ खड़े हुए, "छोड़ दीजिए। कहना आसान है। कैसे छोड़ दूं। मैं उसे नगर से लाया हूं। जगतसुख उसका गांव है। वहां जाने के लिए बारह-तेरह दिनों का रास्ता है। मैं वहां से लाकर उसे यहां छोड़ दूं। वाह खूब सुझाई।"

वह आकर फिर अपनी जगह बैठ गए, "तुम चाहते हो कि मैं उसे वहां से लाकर यहां छोड़ दूं। वह बेचारी वापस भी न जा सके। यहां उसका कोई है नहीं। वह सड़कों पर भूखी-नंगी फिरे या फिर पेट की भूख से मजबूर होकर वेश्या हो जाए। कल मेरी ही गली के लोग उसकी कमर में हाथ डालकर उसे लेकर मेरी आंखों के सामने गुजरें और मुझे कहें, "देखो कल तक जिसे तुम अपनी पत्नी कहते थे, आज वह मेरे साथ सोएगी।" बहुत खूब, बहुत अच्छी बात सुझाई आपने।"

वह क्रोध से नारायणदास को घूर रहे थे।

नारायणदास ने उनकी बात का ज़रा भी बुरा नहीं माना। उसी प्रकार मुस्कराते हुए बोला, "आपसे कौन कहता है कि उसे आप वेश्या बनने के लिए यहां छोड़ दीजिए। उसे जाकर 'जगतसुख' या 'नगर'

छोड़ आइए।"

"वाह-वाह !" गोकुलचंद उसका मज़ाक उड़ाते हुए हंसे, "फिर वही साहूकारों वाली बात। कैसे छोड़ आऊं उसे जगतसुख या नगर। जीभ हिलाने से ही तो काम नहीं हो जाता। जाने के लिए महीने भर की छुट्टी लेनी पड़ेगी और सरकार ने मेरी बदली नहीं की है कि आने-जाने का खर्च सरकार से मिल जाएगा।"

"छुट्टी की बात जरूर सरकारी है।" नारायणदास ने कहा, "पर अपने खर्च पर उसे छोड़ने जाया जा सकता है।"

"फिर वही।" गोकुलचंद झल्ला कर उठ खड़े हुए, "तुमसे बात करने का कोई लाभ नहीं। तुम दूसरे की स्थिति ही नहीं समझते। अपना खर्च, अपना खर्च लगा रखी है।......"

और वह ऊपर जाने वाली सीढ़ियों की ओर चल पड़े।

नारायणदास ने इसी अवसर के लिए तो सारी बातचीत की थी और इसी अवसर पर गोकुलचंद उठकर चल पड़े। इस अवसर को भला वह कैसे छोड़ सकता था। उसने लपक कर उनका हाथ पकड़ लिया।

"आप मेरी बात तो सुनिए।" वह गोकुलचंद को फिर से बैठाता हुआ बोला, "आप तो व्यर्थ ही नाराज़ हो रहे हैं।"

गोकुलचंद ने उसकी किसी बात का विरोध नहीं किया। जो कुछ वह कर रहा था करने दिया और उसकी बात सुनने को बैठ गए।

"कितना खर्च होगा सारा ?" नारायणदास ने पूछा।

"लगभग दो सौ रुपए" गोकुलचंद बोले, "मैं अभी तुम्हें कह रहा था, मेरे लिए घर का खर्च चलाना मुश्किल हो रहा है और तुम मुझे कह रहे हो कि मैं दो सौ रुपए खर्च करके गंगा को नगर छोड़ आऊं।"

गोकुलचंद चुप हो गए। उनके चेहरे पर ऐसे भाव थे जैसे उन्होंने नीम के कच्चे पत्ते चबा लिए हों।

नारायणदास हंसा, "यदि हम आपको दो सौ रुपए दे दें तो आप उस स्त्री को उसके गांव छोड़ आएंगे ?"

"तुम दो सौ रुपए दोगे ?" गोकुलचंद ने अविश्वास से पूछा।

"हां ! हम देंगे ।" नारायणदास हसा ।

"मुझे विश्वास नहीं ।" गोकुलचंद बोले, "तुम मेरी सहायता क्यों करोगे ? तुम तो चाहोगे, मैं परेशान होऊं और तुम लोग खड़े तमाशा देखो, मेरा मज़ाक उड़ाओ ।"

"नहीं भाइया जी ! आप हमें ग़लत समझ रहे हैं ।" नारायणदास बोला, "मैं आपको वचन देता हूं कि यदि आप उस स्त्री को उसके गांव छोड़कर आने को तैयार हों तो हम आपको दो सौ रुपए देंगे । यह मेरा वचन है, नारायणदास का वचन । मैं अपना वचन पूरा न करूं तो गोमांस खाऊं ।"

गोकुलचंद चुपचाप उसे देखते रहे । फिर धीरे-धीरे उनके चेहरे का क्रोध, खीझ और कसैलापन हट गया । फिर वह धीरे से बोले, "मैं तुम्हें वचन का झूठा नहीं कहता, पर मुझे विश्वास नहीं हो रहा.. ।"

"मत कीजिए विश्वास ।" नारायणदास बोला, "मैं चार दिनों के भीतर-भीतर रुपए लाकर आपके चरणों में रख दूंगा । तब करेंगे आप विश्वास ?"

गोकुलचंद चुप रहे । उन्होंने अपनी चुप्पी से ही स्वीकृति दे दी थी ।

दोनों ने एक दूसरे की ओर देखा और हल्के से मुस्कराए ।

तभी वीरां खाने की दो थालियां लेकर वहां आई ।

११

गंगा और गोकुलचंद बाज़ार से लौटे थे । सवेरे से घूम-घूम कर गोकुलचंद एकदम थक गए थे । उन्होंने आते ही अपनी पगड़ी उतार कर किल्ली पर टांग दी और पैजामे को तहमद से बदलकर चारपाई पर लेट गए थे । ऐसा कम ही होता था कि वह कहीं बाहर काम से जाएं और लौटते हुए थक जाएं । जो आदमी पहाड़ों में भी एक दिन में दस-पंद्रह मील चलकर नहीं थकता था, उसे लाहौर में कैसे थकावट

हो सकती थी। पर आज गंगा ने अनारकली के चक्कर काट-काट कर उन्हें थका दिया था।

गंगा भी थक गई थी। बाजार में घूमते हुए पता ही नहीं चला था कि वह कितना चल-फिर आई है। वह अपने मायके जा रही थी। लाहौर से वह अपनी बहन और मां से मिलने जा रही थी, जहां आकर उसके मन में वापस लौटने की आशा ही समाप्त हो गई थी। जाने से पहले उसे बहुत सारी चीजें खरीदनी थीं। अपने लिए, अपनी बहन और मां के लिए और अपने भाई के लिए, शायद भाई लौट कर घर आ गया हो। गोकुलचंद ने उसे कह दिया था कि वह पैसे की चिंता न करे, जो कुछ उसे चाहिए, वह खरीद ले। उसकी इच्छा तो थी कि वह अपनी बहन और मां दोनों के लिए सोने के कड़े खरीदे, पर कहीं पैसे कम हो गए तो फिर वह वापस जगतसुख नहीं जा सकेगी।

बहुत सोचकर उसने अपनी बहन और मां के लिए घाघरे का कपड़ा खरीदा था, छींट का। उसके गांव में कभी किसी ने घाघरा नहीं पहना था, सारी स्त्रियां गद्दी पोशाक ही पहनती थीं। और छींट तो उनके गांव में कभी किसी ने देखी ही नहीं थी। लोग लाल, काला या नीला कपड़ा ही पहनते थे। छींट पाकर उसकी मां और बहन कितनी प्रसन्न होंगी।

अपने भाई के लिए उसने कानों की अनंतियां खरीदी थीं। पता नहीं उसका भाई घर लौटा होगा कि नहीं। वह बहुत छोटी थी जब उसका भाई घर से भाग गया था और उसके बाद से उसका कहीं कोई पता नहीं मिला था, पर हो सकता कि वह उसके पीछे से घर लौट आया हो। यदि गंगा उसके लिए कुछ न लेकर गई और वह लौट आया हुआ तो उसे बहुत बुरा लगेगा। उसने अपने भाई के लिए एक शहरी हुक्का भी लिया था। उसके गांव में लोग बांस का हुक्का पीते थे। पर अब उसका भाई लाहौर शहर का हुक्का पियेगा। नीचे पीतल, ऊपर सुन्दर लकड़ी की चिलम। उसने थोड़ा-सा लाहौरी तंबाकू भी ले लिया था। उसका भाई वह हुक्का पियेगा तो सारे गांव में तंबाकू की गंध उड़ेगी और सारा गांव उस हुक्के को देखने आएगा।

अपने लिए उसने सलवार-कमीज़ ली थी। सलवार के ऊपर पहनने के लिए घाघरा। ऊपर दुपट्टा और उसके ऊपर के लिए चादर। जब से उसने गद्दी पोशाक छोड़ी थी, वह सलवार के साथ गोकुलचंद की कमीजें ही पहनती रही थी। पर इस बार उसने दूसरे ढंग की कमीज़ खरीदी थी, जो केवल लाहौर की शौकीन औरतें ही पहनती थीं। वह आगे से मर्दों की कमीज़ के समान खुली नहीं थी। उसमें ऊपर, छाती पर जेब भी नहीं थी। दो ओर, बगल में जेबें थीं। वह अपनी सलवार कमीज़ और ऊपर से घाघरा पहनकर निकलेगी तो सारा जगतसुख उसके चारों ओर इकट्ठा हो जाएगा, उसे देखने के लिए। वह गांव में रानी-सी फिरेगी।

फिर उसने अपने लिए एक साड़ी खरीदी थी। जब वह साड़ी पर कुर्ता पहनकर और ऊपर से चादर ओढ़कर बाहर निकलेगी तो लोग क्या समझेंगे कि कौन आ रहा है। उसकी मां भी उसे उन कपड़ों में पहचान नहीं पाएगी।

गंगा सारी चीज़ों को अपने सामने बिखेर कर चारपाई पर बैठी थी। उसने बहुत अच्छी तरह देख-भाल कर सारी चीजें खरीदी थीं। पर घर आकर जब उन्हें देखने बैठी तो उसे सब-कुछ एकदम नया लग रहा था, जैसे पहले उसने उन्हें देखा ही न हो। वह उनमें से एक-एक चीज़ उठाती, उसे ध्यान से देखती और सहेज कर रखती जाती थी।

सहसा उसने लेटे हुए गोकुलचंद को देखा तो उसे अपनी थकावट भी याद आ गई। अब तक उसे पता ही नहीं चला था कि उसके शरीर की हर मांसपेशी दुख रही थी और टांगों में तो खड़े रहने की शक्ति तक नहीं रह गई थी।

उसने चीज़ों को एक ओर हटा दिया और गोकुलचंद के साथ की चारपाई पर लेट गई। थोड़ी देर तक दोनों चुपचाप लेटे रहे, जैसे बोलने तक की शक्ति न बची हो।

फिर पहले गोकुलचंद ही बोले, "गंगा ! तुम प्रसन्न हो ?"

गंगा ने करवट बदलकर उनकी ओर चेहरा कर लिया। वह कुछ बोली नहीं। उसने केवल अपनी आंखें मटकाई और बहुत हल्के से

मुस्कराई।

"बोलो! प्रसन्न हो?" गोकुलचंद फिर बोले, "अपने मुंह से बोलो।"

"बहुत!" गंगा बोली, "पर तुम विचित्र आदमी हो।"

"क्यों?" गोकुलचंद ने पूछा।

"पहले तुम कहते रहे कि गांव जाने के लिए हमारे पास पैसे नहीं हैं और अब, जब जाने को तैयार हुए हो तो इतने पैसे आ गए हैं कि जाने का खर्च भी निकल जाए और इतना सामान खरीदने का भी।"

"हां! बस पैसे आ ही गए हैं।" गोकुलचंद ने अपना चेहरा दीवार की ओर कर लिया।

"आज कितने रुपए खर्च कर आए?" गंगा ने उनके कंधे पर हाथ रखकर उनका चेहरा अपनी ओर करने का प्रयत्न किया।

गोकुलचंद मुड़े नहीं। वह हठपूर्वक उसी प्रकार पड़े रहे। बोले, "कितने भी हुए, तुम्हें उससे क्या। तुम्हें चीज़ें चाहिए थीं, वे मिल गईं। रुपए कितने भी खर्च हुए हों।"

गोकुलचंद का स्वर ऐसा नहीं था, जो गंगा को संतुष्ट करके उसका ध्यान दूसरी किसी ओर ले जाता। वह जानती थी कि रुपयों का प्रबंध हो नहीं रहा था। गोकुलचंद ने केवल उसकी इच्छा पूरी करने के लिए ही कहीं से किसी प्रकार बड़ी कठिनाई से रुपयों का प्रबंध किया था। प्रबंध कहां से हुआ था, यह भी वह नहीं जानती थी। कहीं ऐसा तो नहीं कि उसकी इच्छा पूरी करने के लिए गोकुलचंद ने स्वयं को किसी कठिनाई में फंसा लिया हो।

उसने फिर गोकुलचंद के कंधे पर हाथ रखा और बहुत ही कोमल स्वर में बोली, "सुनो!"

"क्या है?" गोकुलचंद ने पूछा।

गंगा को लगा, गोकुलचंद के स्वर में खीझ है।

एक बात सवेरे से उसके मन में चक्कर काट रही थी, पर वह हर बार उसे टाल जाती थी। दिन भर उसने स्वयं को इधर-उधर के कामों में बहलाए रखा था। पर अब अपना ध्यान उधर से वह हटा नहीं पा

रही थी। गोकुलचंद के स्वर की खीझ उसे और भी उकसा रही थी। उसे लग रहा था कि वह एक खड्ड के किनारे एक कमज़ोर से पत्थर पर खड़ी थी, जहां से हल्के से धक्के से भी उसे नीचे, खड्ड में बहते नाले में गिराया जा सकता है। सवेरे से तूफानी हवाएं चल रही थीं, जो गंगा को उस खड्ड में गिराना चाहती थीं। पर वह किसी प्रकार अब तक स्वयं को बचाती आई थी। पर अब गोकुलचंद की खीझ ने अपने हाथों उसे धक्का दे दिया था।

वह गोकुलचंद से बहुत डरती थी। पर एक विश्वास उसे अवश्य था कि गोकुलचंद उसकी कोई हानि नहीं करेंगे। इसलिए उसके लिए भी आवश्यक हो जाता था कि वह अपनी किसी जिद के कारण उन्हें परेशानी में न डाले। गोकुलचंद की खीझ का कारण क्या हो सकता है? यही तो, कि उनके पास पैसे नहीं थे और उन्होंने गंगा की इच्छा पूरी करने के लिए किसी से रुपए उधार लिए हैं। उसे जानना ही होगा कि रुपयों का प्रबंध कहां से हुआ है!

"सुनो!" गंगा फिर बोली, "इन रुपयों का प्रबंध तुमने कहां से किया है? उधार लिए हैं क्या?"

"तुम्हें उससे क्या?" गोकुलचंद उसी खीझ के स्वर में बोले और फिर सहसा सायास अपने स्वर को कोमल बनाकर बोले, "आदमी को आम खाने से मतलब रखना चाहिए, पेड़ गिनने का क्या लाभ?"

"फिर भी।" गंगा के भीतर एक ज़िद उभर रही थी, जिसने उसे साहसी बना दिया था। उसे मालूम होना चाहिए कि रुपए कहां से आये हैं, "तुम्हारे पास रुपये नहीं थे। अब हैं। कुछ बेचा है या किसी से उधार लिये हैं?'

इस बार गोकुलचंद खीझे नहीं। समझा कर प्यार से बोले, "तुम व्यर्थ चिंता करती हो। पैसे आ गए हैं बस! देने वाला दे देता है। मैंने न कुछ बेचा है, न किसी से उधार लिए हैं।"

"फिर?" गंगा ने पूछा।

"किसी ने दे दिए हैं।" गोकुलचंद ने धीरे से कहा और आंखे चुरा गए।

गंगा क्षण भर के लिए मौन रह गई। यदि गोकुलचंद सच कह रहे थे तो चिंता की कोई बात नहीं थी। पर ऐसे ही देने वाला कौन हो सकता है ? और उसने क्यों दिए हैं ? कोई किसी को ढेर सारे रुपए ऐसे ही कैसे दे देगा ? देने वाले का अपना भी तो कोई स्वार्थ होगा। कहीं ऐसा तो नहीं कि गोकुलचंद ने दफ्तर में किसी का अनुचित काम करने के लिए रिश्वत ली हो। पर वह तो और भी बुरा है। वह पाप की कमाई से अपने मायके नहीं जाना चाहती।

"किसने दे दिए हैं इतने सारे रुपये ?" गंगा गोकुलचंद से चिपक गई। उसने अपना मस्तक उनकी छाती पर रख दिया। वह उनकी छाती पर के बालों की चुभन अपने गालों पर महसूस कर रही थी। उसने धीरे-धीरे अपने गाल उनकी छाती पर रगड़ने आरम्भ किए, "तुम्हें मेरी सौगंध है, मुझे सच-सच बताओ। मुझसे ऐसे मत बोलो। मुझसे कुछ मत छिपाओ। मैं पाप की कमाई से अपने मायके नहीं जाऊंगी। मुझे बताओ रुपये कहां से आए हैं ?"

गोकुलचंद के लिए स्वयं को रोकना कठिन हो गया। उन्होंने गंगा के चेहरे को अपने हाथों में लेकर उसकी आंखों में देखा। उसकी आंखों की कोर में पानी की एक-एक बूंद गिर जाने की प्रतीक्षा में ठहरी थी। बोले, "रुपये मुझे वीरां के भाइयों ने दिए हैं।"

"वीरां के मायके वालों के रुपयों से मैं अपने मायके न जाऊंगी। वह वीरां का अधिकार है।" गंगा ने अपना निर्णय दे दिया।

उसने गोकुलचंद को छोड़ दिया और परे हटकर लेट गई।

गोकुलचंद को लगा कि गंगा ने यह निश्चय बहुत जल्दी में किया है, पर निश्चय पक्का है। उन्होंने गंगा को पहले कभी इस स्वर में बोलते नहीं सुना था। वह आज तक उनके सामने दृढ़ स्वर में नहीं बोल पाई थी। आज उसे क्या हो गया है। उनकी दबाई हुई खीझ फिर से उभर आई। उन्होंने जो निर्णय लिया है, वही ठीक है। गंगा कौन होती है उनका विरोध करने वाली !

"सुनो !" उनका स्वर कोमल नहीं था। उन्होने गंगा की बांह पकड़ कर कठोरता से अपनी ओर खींचा, "वीरां के भाइयों ने ये रुपये

तुम्हारे सैर-सपाटे के लिए नहीं दिए हैं। उन्होंने मुझे ये रुपये दिए हैं कि मैं जाकर तुम्हें तुम्हारे गांव छोड़ आऊं और दुबारा कभी न लाऊं। समझीं ? वे लोग वीरां को प्रसन्न देखना चाहते हैं और वीरां की प्रसन्नता इसी में है कि मैं तुम्हें छोड़ दूं।"

गोकुलचंद बोलते-बोलते हांफ गए थे।

गंगा की आंखें फटी रह गई। उसका रंग भय से पीला पड़ गया। उसके होंठ सूख गए। बड़ी कठिनाई से फंसी-फंसी आवाज़ में वह बोली, "तुम मुझे छोड़ दोगे ?"

गोकुलचंद सहसा बदल गए। उनके चेहरे का सारा तनाव धुल गया। उन्होंने गंगा को घसीट कर अपने साथ चिपका लिया। उनकी अंगुलिया गंगा के शरीर पर यहां से वहाँ तक फिर रहीं थीं और उसके विभिन्न अंगों का अनुभव कर रही थीं। वे उसे कहीं सहला रहे थे, कहीं दबा रहे थे और कहीं नोच रहे थे।

उन्होंने उसके दर्जनों चुंबन ले डाले। बोले, "पागल हुई है। मैं तुम्हें छोड़ सकता हूं क्या ? मैं तुम्हें क्यों छोड़ूं ? उस बूढ़ी-खूसट की प्रसन्नता के लिए मैं तुम्हें नहीं छोड़ सकता।" उन्होंने उसे कसके भींच लिया, "मैं उन कमीनों को मजा चखा दूंगा। वे तुम्हें दुखी करना चाहते हैं। मैं उन्हें तड़पाऊंगा। वे उल्लू के पट्ठे मुझे मूर्ख समझते हैं। मैं मूर्ख नहीं हूं। सालों की अक्ल ठिकाने लगा दूंगा। मैं तुम्हारी सौकन[१] के भाइयों के रुपयों से तुम्हें ऐश कराऊंगा।"

गंगा को उनका चेहरा बहुत विकृत लगा। वह उसके जाने-पहचाने गोकुलचंद नहीं थे। यह पुरुष कोई और था। उसके चेहरे को देखकर जंगली जानवर का सा भय लगता था।

गंगा उनकी गोद में सिमट आई। बोली, "तुम्हें मेरी सौगंध है, यदि तुम मुझे छोड़ो। तुम मुझे छोड़ोगे तो नहीं ? देखो, मेरे साथ धोखा मत करना।"

"तुम चिंता मत करो।" गोकुलचंद ने उसे चारपाई पर लेटा

---

१. सौत।

दिया था, "तुम्हें मुझसे कोई अलग नहीं कर सकता। मैं तुमसे कितना प्रेम करता हूं गंगा। यदि मैं तुम्हें छोड़ूं तो भगवान मुझे सड़ा-सड़ा कर मारे। मैं कोढ़ी-अपाहिज हो जाऊं। मेरे शरीर में कीड़े बिलबिलाएं...।"

गंगा ने उनके मुंह पर अपना हाथ रख दिया, बस करो! तुम तो बस बोलने लगते हो तो आगा-पीछा ही नहीं देखते। ऐसी बातें भी कोई मुंह से कहता है। मैं जानती हूं, तुम मुझसे प्रेम करते हो।"

वह उनके बोझ के नीचे दबी हांफ रही थी। अपनी बातों और हाव-भाव से वह जता रही थी कि उसने गोकुलचंद का विश्वास कर लिया है। पर वह भय अब भी उसकी आंखों में टंगा था। उसके होंठ अब भी सूख रहे थे।

गोकुलचंद ने उसे अधिक विश्वास दिलाने की आवश्यकता नहीं समझी। जब वह अपने मुंह से कह रही थी कि उसने उनका विश्वास कर लिया है, तो बस काफी है।

"तुमने दफ्तर से छुट्टी ले ली है?" कुछ देर के पश्चात् गंगा ने पूछा।

"हां! छुट्टी मंजूर हो गई है।" गोकुलचंद बोले, "इसीलिए तो कहता हूं कि अब पागलपन मत करो। इस समय छुट्टी भी है, रुपये भी हैं। अभी नहीं जाओगी तो फिर कभी नहीं जा सकोगी।"

"पर यदि तुम मुझे छोड़कर नहीं आए और वीरां के भाइयों ने अपने रुपये वापस मांगे तो?" गंगा बोली।

"तब की तब देखी जाएगी।" गोकुलचंद बोले।

अब अधिक बातों से क्या लाभ। उनका शरीर पहले से ही बहुत तप रहा था।

१२

वीरां बड़ी बेसब्री से प्रतीक्षा कर रही थी।

वह जानती थी कि गोकुलचंद ने एक महीने की छुट्टी ली है। उन्होंने गंगा को बताया था कि दस दिन जाने के लगेंगे, दस दिन वे

लोग वहां रहेंगे और दस दिन लौटने के। इस प्रकार पूरा एक महीना लग जाता था। पर गोकुलचंद को गंगा के गाँव नहीं जाना था। वहां वह कहां रहते ! गंगा के घर में उनका रहना संभव नहीं था। इसलिए उन्हें नगर में ही, अपने दफ्तर के एक बाबू के घर पर ठहरना था। गंगा के अपने गांव जाते ही उन्हें वहां से लौट आना था।

बीस दिन हो गए थे और वीरां के हिसाब से गोकुलचंद को अब लौट आना चाहिए था। पर दो-एक दिन आगे-पीछे हो जाना कोई बड़ी बात नहीं थी। पहाड़ों में किसी समय भी वर्षा हो सकती थी। आंधी आ सकती थी ऐसे मौसम में यात्रा किसी भी प्रकार संभव नहीं थी इसलिए देर की भी काफी सभावना थी।

पर... एक 'पर' वीरां के मस्तिष्क में सदा ही हथौड़े की चोट के समान गूँजा करता था। पर क्या सचमुच ही गोकुलचंद गंगा को छोड़कर अकेले ही लौट आएंगे ? यह भी तो हो सकता है कि गंगा को घुमा-फिरा कर, सैर करा कर, फिर वह उसे लेकर वापस आ जाएं। और यदि ऐसा हुआ तो उसके भाइयों को दो सौ रुपए का दंड व्यर्थ ही पड़ जाएगा। और फिर सौत से छुटकारा पाकर अपने पति को पुनः प्राप्त करने का उसका स्वप्न सदा के लिए टूट जाएगा।

वह गंगा को यही कहकर तो लेकर गए हैं कि वह उसे उसके मायके वालों से मिला लाएंगे। वह गंगा से झूठ कम ही बोलते थे। कहीं वह अपनी बात सच ही न कर दिखाएं। यदि उन्होंने ऐसा ही किया तो किसी का उन पर क्या वश ? कोई उन्हें कुछ कह तो नहीं सकता। और न ही उसके भाई उनसे अपने रुपये वापस ले सकेंगे। जहां उन्होंने अपनी बहन को और अवसरों पर रुपये दिए हैं, वैसे ही समझ लिया जाएगा कि इस बार भी अपनी बहन को दो सौ रुपये दिए हैं।

यह भी तो हो सकता है कि वह गंगा को लेकर सिरे से कहीं गए ही न हों। वह अपने कपड़े इत्यादि लेकर उसके पास से खिसक गए हों और लाहौर में ही कहीं अलग मकान लेकर रह रहें हों। वह कौन-सा घर से बाहर निकलती है कि उनके कहीं पकड़े जाने का भय हो। और यदि वह बाहर निकले भी, बाज़ार से सौदा-सुलफ ले भी आए तो क्या ?

इतना बड़ा शहर लाहौर है। क्या आवश्यक है कि वह उसे कहीं टकरा ही जाएं।

यदि ऐसा हुआ तो उसके साथ बहुत बुरा होगा। उसे अपने बच्चों के साथ बहुत सारी कठिनाइयां झेलनी पड़ेंगी। मकान-मालिक किराया न मिलने से उस पर झींकेगा। शायद उसका सामान उठाकर बाहर ही फेंक दे। ऐसी स्थिति में वह अपने बच्चों को लेकर कहां जाएगी। स्यालकोट वाले अपने मकान में भी वह नहीं जा सकती। न तो उसके पास स्यालकोट तक जाने का किराया है और न ही उस मकान की चाबियां।

तेईसवें दिन की शाम को दरवाजा खटका और भिड़े हुए कपाट खोलकर गोकुलचंद भीतर आए। वीरां ने ध्यान से अच्छी तरह आगे-पीछे देखा। उनके साथ न गंगा थी न गंगा का सामान। तो गोकुलचंद अकले ही आए थे और गंगा को उसके मायके छोड़ आए थे। उन्होंने उसके भाइयों से जो बात कही थी, वह पूरी कर दिखाई थी। उसके भाइयों के रुपए व्यर्थ ही नष्ट नहीं हुए थे।। अंततः वे लोग अपनी बहन को सौत से मुक्त कराने में सफल हुए थे।

वीरां सहसा ही अपनी आयु से बहुत पीछे लौट आई थी। उसके मन में वे सारी भावनाएं फिर से लौटी थीं, जो मुकलावे के बाद ससुराल आने पर, गोकुलचंद को देखकर मन में अंगड़ाइयां लेने लगती थीं। वह भूल गई थी कि वह तीन बच्चों की मां है और वे बच्चे अब बड़े हो गये हैं। उन्होंने एक साथ कई वर्षों का दाम्पत्य जीवन बिताया है और अब लगभग दो वर्षों से उनमें किसी प्रकार का शारीरिक सम्पर्क नहीं रहा है।

उसने अपनी लज्जा और संकोच को परे धकेलकर गोकुलचंद को देखा, उनकी कमीज और पैजामा बहुत मैले हो चुके थे, शायद लंबी यात्रा के कारण। पर उनका चेहरा कपड़ों से भी अधिक मैला लग रहा था।

वीरां स्तंभित-सी गोकुलचंद के चेहरे को देखती रह गई। उसने

देखा कि गोकुलचंद कि दृष्टि उस पर ठहरी है और उनके चेहरे के भावों को नाप-तौल कर फिर आगे बढ़ गई है। उनका चेहरा और दृष्टि दोनों ही जड़ थे, वहां की भाव-शून्यता श्मशान की उदासीनता जैसी थी।

गोकुलचंद ने वीरां से कुछ नहीं कहा। वह चुपचाप अपने कमरे की ओर बढ़ गए।

वीरां उनके पीछे-पीछे कमरे में चली गई। गोकुलचंद बिना अपने कपड़ों को बदले, या अपनी जेब-घड़ी को जेब से निकाले, वैसे के वैसे ही अपनी चारपाई पर लेट गए थे।

वीरां ने बहुत दिन हुए गोकुलचंद से डरना छोड़ दिया था, पर आज उसके मन में उनका भय बुरी तरह छा गया था। तब की बात और थी। तब उन्होंने उसे त्याग कर गंगा को अपनी पत्नी बनाया था। किसी और स्त्री के पति से वीरां क्यों डरती! पर अब गंगा नहीं थी। वीरां थी और गोकुलचंद थे। वे फिर से पति-पत्नी हो गये थे और वीरां अपने पति से डरती थी।

अपने भय को बड़े प्रयत्न से समेट कर, अपने जीवन का बड़ा भारी दुस्साहस करके वीरां उनकी चारपाई के पास आई और पायताने की ओर खड़ी हो गई।

दोनों ने क्षण भर के लिए एक दूसरे को देखा और गोकुलचंद ने वितृष्णा से अपनी आंखें फेर लीं।

"कोई तकलीफ है क्या ?" वीरां ने कांपते स्वर में पूछा, "आपका स्वास्थ्य तो ठीक है न ?"

गोकुलचंद की दृष्टि फिर आकर वीरां के चेहरे पर चमगादड़-सी लटक गई। क्षण भर को उसे तौलती-परखती रही और फिर निराश हो कर उड़ गई। गोकुलचंद कुछ नहीं बोले।

वीरां ने कुछ और अधिक साहस किया, "मैं शरीर दबा दूं, थकावट दूर हो जाएगी। सर में दर्द हो तो घी की मालिश कर दूं। खुश्की दूर हो जाएगी"

इस बार गोकुलचंद ने मुड़कर उसे देखा भी नहीं। उस चोर के

समान दम साधे पड़े रहे, जो कहीं छिपा हुआ पुलिस के चले जाने की प्रतीक्षा में सांस रोके, आंखें नीची किए चुपचाप बैठा रहता है।

वीरां उत्तर की प्रतीक्षा में खड़ी रही, पर गोकुलचंद ने उत्तर देने का कोई प्रयत्न नहीं किया तो वह चारपाई पर उसके पास बैठ गई। उसने गोकुलचंद के शरीर पर हाथ रखा ही था कि उन्होंने ज़ोर से उसका हाथ झटका और उसे धक्का दे दिया। वीरां चारपाई की चौखट पर बैठी थी। झटका न सह सकी, और असंतुलित होकर फर्श पर आ गिरी। गोकुलचंद उसे एकटक देखते रहे। वीरां अकबकाई-सी फर्श पर पड़ी रही। जब उसने उठने का कोई प्रयत्न नहीं किया तो गोकुलचंद ने एक लंबी सांस छोड़ी और करवट बदल ली।

वीरां उठी और चुपचाप रसोई घर में चली गई।

उसने सोचा था कि जब तक गंगा वहां है, तभी तक गोकुलचंद पराए हैं और गंगा के जाते ही वह उसे मिल जाएंगे। आज तक अपने पति के छिन जाने का दोष उसने गंगा के सर मढ़ा था। आज पहली बार उसे मालूम हुआ था कि गंगा के न रहने पर भी गोकुलचंद उसके नहीं हो सकते। दोष तो उसके पति के भीतर ही कहीं है। या फिर उसी में कोई दोष है। गंगा यहां थी, तब पराए होते हुए भी गोकुलचंद ने उसके साथ कभी इस प्रकार का व्यवहार नहीं किया था।

तो क्या वह पति को फिर से प्राप्त करने की आशा एकदम ही छोड़ दे। वह स्वयं तो एक बार आशा छोड़ ही बैठी थी। उसके भाइयों ने अपने उद्यम से उसकी आशा को जगाए रखा था। अब जब वे लोग अपने उद्यम में सफल हो गए हैं, तो क्या वह स्वयं ही आशा छोड़ दे...

रात का खाना बनाकर वीरां फिर नीचे उतरी। गोकुलचंद अभी तक उन्हीं कपड़ों में, ठीक उसी मुद्रा में लेटे हुए थे। लगता था जैसे अपने स्थान से उठना तो दूर, उन्होंने करवट तक न बदली हो। क्या वह एकदम जड़ हो गये है ?...वीरां सोच रही थी। यदि वह इसी प्रकार व्यवहार करते रहे, तो हो सकता है कि उसे अपने भाइयों से कह कर, गोकुलचंद को फिर से दो सौ रुपये दिलाने पड़ें, ताकि जाकर फिर से गंगा को ले आएं।

वीरां काफी आवाज करती हुई, जाकर उनकी चारपाई के पास खड़ी हो गई। उसकी पैदा की हुई आवाजों से अवश्य ही गोकुलचंद को उसके आने का पता चल गया होगा। पर उन्होंने करवट नहीं बदली। वह उसी प्रकार लेटे रहे। यदि उनके सांस लेने की आवाज न हो रही होती, तो वीरां उस जड़ता को देखकर कुछ और ही सोच बैठती। पर वैसी बात नहीं थी। वह जीवित थे।

"चलिए खाना खा लीजिए।" काफी देर तक चुपचाप खड़े रहने के बाद वीरां ने हौले से कहा।

पर गोकुलचंद पर उसके कहने का कोई प्रभाव नहीं पड़ा। वह उसी प्रकार पड़े रहे।

वीरां के मन में आया कि वह उन्हें एक बार जोर से झकझोर दे और पूछे कि आखिर उसका क्या दोष है। पर कुछ देर पहले उन्हें छूने का परिणाम याद करके वह अपनी भूल दुहराने का साहस न कर सकी। चुपचाप खड़ी प्रतीक्षा करती रही कि गोकुलचंद कोई उत्तर दें। शायद वह डांटकर यही कह दें कि वह खाना नहीं खाएंगे।

पर गोकुलचंद न हिले-डुले, न उन्होंने कोई उत्तर ही दिया। वह इस प्रकार पड़े थे जैसे उनके आस-पास कोई भी न हो।

वीरां कुछ और पास खिसककर उन पर झुक गई, "मैंने कहा चलिए खाना खा लीजिए। काफी देर हो गई है। बच्चे भूखे बैठे हैं।"

गोकुलचंद उसी प्रकार चुपचाप लेटे रहे।

वीरां सीधी हो गई। वह समझ गई कि चीख-पुकार से कुछ नहीं होगा। गोकुलचंद न उसकी बात का उत्तर देंगे और न ही खाना खाने के लिए ऊपर आएंगे।

वह फिर ऊपर रसोई में चली गई। उसने एक थाली में खाना परोसा और फिर नीचे उतर आई।

इस बार चारपाई को जरा-सा खिसका कर वीरां ने किसी प्रकार दीवार के साथ खिसकने का स्थान बनाया और जाकर गोकुलचंद के सामने खड़ी हो गई। इसकी प्रतिक्रिया तुरंत हुई। गोकुलचंद ने करवट बदली और उसकी ओर फिर से पीठ कर ली।

वीरां घूम कर फिर उसके सामने आई और गोकुलचंद ने फिर करवट बदल ली ।

वीरां ने तिपाई खींचकर चारपाई के पास रखी और उस पर थाली रखकर खड़ी हो गई ।

"मेरा मुंह मत देखिए, पर खाना तो खा लीजिए । पता नहीं कब से भूखे हैं ।"

वीरां को लगा, गंगा के आने के बाद धीरे-धीरे उसके भीतर जो उद्धतपन जन्मा था, और अंत में उसके भीतर जो कठोरता आई थी, वह सहसा ही पिघल कर बह गई है । अब वह गोकुलचंद के दुख-सुख के प्रति उस प्रकार तटस्थ नहीं रह सकती । न उसके भीतर वह जड़ता है, न दार्शनिकता । वह अपने पति को कष्ट में नहीं देख सकती । वह जानती है कि गोकुलचंद पीड़ा से ऐंठ रहे हैं । उससे यह देखा नहीं जाता । यदि गंगा कहीं आस-पास होती, तो शायद वह स्वयं जाकर उसे बुला लाती ।

"खाना खा लीजिए ।" वह फिर बोली, "देखिए आपके पीछे मैं भी भूखी बैठी हूँ और बच्चे भी । अपने लिए आप न भी खाना चाहें तो बच्चों की खातिर तो खा लें । बच्चों को भूख से बिलखाना कहां तक उचित है ?"

पर गोकुलचंद जैसे पत्थर हो गए थे । उन पर कोई प्रभाव नहीं पड़ा । वह उसी प्रकार लेटे रहे ।

वीरां थके पैरों से लौट आई । कमरे से बाहर निकल कर उसने अपनी आंखों की कोरों से आंसू झटक दिए और दुपट्टे से आंखें पोछ लीं ।

पर रसोई तक पहुँचते-पहुँचते पुंछी आंखें फिर से भर आईं । इस बार वीरां ने न स्वयं को रोकने का प्रयत्न किया, न आखें पोंछी । उसके आंसू बहने लगे और सुबकियां आरंभ हो गईं । थोड़ी देर में वह पूरे मनोयोग से रो रही थी ।

बच्चों ने देखा था कि लंबी अनुपस्थिति के बाद पिताजी घर आ गए हैं । जाते हुए उनके साथ गंगा गई थी । पर लौटे तो वह अकेले ही

थे। जब से वह आए हुए थे। अपने कमरे में ही घुसे थे। उन्होंने किसी से कोई बात नहीं की थी। मां कई बार उनके कमरे में गई थी, पर हर बार निराश लौटी थी। वह कभी भी हंसती हुई कमरे से नहीं निकली थी। क्षण-क्षण उसका चेहरा उनके लिए अप्रिय होता गया था और उन पर घर के इस वातावरण का आतंक छाता गया था। अब मां को रोते देखकर बात और भी गंभीर हो गई थी।

पहले बच्चे इधर-उधर मंडराते फिरे थे। अब मां को रोते देख, उसके आस-पास फिर आए थे, पर सामने पड़ने या खाना मांगने का साहस कोई भी नहीं कर पा रहा था। माँ-बाप का झगड़ा उनके लिए नई चीज़ नहीं थी। जब कभी झगड़े का आभास उन्हें मिलता, वे इसी प्रकार आतंकित हुए-से किसी भीषण दृश्य की प्रतीक्षा में सन्न बैठे रहते थे। आज भी हो सकता है घर में झगड़ा हो, गाली-गलौच और मार-पीट हो। हो सकता है खाना भी न मिले और रात भर कोई सो भी न पाए।

वीरां की रोते-रोते हिचकियां बंध गईं। पर रोकर उसका मन हल्का हो गया। उसे लगा उसकी छाती पर जो बोझ-सा जमा हो गया था, वह आंसुओं के साथ बह गया है।

उसने अपनी आँखें पोंछीं और चेहरा ऊपर उठाया। उसने देखा, तीनों बच्चे उससे कुछ दूर, किवाड़ की आड़ में खड़े, रोनी सूरत बनाए उसे देख रहे हैं। शायद वे भी उसके साथ मिलकर रोना चाहते थे, पर आतंक के मारे रो नहीं पा रहे थे।

वीरां हंसी। उसने बच्चों को अपने पास बुलाया। और बारी-बारी सबको अपने शरीर के साथ चिपका कर प्यार किया। पर उसकी क्षण भर पहले सुखाई गई आंखें, फिर गीली हो गईं।

बच्चों ने इस प्रकार मां का प्यार बहुत दिनों के बाद पाया था। मां-बाप के झगड़ों में किसी को इतना अवकाश ही नहीं मिला था कि बच्चों को प्यार किया जा सकता। प्यार की अभिव्यक्ति ने उनका संयम शिथिल कर दिया। रुआंसे तो वे लोग पहले से ही थे। मां को रोते देखा तो उनके आंसू भी बह निकले।

वीरां ने इस बार न स्वयं को रोका, न बच्चों को ही चुप कराने का प्रयत्न किया। अच्छी तरह रो लेने के बाद वीरां ने अपनी आंखें सुखाईं और बच्चों को भी चुप कराया।

फिर उठकर उसने बच्चों के लिए खाना परोसा और अपने सामने उसने तीनों बच्चों को खाना खिलाया। उन्हें अच्छी तरह खिला-पिला कर उसने चारपाइयां बिछाईं, बिस्तर किए और बच्चों को सुला दिया।

तब वह फिर एक बार नीचे उतरी। दबे पांवों वह गोकुलचंद के कमरे में घुसी।

गोकुलचंद ने खाना खा लिया था और वह करवट बदल कर, दीवार की ओर मुंह किए लेटे हुए थे।

वीरां ने शान्ति की साँस ली। गोकुलचंद को बिना बुलाए उसने जूठे बर्तन उठाए और उल्टे पांव लौट आई। रसोई में आकर उसने उन्हीं जूठे बर्तनों में अपना खाना डाला और खाने बैठी।

तभी किला गुज्जर सिंह की पुलिस चौकी ने रात के ग्यारह बजने की सूचना दी।

१३

गोकुलचंद ने शेष आठ छुट्टियां चारपाई पर पड़े-पड़े बिता दीं। वह घर से बाहर कहीं नहीं गए। घर के भीतर भी वह अपने कमरे में ही रहते थे। केवल आवश्यकता होने पर ही चारपाई से उठते थे। चारपाई पर पड़े रहने की उनकी एक ही मुद्रा थी। वह दरवाज़े की ओर पीठ किए पड़े रहते। चेहरा दीवार की ओर होता और वह दीवार को घूरते रहते। वह किसी को नहीं बुलाते थे और कोई उनके पास आने का साहस नहीं करता था।

वीरां ने फिर भी आशा पूरी तरह नहीं छोड़ी थी। वह सुबह का नाश्ता और दोनों समय का खाना नियमपूर्वक गोकुलचंद के कमरे में पहुंचा आती थी। इस प्रकार दिन में तीन बार वह उन्हें चीज़ें देने

जाती थी और तीन बार ही जूठे बर्तन उठाने। जितनी बार भी वह उनके कमरे में जाती उनसे कुछ-न-कुछ पूछती अवश्य थी। पर गोकुलचंद ने कभी भी उसकी किसी बात का उत्तर नहीं दिया। वह जब भी कुछ पूछकर उत्तर की अपेक्षा में उनकी ओर देखती, वह इस प्रकार व्यवहार करते, जैसे कमरे में वह अकेले ही हों।

छुट्टियां समाप्त हुई और उन्होंने दफ्तर जाना आरंभ किया तो भी उनके व्यवहार में कोई विशेष परिवर्तन नहीं आया। सुबह का नाश्ता वह अपने कमरे में ही करते थे। दफ्तर जाने के समय से कुछ पूर्व तैयार होकर अपने कमरे में मौन प्रतीक्षा करते थे। यदि वीरां समय रहते खाना ले आती तो चुपचाप खा लेते, नहीं तो उठकर दफ्तर चल देते। दफ्तर से लौट कर फिर अपने कमरे में घुस जाते। मन करता तो कपड़े बदल लेते नहीं तो दफ्तर वाले कपड़ों के साथ ही, चारपाई पर पड़ रहते। वीरां ने कितनी ही बार उन्हें पगड़ी के साथ ही लेटे पाया था। रात का खाना खाकर भी बाहर नहीं निकलते, बस पड़े-पड़े ही सवेरा कर देते।

घर से अब उनका कोई संबंध नहीं रह गया था। घर में क्या है, क्या नहीं है – वह नहीं जानते। राशन कैसे आएगा, सब्ज़ी-भाजी कौन लाएगा ; इसकी उन्हें कोई चिंता नहीं थी। ये बातें उनको सूझती ही नहीं थीं।

बाध्य होकर वीरां को बाज़ार के कामों के लिए घर से निकलना पड़ा था। घर से निकलने के पहले उसने बहुत सोचा था। उसके जीवन में यह क्रांतिकारी परिवर्तन था। क्षतरियों की बहू बाज़ार में सौदा खरीदती फिरे, कितनी लज्जा की बात है! किन्तु वह गोकुलचन्द से क्या कहती! जो व्यक्ति उसकी बात का उत्तर तक नहीं देता, उससे कोई काम करने के लिए कहना व्यर्थ था। अन्त में उसने शरीर और कपड़ों को चादर में अच्छी तरह लपेटा और बाहर निकल आई। गंगा को लेकर जाते समय गोकुलचन्द उसे कुछ रुपये दे गए थे। वीरां उन्हीं रुपयों को तोड़-तोड़ कर खर्च कर रही थी। यदि वे रुपये उसके पास न होते तो वह क्या करती?…वह बहुधा सोचा करती थी।

गोकुलचन्द के मस्तिष्क में प्रायः एक ही दृश्य बार-बार घूमा करता था :

गंगा को जगतसुख की ओर रवाना कर, गोकुलचंद नगर में अपने स्थान पर आए हेडक्लर्क बाबू मथुराप्रसाद के घर ठहरे थे। संयोग से मथुराप्रसाद उनके पुराने जान-पहचान के व्यक्ति थे। गोकुलचंद को इससे और भी सुविधा हो गई थी।

गोकुलचंद ने मथुराप्रसाद को अपने आने का कारण बताया था तो वह बहुत हंसा था।

"बड़े भोले हो।" गोकुलचंद के कानों में उसके शब्द उसी स्पष्टता से गूंजते रहते थे, "तुम तो उसे यूं मिलाने लाए हो, जैसे तुम्हारी ब्याहता हो। अरे भले आदमी! कोई भी हो, है तो आखिर रखैल। जब तुम यहां थे तो रख ली थी, बस! अव्वल तो उसे लेकर लाहौर जाना ही तुम्हारी गलती थी। और यदि ले गए थे, तो अब तो वह अपने गांव गई हुई है। तुम खिसक जाओ। आएगी तो रो-धोकर कहीं चली जाएगी। उससे मुक्त होने का इससे अच्छा अवसर और-कौन-सा हो सकता है।"

गोकुलचंद स्वयं आश्चर्य करते हैं कि उस समय वह मथुराप्रसाद से सम्मोहित कैसे हो गए थे। यह बात उनके मन में बैठ गई थी कि यही वह अवसर था, जब वह गंगा से मुक्त हो सकते थे। तब यह उन्होंने सोचा ही नहीं था कि उससे मुक्त होना क्या आवश्यक था? और बड़े खुले मन से प्रसन्न होकर वह लौट आए थे, जैसे कुछ प्राप्त करके लौटे हों।

लौटने के बाद से पता नहीं कितनी बार वह मथुराप्रसाद को कोस चुके थे। पर कोसने से अब क्या हो सकता था। वह गंगा को छोड़ आए थे, बहुत दूर। उतनी दूर रोज़-रोज़ पहुंचा नहीं जा सकता था। और यदि वह साहस करके किसी प्रकार वहां फिर से चले भी जाएं, तो क्या गंगा उनको फिर से मिल जाएगी? क्या सचमुच वह उनसे प्रेम करती थी, जो उनके लिए बैठी रहेगी? जैसे वह जीवन की आवश्यकताओं के बदले उनके पास आ गई थी, क्या वह उसी प्रकार किसी और के साथ

नहीं जा सकती।

उनके मन में यह बात बैठ गई थी कि उन्होंने गंगा को सदा के लिए खो दिया है और इसका कारण केवल मथुरादास है। उनको लगता था उनका शरीर खोखला हो चुका है। हर एक मांस-पेशी में दर्द रहने लगा था। सदा स्वयं को अस्वस्थ अनुभव करने लगे थे और चेहरे का रंग एकदम काला पड़ गया था।

सहसा, एक दिन उन्हें दफ्तर में तार मिला : "मुझे ले जाइए... गंगा।" गोकुलचंद की विचित्र अवस्था हो गई। उनके भीतर जैसे कोई बार-बार कह रहा था, "तुम दुष्ट हो। तुम दुष्ट हो।"

गोकुलचंद से कोई काम नहीं हो रहा था। उन्होंने बहुत प्रयत्न किया मन लगाने का। पर कुछ नहीं हुआ। अन्त में बाध्य होकर तबीयत खराब होने का बहाना कर वह छुट्टी लेकर घर आ गए। पर घर लौटने पर उनकी अवस्था और भी बुरी हो गई। दफ्तर में कम-से कम वीरां तो दिखाई नहीं पड़ती थी। घर में उसे देखकर उनका खून खौलने लगता। उन्हें लगता, सब कुछ इसी के कारण हुआ। इसी के भाइयों ने उन्हें रुपये देकर गंगा को छोड़ने के लिए भेजा। और वह उल्लू का पट्ठा मथुराप्रसाद ! उसी ने उनके मन में विष भर दिया था। नहीं तो वह गंगा को छोड़कर क्यों आते। सबसे मिलाकर वह उसे लौटा लाते। सबने मिलकर उनके विरुद्ध षड्यंत्र किया था। किसी से उनकी खुशी देखी न गई। और सब की गुरु है...यह वीरां। बहुधा उनको लगता था कि वीरां के भाइयों ने ही मथुराप्रसाद को सिखाया-पढ़ाया था।

उनके जी में आया, अभी जाकर वीरां का गला दबा दें। वह समाप्त हो जाए तो फिर सारा झगड़ा ही समाप्त हो जाए। फिर कौन उनके मार्ग में आएगा। पर...बच्चे अभी बहुत छोटे थे। उनको वीरां की आवश्यकता थी। और फिर जो कुछ वीरां या उसके भाइयों ने किया, वह उसकी दृष्टि से गलत कहां था। वह अपने पति को फिर से प्राप्त करने का प्रयत्न कर रही थी। यदि अपने उनके मन में गंगा को प्राप्त

करने की इच्छा फिर से बलवती हो रही है तो वीरां के मन में उन्हें प्राप्त करने की इच्छा गलत नहीं थी...

पर वह अपना क्या करते ? बड़ी कठिनाई से स्वयं को थोड़ा-सा ही बांधा था कि गंगा के तार ने उनके सारे संयम और तर्कों को तोड़ फेंका है, जिसका प्रयोग उन्होंने स्वयं को बांधने के लिए किया था ।

दूसरे दिन दफ्तर पहुँचते ही उन्हें गंगा के भाई का पत्र मिला। उसने लिखा था कि उनके सिवाय गंगा का संसार में कोई नहीं था । उसके साथ ऐसा खेल न खेला जाए कि उसे अपने प्राण ही दे देने पड़ें । यदि वह उसे लेने न आये तो वह गले में फांसी का फंदा डालकर मर जाएगी, या दरिया में कूदकर प्राण दे देगी । यदि उसने आत्महत्या कर ली तो उसका पाप गोकुलचंद के सर ही होगा...

और फिर हर दूसरे-तीसरे दिन उनको पत्र मिलने लगे । हर पत्र में वही बात होती थी । प्रत्येक पत्र में अनुरोध होता, प्रार्थना होती, क्रोध होता । गोकुलचंद के घाव पर जो परत जमती, उसे गंगा के पत्र खरोच देते ।

अब गोकुलचंद संभाल न सके । वह जैसे लगातार आग में जल रहे थे । उनकी नींद बहुत कम रह गई थी । जितनी देर सोते, स्वप्न ही देखते रहते । रात को बड़ी कठिनाई से ग्यारह-बारह बजे तक सोते और फिर सुबह चार बजे ही उनकी नींद खुल जाती । उन्हें लगता, जैसे वह रात को एकदम सोए ही न हों ।

दो-चार दिन वह फिर से सोने का प्रयत्न करते रहे, पर फिर उन्होंने प्रयत्न करना भी छोड़ दिया । उन्हें लगता पेट के ऊपरी हिस्से में, पसलियों के बीच कहीं उन्हें भयानक दर्द हो रहा है । पीड़ा से एक दिन उनकी चीख निकल गई । और फिर वह नियमित रूप से चिल्लाने लगे। सवेरे-सवेरे ही वह इस प्रकार डकराते जैसे उनको जबह किया जा रहा हो । और जब डकराने से भी उनका कष्ट कम नहीं होता तो वह जोर-जोर से अपनी छाती पीटने लगते ।

वीरां जानती थी कि वह चार बजे ही उठ बैठते हैं, पर वह क्या करती । उसने उनका चिल्लाना और डकराना भी सुना था । उसने कुछ

नहीं कहा। वह क्या करती ! पर इस प्रकार छाती पीटते सुन वह अपने-आपको नहीं रोक सकी। आखिर यह रोज़-रोज़ का तमाशा क्या हुआ। सवेरे के चार बजे से आठ बजे तक चीख-चिल्लाहट ! उनके चीखने की आवाज़ सारी गली पार करके चौक के बाज़ार तक जाती थी। सब सुनते थे। फिर घर में तीन बच्चे थे। वे देखते थे कि उनका बाप प्रति दिन चार-चार घंटों तक चीखता-डकराता रहता है। वे भयभीत से घर के किसी कोने में सिमटे हुए बाप का यह नाटक देखा करते थे। आखिर उन पर इसका क्या प्रभाव पड़ेगा।

बाध्य होकर वीरां ने एक दिन, जैसे ही उन्होंने छाती पीटनी शुरू की, जाकर उनका हाथ पकड़ लिया।

हाथ पकड़ने की प्रतिक्रिया बड़ी भयंकर हुई, जैसे जलती आग पर पेट्रोल पड़ गया हो। गोकुलचंद ने वीरां को ज़ोर का धक्का दिया। वह जाकर दरवाज़े के पास फर्श पर गिरी। गोकुलचंद झपटकर अपने स्थान से उठे और जैसे वह अपनी छाती पीटा करते थे, उन्होंने वीरां को पीटना आरंभ कर दिया। उन्होंने यह नहीं देखा कि उनका हाथ कितनी तेज़ी और कितने ज़ोर से चल रहा है। वीरां को कहां और कितनी चोट लग रही है। वह बस पीटते ही चले गए। फिर वह उठे और उसे दो-तीन लातें जमाकर, नियमपूर्वक छाती पीटने लगे।

वीरां उठकर बाहर चली आई। अब उसके वश में कुछ नहीं था।

उसी दिन शाम को दफ्तर से लौटकर गोकुलचंद ने अपना ज़रूरी सामान बांधा और जाते हुए वीरां को कह गए कि वह गंगा को लाने के लिए उसके गांव जा रहे हैं।

१४

गंगा का जगतसुख पहुंचना उसकी मां के लिए सुखद आश्चर्य था। वह अब तक स्वयं को समझा चुकी थी कि गंगा से अब कभी भी भेंट नहीं होगी। वह यहां से बहुत दूर लाहौर में थी, जहां उसका पहुंचना

संभव नहीं था और न ही गंगा वहां से अकेली आ सकती थी। और गोकुलचंद को क्या आवश्यकता थी कि वह इतनी दूर से गंगा को मिलाने के लिए लाते।

पर यह मान लेना भी उसके लिए किसी प्रकार भी क्लेशकारी नहीं था। लड़कियां तो होती ही पराया धन हैं। उसके लिए क्या यह कम था कि जब उसके गांव की अन्य लड़कियां अधिकांशतः कुंवारी बैठी थीं, या किसी गरीब की पत्नी बन भूखी मर रही थीं, उसकी गंगा बड़े बाबू की पत्नी बनकर राज कर रही थी। पहले तो उसके मन में आशंका थी कि पहली पत्नी के रहते हुए बड़ा बाबू गंगा को पत्नी का स्थान नहीं दे सकेगा; पर जब गंगा गोकुलचंद के साथ लाहौर चली गई तो उसे किसी प्रकार की आशंका नहीं रह गई। बड़े बाबू के मन में कपट होता तो वह गंगा को लेकर अपने देस नहीं जाता।

और अब गंगा लाहौर शहर से चलकर उससे मिलने के लिए जगतसुख आई थी।

गंगा को मां के साथ मिलकर तो खुशी हुई ही थी, उससे भी बड़ी खुशी की बात यह यह थी कि उसका भाई धनसिंह घर लौट आया था। उसने अपनी थोड़ी-सी जमीन संभाल ली थी। उसके हाथों का लगाया हुआ धान, पहाड़ी क्यारियों में झूमता दूर से ऐसा लगता था जैसे मखमल की सलवटें हों। उनकी जमीम बहुत थोड़ी थी, पर छोटे से परिवार का गुजारा हो ही जाता था।

बहन को देखने के लिए गंगा ने आंखें घुमाई तो मां की बूढ़ी आंखों में पानी भर आया।

"उसका कुछ पता नहीं गंगो।" वह बोली, "पता नहीं किसी के साथ चली गई, या किसी खड्ड में गिर गई या पता नहीं कोई जानवर खा गया। आज तक कुछ पता ही नहीं चला।"

मां ने आंखें पोंछ लीं और गंगा ने मुंह फेर लिया। फिर बहन की चर्चा नहीं हुई पता नहीं कहां गई। न गई होती तो अब तक भार बन कर मां की छाती पर बैठी होती।

लाहौर से लाई हुई चीजें उसने मां और भाई में बांट दीं। उन्होंने

चीज़ें इस प्रकार स्वीकारीं, जैसे गंगा लाहौर से चीज न लाई हो, खुशियां लाई हो।

पर गंगा की खुशी चीज़ें देने तक ही थी। उसके बाद उसका मन क्षण-क्षण उदास होने लगा था। बैठने के लिए घर में कोई कुरसी नहीं थी। उसे लाहौर में, अपने कमरे में रखी हुई लकड़ी की तह होने वाली कुरसी याद आई। गोकुलचंद ने उसे खास अनारकली बाज़ार से लाकर दी थी। मां ने जिस बिस्तर पर उसे आराम करने के लिए कहा था, वह उसे पायदान से भी अधिक मैला लगा था। यहां न वह सुगंधित साबुन और तेल था, जो गोकुलचंद उसे लाकर दिया करते थे। बनौलों जैसे मोटे-मोटे चावल और मक्की का आटा उसके लिए भूली हुई चीज़ें हो गई थीं।

एक दिन में ही उसे लगा कि घर पर जिस खुशी की कल्पना के साथ वह यहां आई थी, वह कहीं नहीं है। अपना वैभव वह अपनी मां और भाई को दिखा चुकी थी—उससे प्राप्त खुशी उसके दस दिनों के लिए भी काफी नहीं थी। यह ठीक है कि यह उसका गांव है, यही उसका घर है। पर ढाई वर्ष गोकुलचंद के साथ रहकर, लाहौर को छोड़कर जगतसुख तो क्या नगर में भी उसे किसी प्रकार की प्रसन्नता नहीं मिल सकती। वह जिस जीवन की आदी हो गई थी, वह उसे इस गांव में नहीं मिल सकता था। जो पहाड़ियां, खड्ड और पगडंडियां उसे किसी समय बहुत सुंदर लगा करती थीं, वह सब उसे अब असुविधाजनक ऊबड़-खाबड़ धरती लगती थी। जहां जाना हो, मीलों तक आदमी पैदल जाए, कहीं तांगा तक न मिले, आखिर कोई बात है। न कहीं बाज़ार, न मेला, न भीड़-भड़क्का। वे ही इक्के-दुक्के घर। फटे-पुराने, मैले कपड़े पहने गरीब लोग, जो जीवन भर अपने गांव से बाहर नहीं निकले। कोई बहुत दूर गया तो नगर तक हो आया। वे लोग कैसे कल्पना कर सकते हैं कि वह जिस शहर से आई है, वहां दूर-दूर तक समतल धरती है। वहां ऊंचे-ऊंचे मकान हैं। चौड़ी-चौड़ी सड़कें हैं और बड़े-बड़े बाज़ार हैं। वह सब कुछ यहां नहीं है, कभी नहीं हो सकता।

गंगा बड़ी कठिनाई से दस दिन जगतसुख में काटकर, ग्यारहवें

दिन तड़के ही अपने भाई को लेकर नगर की ओर चल पड़ी।

सूर्य निकल आया था, पर बादलों ने उसे बुरी तरह ढंक रखा था। चारों ओर गहरी धुंध छाई हुई थी। उनके घर के सामने की गहरी खड्ड, सारी की सारी धुंध ने ढंक ली थी। आंखों को खड्ड दिखाई नहीं पड़ती थी ; केवल कान ही खड्ड की तह में तेज बहते हुए नाले के स्वर का सुन पाते थे।

धनसिंह इस मौसम में नगर तक की यात्रा करने को तैयार नहीं था। क्या पता कब बारिश हो जाए और वे भीगकर बीमार पड़ जाएं। उससे अच्छा नहीं है कि वह दरवाजा बंद कर, घर के भीतर आग के पास बैठे और लाहौर से जो हुक्का गंगा लाई है, उसका आनन्द ले। इस धुंध में तो पगडंडी का भी पता नहीं चलता। खच्चर-सड़क तक जाने के लिए कितनी चढ़ाइयां चढ़कर फिर सीधे नीचे उतरना पड़ता था। बारिश में मिट्टी पर पैर न जमें और फिसलकर वह खड्ड में जा पड़े तो ?

पर गंगा ने उसकी एक नहीं चलने दी। वह उसकी बहन थी और मायके मिलने आई थी। वह दस दिन यहां बिता चुकी थी और अब यहां एकदम नहीं ठहरना चाहती थी। उसका पति नगर में उसकी प्रतीक्षा कर रहा है कि वह वहां पहुंचे तो वह लाहौर के लिए प्रस्थान करे। वह सरकारी नौकर है, धनसिंह के समान निठल्ला नहीं है। वह सरकार से जितनी छुट्टियां लेकर आया है, उससे ज्यादा वह नहीं ठहर सकता। और धुंध का क्या है, हफ्तों इसी प्रकार सूर्य ढंका रहे तो क्या वह सारा जीवन जगतसुख में ही बैठी रहेगी। धुंध के कारण दुनिया के काम तो बंद नहीं हो जाते। वह तो उसी समय नगर जाएगी। धुंध तो धुंध, वह तो बारिश और बर्फ में भी अवश्य जाएगी।

धनसिंह भी जानता था कि गंगा का घर वाला बड़ा आदमी है। सरकार के दफ्तर का बड़ा बाबू है। पैसे वाला है। गंगा से बनी रही तो अगली बार और भी अच्छी चीजें लेकर आएगी। और...और भी एक आशा उसके मन में थी। हो सकता है कि गंगा अपने घर वाले से कहकर उसे भी कहीं किसी दफ्तर में चपरासी लगवा दे। वह भी

सरकारी नौकर हो जाए और अपना गांव छोड़ कर लाहौर चला जाए।

उसने यह बात अभी तक गंगा से कही नहीं थी। अभी कहने से हो सकता है वह भूल जाए। उसने सोच रखा था कि जब वह गंगा को नगर में उसके घर वाले के पास पहुंचा कर लौटने लगेगा, तब उससे कहेगा, "गंगा बहन! तुमसे दूर अब जी नहीं लगता। मुझे भी किसी दफ्तर में चपरासी लगवा दो। तुम्हारे और परोणा जी के दर्शन तो कर लिया करूंगा।"

उस समय कही हुई बात गंगा को याद रहेगी और उसके घर वाले को भी। तभी कहना ठीक होगा।

वह गंगा को लेकर चल पड़ा था। उसके सधे पैर धुंध में भी पगडंडी पर ठीक पड़ रहे थे और वह मुंह ही मुंह में कोई गीत गुनगुनाता हुआ सीधा ऊपर चढ़ता जा रहा था। थोड़ी-थोड़ी देर में वह सर उठाकर आकाश को देख लेता था कि कहीं वर्षा तो नहीं होने वाली। पर वर्षा का क्या पता था, होने लगे तो अभी होने लगे। न हो तो शाम तक न हो।

गंगा उसके पीछे-पीछे आ रही थी। उसका पुराना अभ्यास उसके काम तो अवश्य आ रहा था, पर अब वह वही गंगा नहीं थी, जो अढ़ाई वर्ष पहले इन पगडंडियों पर दौड़ती-फिरती थी। फिर वह गोकुलचंद के पास जा रही थी। उसके मित्र और घर वाले भी उसे देखेंगे। वह अच्छी तरह तैयार होकर चली थी। उसने ऊंची एड़ी की गुरगाबी पहन रखी थी, जो गोकुलचंद ने उसे बैसाखी के मेले में से खरीद कर दी थी और जिसे पहन कर वह गोकुलचंद के साथ रावी के किनारे-किनारे सैर करने जाया करती थी।

पर जगतसुख से नगर तक का रास्ता, रावी के किनारे वाली सड़क नहीं थी। ऊंची एड़ी की गुरगाबी पहनकर उसने गलती का थी। उसकी अंगुलियां दुख रही थीं, पिंडलियों में दर्द हो रहा था और सांस चढ़ गया था। ऐसे नगर तक पहुंचना बड़ा कठिन था...

एक बार उसके जी में आया कि आगे चलते हुए धनसिंह से कहे

कि वह ठहर जाए। पर फिर सोचा, ठहरने से क्या लाभ होगा। आखिर वह कहां-कहां और कितनी बार ठहरेगी। सारा रास्ता इसी प्रकार था। नंगे पैर भी चलना संम्भव नहीं था। अब तो ऐसे ही चलना होगा...

रास्ते में वर्षा नहीं हुई और जब वे नगर पहुंचे तो कुछ-कुछ धूप निकल आई थी। पर तब तक गंगा बुरी तरह थक गई थी। उसे स्वयं पर ही आश्चर्य हो रहा था। जब पहले दशहरे के दिन वह अकेली जगतसुख से चलकर नगर तक आई थी और झरने के पास खड़ी गोकुलचंद की प्रतीक्षा करती रही थी, तब तो वह एकदम नहीं थकी थी। आज तो उसकी पिंडलियां इतनी भारी हो गई थीं, जैसे अगला कदम ही नहीं उठेगा। उसकी सांस धौंकनी जैसी चल रही थी। इस समय किसी से बात करनी पड़े तो वह एक शब्द भी न बोल पाएगी।

खैर, अब तो वह नगर पहुंच ही गई है। वह रुक कर खड़ी-खड़ी सुस्ताने लगी। अब बस क्वार्टरों तक की चढ़ाई ही चढ़ना है। मामूली-सी बात है। सामने कुछ ऊंचाई पर बने हुए क्वार्टर उसे साफ नज़र आ रहे थे। इतनी दूर से भी वह मथुरादास का क्वार्टर सरलता से पहचान पा रही थी। यह वही क्वार्टर था, जहां पहले-पहल वह जेठुराम के साथ आई थी। तब तक तो काफी अंधेरा भी हो चुका था। वह नहीं जानती थी कि वह किसके पास जा रही थी और वह व्यक्ति उसके साथ कैसा व्यवहार करेगा। पर उसकी मां चाहती थी कि वह चली जाए और वह चली आई थी। जेठूराम ने उसे यहां आने के कितने ही लाभ बताए थे।

उसे अब आश्चर्य होता है कि तब वह कैसे चली आई थी। वह जड़ हो गई थी एकदम। वह कुछ नहीं जानती थी कि क्या हो रहा है। वह तो बस आ गई थी। फिर जेठूराम ने लाकर उसे गोकुलचंद के कमरे में अकेला छोड़ दिया था। गोकुलचंद ने अपनी थाली में अपने साथ उसे खाना खिलाया था और फिर कितनी रात तक गोकुलचंद उसे झंझोड़ता रहा था, नोचता रहा था, भींचता रहा था, जैसे कोई भूखा भेड़िया बहुत भूखा होने पर हड्डी पर से मांस नोचता था।

उसने स्वयं को कितनी कठिनाई से रोके रखा था। अपना भय प्रकट नहीं होने दिया था, अनिच्छा नहीं जताई थी। वह उसके लिए देवदार के जगल में किसी खड्ड के किनारे शेरों की दहाड़ सुनते हुए असुरक्षित ढंग से बिताई गई अंधेरी रात थी। पर फिर वह भय समाप्त हो गया था। गोकुलचंद उसे अच्छा लगने लगा था। उसे आनन्द आने लगा था। अब वह प्रतीक्षा करती थी। गोकुलचंद को आमंत्रित करती थी। दस दिनों से वह उनसे अलग थी। आज रात को वे किसी पड़ाव में होंगे। वह और गोकुलचद ! वह उन्हें अपनी पहली रात याद दिलाएगी। आज वह गोकुलचंद को नोच डालेगी। उसने दस दिनों से नाखून नहीं काटे थे। वह दातों से उन्हें काट खाएगी...

धर्नासिह ने उसे पुकारा तो गंगा आगे बढ़ी। धर्नासिह सारी चढ़ाई चढ़कर क्वार्टरों वाले मैदान तक पहुंच गया था और पूछ रहा था कि कौन सा क्वार्टर है।

"आ रही हूं।" गंगा ने कहा और चढ़ाई चढ़ने लगी।

यह सारा स्थान उसका देखा-भाला था। हर चीज़ उसकी परिचित थी। उसे लग रहा था, वह फिर अपने पुराने स्थान पर लौट आई है। यहीं वह पहले-पहल गोकुलचंद से मिली थी, फिर वीरां के आने से पहले मायके लौट गई थी और दशहरे के दिन फिर उसने गोकुलचंद को यहीं पाया था। आज फिर दस दिनों के विरह के बाद वह यहां गोकुलचंद को मिलेगी।

वह धर्नासिह के पास पहुंच गई थी और वे दोनों साथ-साथ मथुरा-दास के क्वार्टर की ओर बढ़ रहे थे।

धर्नासिह ने ही सांकल खटखटाया था।

"खोलते हैं।" किसी ने भीतर से कहा और आकर द्वार खोल दिया।

द्वार खोलने वाला कोई पुरुष था। गंगा धर्नासिह के पीछे छिप गई...! मथुरादास ही होगा...उसने सोचा।

"क्या बात है ?" उस पुरुष ने पूछा।

"जी ! वह बाबू गोकुलचंद से मिलना है।" धर्नासिह ने धीरे से

गंगा की ओर संकेत किया।

उस पुरुष ने गंगा को अच्छी तरह, नज़र भर देखा और बोला, "गोकुलचंद को लाहौर लौटे हुए आठ दिन हो गए हैं।"

गंगा का सर चकरा गया। उसने धर्नासह का सहारा लिया, नहीं तो शायद वह वहीं गिर पड़ती।

"वह चले गए?" उसने अधीनता की अवस्था में पूछा।

"वह दो दिनों के बाद ही चले गए थे।" पुरुष ने बताया।

"मैं गंगा हूं।" वह साहस कर आगे बढ़ गई, "मेरे लिए कुछ कह तो नहीं गए?"

"हमें तो कुछ नहीं कह गए।" पुरुष ने सिर हिलाया।

"फिर कब लौटेंगे?" गंगा ने फिर पूछा।

"लौटने की बात तो उन्होंने की ही नहीं।" पुरुष बोला।

गंगा चीख़कर उस पुरुष को कहना चाहती थी कि वह झूठ बोल रहा है। पर चीख़ने का कोई लाभ नहीं था। वीरां के भाइयों ने गोकुलचंद को इस कार्य के लिए दो सौ रुपए दिए थे। गोकुलचंद ने इसी वचन पर रुपये लिए थे कि वह उसे गांव छोड़ आएंगे। उन्होंने अपना वचन पूरा किया था। लाहौर से चलने से पहले गंगा के मन में जो भय था, वह पूर्ण हुआ। गोकुलचंद ने वीरां के भाइयों से नहीं, स्वयं गंगा से झूठ बोला था।

उसने धर्नासह को पकड़ कर पीछे खींचा और वे दोनों जगतसुख जाने वाली खच्चर-सड़क पर पहुंचने के लिए, ढलान पर तेज़ी से उतरते जा रहे थे।

वह पुरुष भीतर अपनी पत्नी से कह रहा था, "शायद यही वह स्त्री है, जिसके लिए गोकुलचंद यहां ठहरना चाहता था — गंगा।"

१५

गोकुलचंद की छुट्टियों का अंतिम दिन था... बीसवां दिन। शाम लगभग बीत चुकी थी। गली में से 'खील-छोले' और 'रबड़ी-मलाई'

वाले फेरी लगाकर लौट चुके थे। बच्चे अपने-अपने घरों में खाने और सोने की तैयारी में थे। स्त्रियों ने अपने चरखे उठा दिए थे, पूनियां समेट कर ऊँची जगह पर रख दी थीं और अटेरन संभाल लिए थे।

वीरां रसोई में बैठी, पीतल की बड़ी परात में आटा गूंध रही थी। कई दिनों से वह आटा गूंधने के लिए कोई छोटा बर्तन खरीदने की बात सोच रही थी। इतनी बड़ी परात में थोड़ा-सा आटा गूंधना उसे एकदम अच्छा नही लगता था। विशेषकर जब गोकुलचंद भी घर में न हों तो अपने और बच्चों के लिए थोड़ा-सा आटा चाहिए होता था, उसके लिए इतना बड़ा बर्तन जूठा करने की कोई आवश्यकता नहीं थी। पर घर जैसी स्थिति थी और गोकुलचंद के पिछले ढाई वर्षों के व्यवहार से उसे नहीं लगता था। कि घर में नया बर्तन तो एक ओर, कोई भी नई चीज़ आ सकती है।

उसने आटे को अंतिम मुक्कियाँ लगाईं और सारे आटे को समेट कर एक बड़ा-सा पेड़ा बनाकर परात के एक कोने में पटक दिया। दाहिने हाथ की चार अंगुलियों से पीट-पीट कर उसने ऊपर से चपटा किया। जब आटा अच्छी तरह चपटा हो गया और उस पर एक सिरे से दूसरे सिरे तक उसकी अंगुलियों के चिह्न अच्छी तरह अंकित हो गए तो पानी का छींटा देकर उसने परात सरका दी। पास पड़े पानी के पतीले में हाथ धोए और नाखुनों से खुरच-खुरच कर अंगुलियों पर लगा आटा उतारने लगी। तभी जुगल आकर उसके पास चुपचाप खड़ा हो गया।

"क्या है ?" वीरां ने पूछा, "रोटी चाहिए ?"

"पिताजी आ गए हैं।" जुगल बोला, "गंगा भी आई है।"

गोकुलचंद ने बहुत प्रयत्न किया था कि बच्चे गंगा को मां कहकर पुकारें, पर बच्चे उसे 'मां' कहने से बचते ही रहे। उन्होंने उसे मां का स्थान नहीं दिया था। जिस प्रकार गोकुलचंद और वीरां उसे गंगा कह-कर पुकारते थे, उसी प्रकार तीनों बच्चे भी उसे गंगा ही कहकर बुलाते थे। गंगा ने कभी इस पर आपत्ति नहीं की थी, उसे कभी बुरा भी नहीं लगा था। वह 'गंगा' कहकर बुलाए जाने पर भी बच्चों से बहुत अच्छा व्यवहार करती थी। बच्चों को उसने कभी यह एहसास नहीं होने दिया

कि वे उसे गंगा कहकर क्यों पुकारते हैं।

तो वह गंगा को ले ही आए ...! वीरां ने सोचा। उसके भाइयों का सब किया-कराया अकारथ गया था।

उसने हाथ पानी के पतीले से बाहर निकाले और फर्श पर छिनक दिए। पास पड़ा पानी उठाया और हाथ पोंछ लिए।

"आती हूँ!" उसने जुगल से कहा और घुटनों पर हाथ रखकर खड़ी हुई।

सहसा ही उसे अपने शरीर के विभिन्न अंगों में पीड़ा का-सा एहसास होने लगा था।

जुगल आगे-आगे सीढ़ियां उतरा और वीरां पीछे-पीछे।

सालगराम और कमला पहले ही वहां खड़े थे और 'गंगा-गंगा' कहकर पुकार रहे थे, पर वह कोई उत्तर नहीं दे रही थी।

वीरां ने उसे देखा ... वह गंगा नहीं थी, वह कोई और थी। वह गंगा से कुछ अधिक भारी शरीर की थी। आयु भी गंगा से वर्ष-दो वर्ष अधिक ही रही होगी। रंग उसका बहुत गोरा था, पर चेहरे पर गंगा जैसी निरीह कोमलता न होकर, एक प्रकार की कठोरता और अधिकार की भावना थी। उसके चेहरे पर कहीं-कहीं गोदने से बिंदियां-ततोले बने हुए थे। उसकी नाक अधिक तीखी नहीं थी और आंखों में गंगा की मासूम उत्सुकता न होकर, उदासीनता थी।

वीरां उसे देखकर सहसा ही डर गई थी। उसे लगा कि इससे तो अच्छा था कि गोकुलचंद गंगा को ही लौटा लाते।

"सालग! पीछे हट।" वीरां ने बड़े बेटे को झिड़का, "यह गंगा नहीं है।"

सालगराम और कमला ने एक बार मां की ओर देखा और फिर उस नई स्त्री के चेहरे की ओर! वस्तुतः वह गंगा नहीं थी। तभी तो वह उनसे बोल नहीं रही थी। वे दोनों आकर अपनी मां के पीछे, जुगल के साथ खड़े हो गए।

गोकुलचंद बड़े प्रसन्न थे। आते हुए रास्ते में वह गुमटी बाजार से कुछ फल और मिठाई भी ले आए थे। लिफाफे अभी तक उनके हाथों में

ही पकड़े हुए थे। उन्होंने वे लिफाफे वीरां को पकड़ाए और मुस्करा कर बोले, "यह गंगा नहीं है। यह कल्याणी है।"

वीरां ने लिफ़ाफे पकड़ लिए ग्रौर मुड़कर बच्चों से बोली, "ग्रब गंगा की जगह कल्याणी आ गई है। यह तुम लोगों का पूरी तरह कल्याण करेगी।"

वह अपनी बात कहकर ऊपर चढ़ जाना चाहती थी। पर गोकुलचंद की प्रतिक्रिया देखने के लोभ ने उसे रोक लिया।

गोकुलचंद को वीरां का व्यंग बुरी तरह चुभा था। पर उनका मन आज बहुत प्रसन्न था। फिर वह नई-नवेली दुलहन के सामने ग्रपना रौद्र रूप दिखाना भी नहीं चाहते थे। कल्याणी पर उसका क्या प्रभाव पड़ेगा। पहले ही दिन में झगड़ा हुआ तो वह क्या सोचेगी।

वह वीरां के व्यंग को दूसरी ग्रोर मोड़ गए, "इसमें कोई संदेह नहीं। कल्याणी बच्चों के लिए बहुत कल्याणकारी सिद्ध होगी।"

वीरां चीज़ें लेकर ऊपर चली गई। वह जानती थी कि परात में जितना ग्राटा वह गूंध कर ग्राई है, वह काफी नहीं होगा ग्रौर गोकुलचंद तथा अपनी नई सौत को खाना उसे ही खिलाना था। वह नई-नवेली जो ग्राई है, उससे गोकुलचंद रोटियां नहीं पकवाएंगे। फिर वह स्वयं भी नहीं चाहेगी कि वह उसकी जात-पात जाने बिना उससे रोटी बनवा कर अपना और ग्रपने बच्चों का धर्म भ्रष्ट करे।

गोकुलचंद ने सीढ़ियां चढ़ती वीरां को पीछे से आदेश दिया, "रोटी तैयार हो जाए तो बताना, मैं बाज़ार से कुछ ले ग्राऊंगा।"

हां! ग्रब क्या नहीं लाओगे बाज़ार से।...वीरां ने सोचा...नई औरत हो तो आदमी यूं ही चूतड़ रगड़ता रहता है। कमीना कहीं का। गंगा को छोड़कर ग्राया था तो चारपाई पर यूं औंधा पड़ा रहता था, जैसे मां को चिता पर रख कर आया हो। तब यह भी चिंता नहीं थी कि घर में आटा भी है या नहीं। बच्चे क्या खाएंगे?...यह चिंता कभी नहीं हुई। ग्रब उस कुतिया को ले ग्राया है तो रोटी बनने के बाद भी बाज़ार से कुछ लाएगा।

वैसे वीरां को यह एहसास करके आश्चर्य हुआ कि गंगा के विषय में जानकर जिस प्रकार उसका दिल डूबने लगा था और उसकी आंतरिक

शक्ति समाप्त-सी होती लगी थी, इस बार एकदम वैसी बात नहीं हुई थी। उसे बुरा अवश्य लगा था, पर वैसे ही बुरा लगा था, जैसे किसी को अपने पति के महंगी या सड़ी हुई सब्ज़ी खरीद लाने पर होता है। उसके भीतर कोई बहुत गहरी उथल-पुथल नहीं हुई थी। यह जीवन की अन्य अप्रिय घटनाओं के समान एक घटना थी। बस! उससे ज्यादा कुछ नहीं। वह अब तक अच्छी तरह समझ गई थी कि उसका पति, अब कभी भी उसे नहीं मिल सकता। इसलिए उसकी एक-न-एक सौत तो रहेगी ही। यह निश्चित ही था। इसलिए इस विषय में झगड़ा निष्फल था। सौत के होते हुए कैसे गुजारा चलाना था ..यही मूल समस्या थी!

गोकुलचंद कल्याणी के पास बैठे हुए बातें करते रहे। वह उसे अपने परिवार, मकान और रिश्तेदारों के विषय में बता रहे थे। इस प्रकार की प्रसन्न मुद्रा में वीरां ने उन्हें पहले कभी भी नहीं देखा था, गंगा के साथ भी नहीं। आज तो जैसे उन्हें जीवन की कोई अमूल्य उपलब्धि हुई थी।

रोटी तैयार हुई तो वह बिना क्षण भर के विलंब के तुरन्त बाज़ार चले गये। इतनी तत्परता से वह कभी दफ्तर भी नहीं जाते थे। पर बाज़ार तो जाना था। घर में केवल एक दाल बनी हुई थी ..चने और उड़द की मिली हुई दाल। अपनी दुल्हन को अपने घर पर वह पहला खाना इतना सादा नहीं खिलाना चाहते थे।

बाजार से वह चने, दही पकौड़ियां और रबड़ी ले आए। वीरां ने उनकी थालियां सालगराम के हाथ भिजवा दीं। फिर तीनों बच्चे ही बारी-बारी गरम फुल्का पहुंचाने लगे। खाकर गोकुलचंद कल्याणी को लेकर अपने कमरे में चले गए।

बच्चे जब जूठे बर्तन लेकर रसोई में आए तो वीरां ने देखा कि गोकुलचंद की बाज़ार से लाई हुई चीज़ों में से केवल बहुत थोड़े से चने ही बचे थे, जो एक बच्चे के लिए भी काफी नहीं थे। दही-पकौड़ियां और रबड़ी गोकुलचंद और कल्याणी ने पूरी तरह से समाप्त कर डाली थीं।

बच्चों के उतरे हुए चेहरों को देखकर वीरां समझ गई कि उन्हें बाप की लाई हुई अच्छी चीज़ों में से कुछ मिल जाने की आशा थी, जो समाप्त हो गई थी। बहुत दिनों से घर में कोई अच्छी चीज नहीं बनी थी। वीरां के पास इतने पैसे ही नहीं थे कि वह कोई अच्छी चीज़ बनाती। वह तो अपनी थोड़ी-सी पूंजी को कसकर पकड़े बैठी थी और बहुत थोड़ा-थोड़ा करके खर्च कर रही थी, ताकि वह अधिक से अधिक दिनों तक अपने बच्चों का और अपना पेट भर सके। वह भूखे रहने के अवसर को किसी प्रकार पीछे धकेल रही थी जो हर दिन के साथ उस पर आंक्रमण करने का प्रयत्न करता था।

वीरां या तो चने की दाल बनाती थी, जो सबसे सस्ती दाल थी या फिर मूलियां बहुत सस्ती बिक रही थीं। वह मूलियां खरीद लेती और एक समय मूली की सब्ज़ी और दूसरे समय उसके पत्तों की भुर्जी बनाती। गोभी खरीदती तो एक समय गोभी, दूसरे समय मुंड और तीसरे समय डंठल और पत्तों की सब्ज़ी बनाती। मटर लेती तो एक समय मटर और दूसरे समय उसके छिलके ..कटर...की सब्ज़ी बनाती।

आज कल्याणी के स्वागत में महीनों बाद घर में दही-पकौड़ियां और रबड़ी जैसी चीज़ आई थी। तीनों ही बच्चों की नज़रें इन चीज़ों पर थीं। बाजार से खट्टे, मसालेदार चने भी उनके लिए कम आकर्षक नहीं थे। वे तीनों ही रोटी खिलाते समय एक दूसरे से अधिक तत्परता दिखा रहे थे। शायद इस आशा से जो अधिक काम करेगा, उसे पिताजी अधिक रबड़ी देंगे।

वीरां ने कुछ नहीं कहा, चुपचाप बचे हुए चने भी उसने जूठे बर्तनों के बीच खुरे में रख दिए और बच्चों को दाल के साथ रोटियां दे दीं। उनको खिलाकर जब तक वह खाने बैठी, तब तक गोकुलचंद और कल्याणी के कमरे का द्वार बंद हो चुका था और प्रकाश भी बुझ गया था।

१६

गंगा नगर से बहुत बुरी अवस्था में लौटी थी। वह नहीं जानती थी कि नगर से जगतसुख तक का ऊबड़-खाबड़ पहाड़ी रास्ता उसने उस बेहोशी की अवस्था में कैसे पार किया था। उसे इतना ही होश था कि धर्नसिंह ने उसे बाँह से पकड़ रखा था और वह चली जा रही थी। कभी उसे लगता था कि वह धर्नसिंह को घसीट रही है और कभी लगता धन-सिंह उसे घसीटता जा रहा है।

घर पहुँचकर उस टूटी-सी चारपाई के गंदे बिस्तर पर बस एक बार पड़ गई थी और पड़ी ही रही थी। उसका मस्तिष्क कुछ सोच नहीं रहा था। क्या हुआ है ? उसका परिणाम क्या होगा ?? उसकी क्या हानि हुई है ??? उसका कौन खो गया है ???? ये सब प्रश्न उसके मस्तिष्क में नहीं थे। उसका मस्तिष्क जड़ हो गया था, वह बस कोई काम ही नहीं कर रहा था।

उसका दिल डूब रहा था। एक विचित्र-सी घबराहट का अनुभव उसे हो रहा था। उसके शरीर के भीतर पता नहीं क्या हो रहा था। उसकी आंखों से लगातार आंसू बह रहे थे। उन पर उसका कोई वश नहीं था। वह सोचने का प्रयत्न करती तो उसके आंसू और तेज़ हो जाते। बोलने का प्रयत्न करती तो जीभ हकलाकर रह जाती, गला रुंध जाता और आंसुओं का प्रवाह और तेज़ हो जाता। उसका जी चाहता था कि वह रोती जाए और साथ ही चीख़ने लगे। ज़ोर-ज़ोर से कराहे और अपने बाल नोच ले।

वह चारपाई पर पड़ी रही। उसे किसी ने कुछ नहीं कहा। मां अपनी जगह बैठी रो रही थी और धर्नसिंह के सारे स्वप्न टूट गये थे। कहां वह यह सोच रहा था कि गंगा के सहारे वह भी लाहौर चला जाएगा और सरकारी नौकर हो जाएगा और कहां गंगा का बोझ भी उस पर आ पड़ा।

दूसरे दिन गंगा की तबीयत कुछ संभली और वह सोचने-समझने योग्य हुई। सबसे पहला एहसास उसे यह हुआ कि धर्नसिंह का व्यवहार उसके प्रति बदल चुका है। कल तक वह उसकी सम्माननीया अतिथि थी, जिसने उसके घर आकर उस पर अनुग्रह किया था और आगे भी उससे, उसे लाभ की आशा थी। और आज वह उसकी गले-पड़ी आश्रिता थी, जिसको धक्के मारकर भी निकाल दिया जाता तो वह कहीं नहीं जा सकती थी।

गंगा का बाप बहुत पहले मर चुका था। मां के पास जमा पूंजी कुछ नहीं थी। भाई बड़े परिश्रम से अपने खेतों में थोड़ा-सा अन्न उपजाता था। वह जानती थी धर्नसिंह उसका बोझ नहीं उठा सकेगा। आते हुए गोकुलचंद ने जो कुछ उसे दिया था, वह उसने इस आशा से खुले मन से खर्च कर डाला था कि गोकुलचंद के पास पहुंचते ही फिर उसे कुछ खर्च करने की आवश्यकता नहीं रहेगी।

यहां उसका रहना संभव नहीं था। धर्नसिंह यदि किसी प्रकार उसे रख भी ले तो वह स्वयं वहां नहीं रह सकेगी। वह बनौलो जैसे मोटे-मोटे चावल कैसे खाएगी ? वह मक्की की मोटी सूखी रोटियां कैसे खाएगी ? उसके कपड़ों का क्या होगा ? क्या वह फिर से गद्दी पोशाक पहनेगी ? वह सलवार कमीज़ और घाघरा नहीं पहन सकेगी ?

उसके मन में गोकुलचंद की अब कोई चाह नहीं रह गई थी। एक झटके के साथ उसके मन से उनके प्रति सारा प्रेम झड़ गया था। कोई और समय होता और उसे लगता कि गोकुलचंद ने उसे अपनी इच्छा से नहीं छोड़ा है तो वह अपनी जान पर खेल कर अकेली निकल पड़ती और लाहौर तक पैदल चली जाती। पर अब वह जानती थी कि गोकुलचंद ने उसके साथ धोखा किया था। न केवल उसे छोड़ दिया था, उसके साथ झूठ भी बोला था। ऐसी स्थिति में यदि वह लाहौर तक जाने का दुस्साहस कर भी बैठती तो उसे गोकुलचंद स्वीकार कर ही लेंगे, इसका विश्वास उसे कौन दिलाता। वह वहां जा पहुंचे और वह उसे घर में घुसने ही न दें, तो वह क्या करेगी ? पर गोकुलचंद को बिल्कुल छोड़ते

भी नहीं बनता था। कुछ तो करना ही होगा। वह धनसिंह की ओर से भी निश्शंक नहीं थी।

सुबह से धनसिंह बार-बार उसके पास मंडरा रहा था। उसे लगा, वह कुछ कहना चाहता है, पर कह नहीं पाता। साहस करके आता है और फिर उसको देखकर लौट जाता है। वह काफी देर से उसे देख रही थी। एक बार तो उसके मन में उदासीनता जागी। उसे क्या, वह कुछ कहना ही चाहता है तो स्वयं कह लेगा। उसे क्या चिंता है। पर फिर उसने अपनी उदासीनता को दबा कर पूछा, "क्या बात है धन्ने ?'

"बहना ! एक बात है।" धनसिंह ने कहा, "तुम कहो तो बड़े बाबू को तार दे दूं कि आकर तुमको ले जाएं।"

गंगा को लगा, यह ठीक तरीका है। गोकुलचंद को एकदम छोड़ते नहीं बनता। उन तक पहुंचना तो होगा ही। वह स्वयं जा पहुचेगी तो कठिनाई भी हो सकती है, पर तार के माध्यम से पहुंचने की बात बुरी नहीं है।

उसने अपनी रही सही पूंजी में से चांदी का रुपया निकाल कर धनसिंह को दिया, "ले धन्ने ! तार भी दे दे और डाकघर से चिट्ठी भी ले आना। चिट्ठी भी लिखेंगे।"

उस दिन से गंगा ने रोज़ एक पोस्टकार्ड लिखवाना आरम्भ किया। सवेरे उठकर पहला काम, चिट्ठी लिखवाना था और बाकी सारा दिन गोकुलचंद के पत्र की प्रतीक्षा में बीत जाता। डाकिया जब उनके घर की ओर आने वाली पगडंडी पर उतरता तो उनका दिल धड़कने लगता। वह बाहर आकर इस विश्वास से खड़ी हो जाती कि गोकुलचंद का पत्र आवश्य आया होगा। पर जब डाकिया खड्ड के दूसरे किनारे जाने वाली पगडंडी पर मुड़ने लगता तो गंगा का दिल वैसे ही डूबने लगता, नगर से निराश होकर लौटते समय डूबने लगता था।

अपने पत्रों के उत्तर की काफी प्रतीक्षा कर लेने पर भी गोकुलचंद का कोई उत्तर न आया तो गंगा की आस्था पत्रों पर से भी डोल गई। ऐसे ही एक पोस्टकार्ड पर रोज़ एक पैसा खर्च करने का क्या लाभ, जब

कोई उत्तर ही नहीं आता।

धर्नासिंह भी इस योजना को असफल मान चुका था। वह एक और नई बात लाया, "बहना! मेरी मानो तो फिर एक बार नगर चली जाओ। वहां बड़े बाबू का अंग्रेज़ अफसर रहता है। तुम उससे शिकायत करो। उससे कहो कि बड़े बाबू ने तुम्हारे साथ धोखा किया है। वह यदि बड़े बाबू को यहां आने का हुक्म लिख देगा तो उनको आना पड़ेगा। अंग्रेज़ अफसर की बात बड़े से बड़ा देसी बाबू भी नहीं टाल सकता।"

वह चुप होकर गंगा का चेहरा देख रहा था।

गंगा को यह बात भी जंच गई थी। पर सीधे गोकुलचंद को पत्र लिखना और बात थी और उनके दफ्तर में जाकर उनके अफसर के पास जाकर उनकी शिकायत करना और बात थी। इस तरह से उनकी बदनामी होगी। अपने घर वाले की बदनामी करना कहां तक उचित है, इस पर गंगा को सोचना पड़ा। वह उस काम के लिए सहज ही तैयार नहीं थी।

पर धर्नासिंह के पास भी तर्कों की कमी नहीं थी। जो आदमी उसे धोखा देकर इस प्रकार निस्सहाय छोड़ गया था, उसकी बदनामी से डरने का क्या कारण? अब वह उसका घरवाला नहीं था, धोखेबाज़ था। वह फिर से उसका घरवाला तब ही हो सकता था, यदि वह उसको फिर से प्राप्त कर सकती। और फिर से प्राप्त करने का एक ही मार्ग था कि उसके अंग्रेज़ अफसर से उसकी शिकायत की जाए।

गंगा के पास इसका कोई उत्तर नहीं था। पर फिर भी वह इसे सहज ही कैसे मान लेती। तर्क का उत्तर न होना और बात है और मन का मान जाना और। अभी उसका मन नहीं मानता था और मन के माने बिना वह काम कैसे करती। धर्नासिंह उसे दिन भर समझाता रहा और वह सोचती रही...

और दूसरे दिन सवेरे फिर नगर तक की यात्रा आरंभ हुई। आज धुंध नहीं थी। सूर्य निकल आया था और ठंड बहुत कम हो चुकी थी। यात्रा में कोई कठिनाई नहीं थी और अब गंगा फिर से पहाड़ी पगडंडियों की अभ्यस्त हो गई थी।

धर्नासिह उसे नगर तक छोड़कर लौट आया था । न गंगा उसे दफ्तर में ले जाना चाहती थी और न वह ही ऐसी बात को लेकर किसी के सामने पड़ना चाहता था । गंगा का मामला था, उसे ही निबटना था । वह तो केवल इतना ही चाहता था कि किसी प्रकार गंगा का कोई प्रबन्ध हो जाए और वह उसकी रोटी न बांटे ।

वह जब दफ्तर में पहुंची तो अभी लोग आए ही थे । उनमें से अधिकांश क्लर्क गंगा के जाने-पहचाने हुए थे । नगर में गोकुलचंद के साथ सैर करने जाते हुए या इधर-उधर उसने उन सबको कहीं-न-कहीं गोकुलचंद को सलामियां बजाते हुए देखा था । वे लोग भी उसे पहचानते ही होंगे...उसे विश्वास था । और यह संभव नहीं है कि मथुराप्रसाद ने उन लोगों को यह न बताया हो कि गोकुलचंद उसे लेकर नगर आया था और उसे जगतसुख भेजकर स्वयं उसके घर में ठहरा था और फिर उसे मायके में ही छोड़कर स्वयं खिसक गया था ।

उन्हें मालूम हो या न हो, गंगा को अपना काम तो करना ही था । पर किससे पूछे ? क्या पूछे ? और सहसा ही उसकी पुरानी पड़ौसिन सोमा का घरवाला बाबू घनश्यामदास उसके सामने पड़ गया ।

"अरे आप ?" उसने कहा ।

"जी !"

कैसे आना हुआ ?" उसने पूछा ।

गंगा ने दृष्टि उठाकार उसके चेहरे को देखा । क्या वह नहीं जानता कि गंगा के साथ क्या हुआ है ? यदि नहीं जानता तो गंगा उसे कैसे बताए और यदि जानता भी हो तो यह तो वह नहीं ही समझ पाएगा कि गंगा वहां क्या करने आई है ।

"मैं साहब से मिलना चाहती हूँ । अंग्रेज साहब से ।" उसने अपनी बात स्पष्ट कर दी ।

"किस संबंध में ?" घनश्यामदास ने पूछा ।

इसे क्या ?...गंगा के मन में आया...वह सीधे साहब से बात करेगी । पर फिर वह रुक गई । उसे इस समय सहायता की आवश्यकता थी । सहायता किसी की भी हो । हो सकता है कि घनश्यामदास उसकी

कोई सहायता कर सकता हो। किसी से भी लड़ाई का कोई लाभ नहीं होगा। इस समय उसे किसी से भी नहीं लड़ना है।

"बड़े बाबू को यहां बुलाने का हुक्म लिखवाना है।" वह बोली, "वह न आ रहे हैं, न मेरे पत्रों का उत्तर दे रहे हैं।"

घनश्यामदास थोड़ी देर तक उसे चुपचाप देखता रहा। फिर बोला, "साहब इस विषय में क्या कर सकता है। यह कोई सरकारी काम तो है नहीं कि इस संबंध में कोई हुक्म दिया जा सके।"

स्पष्ट था कि घनश्यामदास को पूरी घटना का ज्ञान था। उसे मालूम है कि शेष बाबुओं को भी मालूम होगा। फिर किसी से क्या छिपाना? वह आज अपना काम करवाकर ही लौटेगी।

"सरकारी काम हो या न हो।" गंगा ने धर्नासिह का तर्क दिया, "कोई भी देसी बाबू अंग्रेज साहब का हुक्म नहीं टाल सकता। बड़े बाबू को साहब की बात माननी ही पड़ेगी।"

घनश्यामदास फिर सोच में पड़ गया। कुछ देर तक सोचने के बाद बोला, "साहब अभी बंगले से निकला नहीं है। आने ही वाला होगा। समय हो गया है। तुम उसके कमरे के बरामदे में बैठ जाओ। आएगा तो बात कर लेना।"

"चपरासी मुझे वहां से हटाएगा तो नहीं?" गंगा ने पूछा।

"अगर हटाएगा तो मेरा नाम ले देना कि मैंने वहां बैठने के लिए कहा है।" घनश्यामदास ने कहा।

"अच्छा जी।"

और गंगा साहब के कमरे की ओर बढ़ गई।

१७

साहब के आने पर गंगा ने देखा, यह कोई नया अफसर था। गोकुलचंद के समय कोई और अफसर था। यह उनके यहां जाने के बाद आया था। यह तो उन्हें जानता भी नहीं होगा। साहब की आयु

अधिक नहीं थी। अभी छोकरा-सा ही था।

गंगा उठकर खड़ी हो गई। उसने हाथ को माथे तक ले जाकर सलाम किया।

साहब ने रुक कर बड़े ध्यान से गंगा को देखा। सोल-सत्रह वर्षों की गोरी-चिट्टी युवती उसके सामने खड़ी थी। गोकुलचंद के सहवास से गंगा के शरीर का नारीत्व पूर्ण रूप से विकसित हो चुका था, जिसने उसे और भी आकर्षक बना दिया था। साहब अपनी कल्पना में उसे स्कर्ट पहना कर देख रहा था।

"वेल ! टुम क्या मांगटा है ?" उसने पूछा।

"साहब ! मैं बड़े बाबू गोकुलचंद की पत्नी हूं।" गंगा बोली।

"कौन गोकुलचंद ?" साहब ने पूछा, "बड़े बाबू का नाम मथुरा-दास है।"

"मथुरादास से पहले जो बड़े बाबू यहां थे, उनका नाम गोकुलचंद है। गंगा ने बताया, "आजकल वह लाहौर में है।"

"वेल ! टुम क्या मांगटा ?" साहब ने फिर पूछा।

गंगा थोड़ा-सा हिचकी। पर यह हिचकने या चूकने का समय नहीं था। पूरे प्रयत्न के बाद वह बोली, "साहब ! मैं आपके पास न्याय के लिए आई हूं।"

"न्याय !" साहब बोला, "यू मीन इन्साफ। किस, चीज का इन्साफ ?"

अब तक गंगा स्वयं को काफी सम्भाल चुकी थी। यह समय था, जब उसे अपनी बात कहनी थी और यदि कुछ प्राप्त हो सकता, तो प्राप्त करना था। इस समय चूंकने का अर्थ था सब कुछ समाप्त। फिर शायद गोकुलचंद उसे कभी भी नहीं मिल सकते थे।

वह बोली, "बाबू गोकुलचंद लाहौर से मुझे मेरे मायके में मेरी मां से मिलाने के लिए लाया था। वह धोखे से मुझे छोड़कर यहां से चला गया है। और अब न मुझे अपने पास ही बुलाता है, न ही मुझे खर्च भेजता है।"

साहब ने गंगा की स्थिति को तौला। वह एकदम निराश्रित थी।

बोला, "टो हम इस मामला में क्या कर सकटा है। यह टो घरेलु झगड़ा है। मियां-बीबी का मामला है।"

गंगा और भी दीन हो गई। उसने हाथ जोड़ दिए, "आप अफसर हैं। आप न्याय कीजिए। आप उसे हुकुम भेजिए कि वह मुझ पर जुल्म न करे। वह मुझे या तो अपने पास रखे या मुझे हर महीने खर्च भेजे।"

साहब कुछ देर खड़ा सोचता रहा, फिर बोला, "अच्छा! टुम बैटो। हम अभी बड़ा बाबू से पूछता है कि असल बाट क्या है। और हम टुम्हारी क्या मडड कर सकटा है।"

गंगा वहीं बैंच पर बैठ गई और साहब अपने कमरे में चला गया। उसने कुरसी पर बैठते ही घंटी बजाई।

चपरासी भीतर आया तो वह बोला, "बड़ा बाबू को हमारा सलाम बोलो।"

हेडक्लर्क मथुरादास अपने बुलाए जाने की प्रतीक्षा में ही थे। जानते थे कि एक स्त्री का मामला है, साहब जरूर रुचि लेगा। 'खच्चर की औलाद है साला। और क्या।' वह अपने दांतों में किटकिटाए और साहब के कमरे की चिक उठाकर भीतर घुस गए।

साहब ने हाथ उठाकर मथुरादास की सलाम का उत्तर दिया और बोला, "बाहर एक ब्युटीफुल लेडी बैठा है। देखा?"

"जी हां।" मथुरादास बोले।

"वह प्रीवियस हैडक्लर्क गोकुलचंड का वाइफ है।" साहब बोला, "उसको वह क्यों छोड़ डिया? अपने पास क्यों नहीं बुलाटा?"

मथुरादास बोले, "साहब! यह औरत गोकुलचंद के साथ रहती थी। पर यह उसकी विवाहित पत्नी नहीं है। इसे वह अपने साथ लाहौर ले गया था। फिर वह इसे इसकी मां के पास छोड़कर चला गया है। गोकुलचंद की अपनी विवाहिता पत्नी भी है, तीन बच्चे भी हैं। वह उन्हीं के साथ लाहौर में रहता है। और वह इसे छोड़ क्यों गया, यह वही जानता है हुजुर!"

साहब ने गूढ दृष्टि से मथुरादास की ओर देखा, "टो यह ओरट गोकुलचंड का वाइफ नहीं है?"

"नहीं साहब ?"

साहब कुछ देर सोचता रहा और फिर शब्दों को चबा-चबा कर बोला, "टुम अच्छी टरह जानटा है कि यह औरट गोकुलचंड का मिस्ट्रेस था ?"

"जी हुजूर !"

"ठीक से जानटा है ?" साहब ने पूछा ।

"येस सर !"

"अच्छा टुम जाओ ।" साहब ने मथुरादास को भेज दिया और स्वयं फिर सोचने लगा ।

लगभग दस मिनटों तक सोचने के पश्चात् वह उठकर बाहर आया और बोला, "हम टुम्हारी कुछ मडड नहीं कर सकटा ।"

यह सूचना देने के लिए उसका अपने कमरे से उठकर बाहर आना आवश्यक नहीं था । यह तो एक भूमिका मात्र थी । बात आरंभ करने का एक ढग-मात्र । गंगा इतनी भोली नहीं थी कि इतनी-सी बात न समझ सके । साहब की आंखें बार-बार जो आकर उसके चेहरे पर टिक जाती थीं, वह निरर्थक नहीं थी । उसके भीतर की बेचैनी को गंगा के भीतर की स्त्री अच्छी तरह समझ रही थी ।

उसने हाथ जोड़ लिए, "साहब ! आप अफ़सर हैं । आप जो भी चाहें कर सकते हैं । आप का राज है । आपके मातहत लोग यदि अत्याचार करें तो आप उनके अत्याचार को रोक सकते हैं । आप शासक हैं । मैं आपके पास फरियाद लेकर आई हूं । आप मेरा न्याय कीजिए ।"

साहब ने उसे बड़ी गहरी दृष्टि से देखा और पूछा, "बाबू गोकुल-चंड से टुमारी शाडी कब हुआ ?"

गंगा ने भौंचक, साहब की ओर देखा । उसके पास इसका कोई उत्तर नहीं था । वह रो पड़ी, "ढाई साल से हम इकट्ठे रह रहे हैं । और शादी किसको कहते हैं ?"

अब साहब जरा खुला । बोला, "टुम उसका कैप्ट वोमन था । टुम्हारा उसके साथ शाडी नहीं हुआ । इसलिए हम टुम्हारी मडड नहीं कर सकटा । कोई कानून टुम्हारी मडड नहीं कर सकटा । अगर उसके साथ

टुम्हारा शाडी हुआ होटा, टो हम हुकुम डेकर उसको यहां बुलवाटा कि वो टुमको अपने साथ ले जाए। और अगर वो नहीं मानटा टो हम उसकी टंखाह में से काट कर टुम्हारा खर्च बांध डेटा। पर हम टुम्हारा कोई मडड नहीं कर सकटा, क्योंकि टुम उसका लाफुल वाइफ नहीं है। यहां बहुट सारा बाबू लोग डूसरा औरट रखटा है। सबको खरच नहीं मिलटा।"

आसुओं के साथ-साथ अब गंगा के मुंह से रोने की आवाज़ें भी निकलने लगीं। सुबकियों के बीच वह टूटी आवाज़ में बोली, "मेरे पास खर्च के लिए एक पैसा भी नहीं है। यदि आप मदद नहीं करेंगे तो मैं भूखी मर जाऊंगी।"

साहब कुछ देर के लिए चुप रहा, जैसे कुछ सोच रहा हो और बोला, "टुम खुद उसको चिटी लिखो कि वह आकर टुम्हें ले जाए या खरच भेजे।"

गंगा उसी प्रकार अबाध गति से रोती रही, "साहब! मैंने बहुत सारी चिट्ठियां लिखी हैं, पर बाबू गोकुलचंद ने एक चिट्ठी का भी उत्तर नहीं दिया"

इस बार साहब की चुप्पी सबसे लंबी थी। सहसा उसके चेहरे की गंभीरता लुप्त हो गई और वहां एक लालची मुस्कान पुत गई। वह मुस्कराता हुआ गंगा को देखता रहा, जैसे कोई भूखा पशु मांस के टुकड़े को देखता है।

गंगा समझ नहीं पा रही थी कि साहब अब तक किस निष्कर्ष पर पहुंचा है। इस मुस्कान की भूमिका के पश्चात पता नहीं वह क्या कहने वाला था। तब गंगा उसके साथ मुस्करा पाएगी या इसी प्रकार रोती जाएगी, वह नहीं जानती थी।

साहब बोला, "टुम हमारे बंगला के नौकर-घर में रहो। हम टुम्हारे लिए एक कमरा खाली करा डेगा। वहां के पटे से तुम बाबू गोकुलचंद को चिटी लिखो। हम डेखेगा, टब वो क्या करटा है। जब टक वो तुम को लेने नहीं आएगा, टुम्हारा खर्च हम डेगा।"

साहब की सारी भूख उसकी आंखों में आ गई थी। वह आंखों के

माध्यम से गंगा को निगलता जा रहा था।

गंगा उसकी बात समझ रही थी। उसने अपने आंसू पोंछ डाले और हल्के से मुस्करा दी। यह साहब के प्रस्ताव की स्वीकृति थी।

"बहुत-बहुत मेहरबानी साहब !" वह बोली, "भगवान आपका भला करे। आपकी इच्छा पूरी करे।"

साहब के चेहरे से मुस्कान गायब हो गई थी। वह फिर से पहले जैसा गंभीर अफसरी चेहरा था। बोला, "अच्छा अब टुम जाओ। हमारा बंगला का बरामडा में बैठो। चपरासी !" उसने चपरासी को आवाज़ लगाई, "बाबू गोकुलचंड का वाइफ को हमारा बंगला में पहुंचा डो और हमारा खानसामा को बोलो इनको खाना खिला डो।"

यह घोषणा दफ्तर के लोगों के लिए थी।

गंगा के लिए अपनी स्थिति काफी स्पष्ट थी। उसकी मां ने अपनी निर्धनता के कारण उसे गोकुलचंद की रखैल बनाया था। उसने गोकुलचंद की पत्नी बनने का प्रयत्न किया था। उसका व्यवहार रखैल का-सा कभी नहीं रहा था। उसने गोकुलचंद को लूटने की बात कभी नहीं सोची थी। वह उसकी पत्नी के समान व्यवहार कर रही थी। पर गोकुलचंद ने उसे अपनी पत्नी के रूप में ढाई वर्षों के बाद तक स्वीकार नहीं किया था। तभी तो अवसर मिलते ही उससे झूठ बोल, उसे धोखा देकर, यहां छोड़ गए थे। गोकुलचंद के पास जाने से पहले यदि गंगा का विवाह कठिन था तो अब एकदम असंभव हो चुका था। जब कुंवारी लड़की का विवाह नहीं हो सकता तो किसी की रखैल रही हुई स्त्री का क्या होगा।

पर गोकुलचंद के साथ ढाई वर्ष रहने के पश्चात् गंगा में बहुत अंतर आ गया था। अब वह उस प्रकार की मजदूर स्त्री नहीं रह गई थी, जैसी पहले थी। अब पहाड़ उसके लिए सुविधाजनक नहीं थे। उसके हाथ अब कोमल हो चुके थे। रुखड़ा-कठोर, गरम-सर्द काम करना अब उसके हाथों के लिए संभव नहीं था। उसकी गर्दन और कन्धे बोझ नहीं उठा सकते थे। अब उसके पास एक ही रास्ता था कि कोई पुरुष उसे आश्रय दे। और अपने आश्रयदाता को समर्पित करने के लिए उसके पास

रूप था और नारी शरीर था। यह अच्छा ही था कि उसे सार्वजनिक वेश्या बनने को बाध्य नहीं होना पड़ा था। उसे साहब जैसा व्यक्ति आश्रयदाता के रूप में मिल गया था। उसके पास वह सुरक्षित थी। वह केवल उसी के भोग के लिए रहेगी। अन्य लोग उस पर हाथ नहीं डाल सकेंगे।

चपरासी, गंगा को साहब के बंगले पर छोड़ गया और खानसामा को साहब का आदेश सुना गया।

खानसामा ने बाहर निकलकर गंगा को देखा तो भौचक रह गया, "गंगा तुम ?"

"हां भैया।" गंगा बोली।

खानसामा जगतसुख के पास ही कटराई का रहने वाला था और गंगा तथा उसके परिवार को अच्छी तरह जानता था।

"तुम यहां कैसे गंगा ?" खानसामा ने पूछा।

"भगवान की मर्जी !" गंगा बोली और वहीं फर्श पर बैठ गई।

खानसामा की दृष्टि गंगा के शरीर की परीक्षा कर रही थी। उसने उसे पहले कई बार देखा था। वह और लड़कियों के समान ही एक लड़की थी। पर ढाई वर्ष गोकुलचंद के साथ रहकर उसमें वहुत सारे परिवर्तन आ गए थे। वह जगतसुख गांव की लड़की तो लगती ही नहीं थी। वह तो लाहौर की मेम साहब लगती थी।

खानसामा ने उसे खाना डाल कर दिया और उसके पास ही बैठ गया। वह खाती रही और वह उसे निहारता रहा। वह भी समझ रहा था कि गंगा वहां किस रूप में आई है।

दोपहर को दो बजे साहब लंच के लिए घर आया और उसने नौकरों के कमरों में से एक कमरा गंगा के लिए खुलवा दिया। उसने स्वयं अपनी देख-रेख में गंगा के लिए आवश्यक सामान वहां रखवाया और बोला, अच्छा "गंगा ! टुम आराम करो। कुछ चाहिए हो, खानसामा से बोल डेना। टुमको बाहर जाने की जरूरत नहीं। हम राट को आएगा। नहा कर कपड़ा पहन लेना। और कुछ मांगटा ?"

"नहीं। मेहरबानी !" गंगा ने हाथ जोड़ दिए।

साहब चला गया।

गंगा ने भीतर का दरवाज़ा बंद कर लिया और चारपाई पर पड़ रही। साहब का इरादा वह उसके बंगले पर आने से पहले ही समझ गई थी, पर अब तो वह अपनी इच्छा स्पष्ट कर गया था। रात को वह आएगा। गंगा को नहा-धोकर साफ सुथरे कपड़ों में उसके लिए तैयार रहना था।

पहले भी एक रात इसी प्रकार वह रोटी-कपड़े के लिए गोकुलचंद के कमरे में खड़ी कर दी गई थी। पर गोकुलचंद ने उसे अपनी पत्नी के रूप में स्वीकार कर लिया था। आज फिर उसी प्रकार वह रोटी-कपड़े के लिए साहब के कमरे में खड़ी होगी, पर तब भी वह गोकुलचंद की पत्नी कहलाएगी। साहब उसे अपनी पत्नी स्वीकार नहीं करेगा।

गंगा जानती थी कि वह एक बुरा काम करने जा रही है। वह पाप करने जा रही थी। पर भगवान उसे दंड किस बात का देगा, जब भगवान ने ही, उसे इस काम के लिए मजबूर कर दिया है।

नहाना बेकार था। रात होने से पहले वह मुंह-हाथ धो लेगी। बदलने के लिए उसके पास कपड़े नहीं थे। वह रात को साहब को बता देगी। और कहेगी कि वह किसी को भेजकर जगतसुख से उसका सामान मंगवा दे। साहब उसकी बात मान जाएगा। वह जानती थी कि वह, उसके दूसरे कपड़ों के आने तक प्रतीक्षा नहीं कर सकता। वह रात तक रुक गया था, यही उसकी मेहरबानी थी, नहीं तो लंच के समय ही ज़िद करता, तो वह क्या कर सकती थी।

गंगा सारी शाम कमरे में पड़ी रही। अंधेरा पड़ने पर, खानसामा उसका दरवाज़ा खटका कर खाना दे गया था। उसने खाना खा लिया था और फिर चारपाई पर पड़ रही थी। उसका मन चारपाई से उठने को नहीं हो रहा था। वह कुछ भी करना नहीं चाहती थी। कोई भी काम नहीं। बस पड़ी रहना चाहती थी। उसका मन कहीं, विद्रोह कर रहा था और वह उसे संभाल रही थी। ऐसी स्थिती में वह क्या कर सकती है। कोई भी क्या करेगा...

गंगा को समय-समय पर पता लगता रहा था। साहब दफ्तर से

लौट आया था। फिर वह कपड़े बदलकर बाहर बगीचे में बैठा शराब पीता रहा था। उसने खाना खाया था। खाने के कमरे में काफी हल-चल रही थी। फिर साहब के सोने के कमरे में प्रकाश हुआ था और फिर साहब के ऊंचे स्वर में विलायती गाना गाने का स्वर उस तक पहुंचा था।

और तभी उसके दरवाज़े पर खटखट हुई थी।

"कौन ?" गंगा ने अलसाए स्वर में पूछा।

"मैं हूँ।" उसने खानसामा का स्वर पहचाना, "साहब बुला रहे हैं।"

"आती हूँ।" गंगा की चारपाई चरमराई, "तुम चलो, मैं अभी आई।"

और गंगा उठकर दीवार पर लगे शीशे के सामने खड़ी हो गई।

१८

गोकुलचंद ने आज्ञा जारी कर दी थी कि कोई भी बच्चा गंगा के समान कल्याणी को नाम लेकर नहीं बुलाएगा। सब बच्चे उसे मां कह कर पुकारेंगे।

सबसे पहले उन्होंने जुगल को पुकारा। जुगल आकर उनके सामने खड़ा हो गया। उसे नहीं मालूम था कि उसे किसलिए बुलाया जा रहा है। उसने गर्दन उठा कर बाप की ओर देखा।

"चलो मां को पैरीपौना करो।" गोकुलचंद ने उसे कड़ी आवाज़ में कहा।

जुगल अचकचा गया। पहले कभी इस प्रकार की स्थिति उसके सामने नहीं आई थी। वह नहीं जानता था कि इस समय उससे किस बात की अपेक्षा की जा रही थी। और इस प्रकार अकारण ही सबके बीच में बुलाकर मां को पैरीपौना करने को क्यों कहा जा रहा था।

पर गोकुलचंद के प्रशिक्षण कार्यक्रम में यह महत्वपूर्ण काम था।

उन्होंने उसे डपटा, "क्या सुना नहीं ? चल बढ़ आगे। बाप का कहा मान।"

जुगल एकदम सहम गया। उसका चेहरा कुछ पीला पड़ गया और उसकी आवाज़ गले में ही फंसने लगी। पर किसी प्रकार, बड़े प्रयत्न के पश्चात् वहीं खड़ा-खड़ा बोला, "जी पांव पड़ता हूं।"

गोकुलचंद स्प्रिगदार झटके से उठे और इससे पूर्व कि जुगल कुछ समझ पाता कि आगे क्या होने जा रहा है कि उन्होंने उसे एक चांटा कसके लगा दिया। उसका कान पकड़ कर वह उसे घसीट कर लाए और कल्याणी के पैरों की ओर उसे ठेल दिया।

"तुम सब सीधी तरह नहीं मानोगे।" वह गरजे, "डंडे के ही मुरीद हो। चल बढ़ आगे और पैरों में झुक कर उनको हाथ से छू और कह, "माताजी ! मैं आपके पांव पड़ता हूं।"

जुगल के पास अब कुछ सोचने-समझने का अवसर नहीं था। वह सम्मोहित-सा कल्याणी के सम्मुख झुका और पैरों को छूकर बोला, "माताजी ! मैं आपके पांवों पड़ता हूं।"

"हां ! अब ठीक है। रोज सवेरे उठकर पांव पड़ा कर।" गोकुलचंद बोले, "अब भाग जा और सालग को भेज दे।"

जुगल वीरां के पांव पड़ता था तो वह पचासों आशीर्वाद दिया करती थी। उसे उठाकर छाती से लगा लेती और उसका सर चूम लेती थी। पर कल्याणी ने उसे आशीष तक नहीं दी थी। जुगल ने मन ही मन सोच लिया कि अब वह कभी भी कल्याणी के पाँव नहीं पड़ेगा। जो आशीष तक नहीं देता, उसके क्या पांव पड़ना। और यदि पिताजी ने कहा, तो भी वह नहीं करेगा। उनकी बात भी नहीं मानेगा। फिर वह चांटा खाने के लिए पास खड़ा भी नहीं रहेगा। इस प्रकार की किसी भी बात का आभास मिलते ही भाग जाया करेगा।

उसने सालगराम को संदेश दे दिया और सालगराम आकर पिताजी के सामने आज्ञाकारी पुत्र के समान खड़ा हो गया।

"चलो मां को पैरीपौना करो।" गोकुलचंद ने उसे भी उसी प्रकार कड़ी आवाज़ में कहा।

सालगराम और जुगल में बहुत अंतर था। सालगराम जुगल के समान सोच-समझ कर अपनी इच्छा से काम नहीं करता था। वह मां-बाप की आज्ञा पर चलता था। यदि पिताजी की ओर से आज्ञा मिल गई तो फिर उसे यह सोचने की आवश्यकता ही नहीं थी कि बात सही है या गलत। उसके लिए वह आज्ञा थी, और उसे उसका पालन करना था।

गोकुलचंद ने जैसे ही उसे पैरीपोना करने के लिए कहा, वह आगे बढ़कर कल्याणी के पांव पड़ गया, "माताजी ! पांव पड़ता हूं।"

कल्याणी के चेहरे पर संतोष झलक आया, पर उसने आशीष तब भी नहीं दी। जैसे काम में त्रुटि तो नहीं है, पर प्रशंसा के योग्य वह भी नहीं है। उसने देख लिया था कि सालगराम ने जुगल के समान उसके पैर छूने में न तो कोई संकोच दिखाया था, न उसे उस काम में कोई वितृष्णा हुई थी। उसने पिता की आज्ञा मानकर सहज भक्ति भाव से उसके पांव छू दिए थे। उसमें विद्रोह नहीं था। कल्याणी ने उसी दिन पहचान लिया कि यही लड़का उसके काम आएगा। जुगल उसके या गोकुलचंद के बस का नहीं था।

सालगराम के जाने के बाद कमला को बुलाया गया।

गोकुलचंद बेटी से मां के पैर छूने को नहीं कह सकते थे। पर मां कहलवाना तो जरूरी था।

कमला तीनों बच्चों में बड़ी थी और स्वभाव में सबसे जटिल। फिर वह लड़की थी, उस पर हाथ उठाना भी गोकुलचंद के लिए संभव नहीं था। अतः उससे बात करते हुए, एक बार उन्हें भी सोचना पड़ता था।

गोकुलचंद ने आवाज़ कुछ नम्र की और बोले, "कमला बेटी ! मां को नमस्ते करो।"

कमला ने बारी-बारी नई मां और बाप को नथुने फुलाकर देखा। गोकुलचंद को लगा, वह कहेगी, "नहीं करती।" पर कमला बोली, "नमस्ते।"

उसकी आंखों में ऐसा भाव था, जैसा शिकारी को देखते हुए, शेर की आंखों में होता है।

गोकुलचंद बोले, "माताजी कह।"

कमला ने फिर उसी प्रकार नथुने फुला कर दोनों को देखा और बोली, "माताजी।"

यह "माताजी" संबोधन कम और व्यंग्य अधिक लग रहा था। पर गोकुलचंद उसे क्या कह सकते थे। उसने उनकी प्रत्येक आज्ञा का पालन किया था, पर वह उसे नथुने फुलाने से नहीं रोक सकते थे।

कमला बोली, "अब मां को भेज दूं।"

और बिना उत्तर की प्रतीक्षा किए ही वह लौट गई। गोकुलचंद और कल्याणी दोनों एक दूसरे को देखते रहे।

कल्याणी ने क्या सोचा, यह तो गोकुलचंद को पता नहीं चला, पर वह स्वयं बुरी तरह से खिसिया गए थे। उनकी अपनी बेटी उन पर ऐसा व्यंग्य कर जाए। डूब मरने की स्थिति थी। पर बच्चों का भी क्या दोष? उन्हें स्वयं कभी-कभी लगता था कि वह कल्याणी को प्रभावित करने के लिए और उस पर अपना रोब जमाने के लिए कभी-कभी बचकाने काम करने लगते थे। अब इसी समय यह परेड कराने की क्या आवश्यकता थी। वह तीनों बच्चों को अलग-अलग या साथ समझा सकते थे कि वे लोग कल्याणी को नाम लेकर न पुकारें, मां कहकर पुकारें; क्योंकि वह भी उनकी मां ही है। तब शायद उन्हें बुरा न लगता। उन्हें इस प्रकार बल प्रयोग से कल्याणी के सामने यह प्रमाणित करने की क्या आवश्यकता थी कि वे बच्चों से उसका सम्मान करवा सकते हैं। स्वयं अपनी इच्छा से किया गया सम्मान और बलपूर्वक कराया गया सम्मान दो भिन्न चीजें हैं। बच्चे मासूम हैं, अभी अशक्त है। उनसे वह जो चाहेंगे करवा लेंगे। पर बच्चों पर इसका कोई अच्छा प्रभाव नहीं पड़ता। जैसे-जैसे वे सशक्त और स्वतंत्र होंगे, सबके सब विद्रोही होते जाएंगे और उनके साथ वही व्यवहार करेंगे, जो अभी कमला करके गई है।

पर भविष्य की बात अभी से क्यों सोची जाए। भविष्य में शायद अपनी क्षमता का जताना आवश्यक न हो। तब कल्याणी को प्रभावित करने की भी आवश्यकता नहीं रहेगी। पर आज, उन्हें बच्चों और वारां

से अधिक कल्याणी की आवश्यकता थी।

फिर भी उन्हें बचकानी हरकतों से बचना—चाहिए उन्होंने स्वयं को समझाया।

१९

अंधेरा अभी काफी था। सूर्य के निकलने का अभी कोई आभास भी नहीं था। गंगा की आंख खुल गई, शायद ठंड से।

उसकी दृष्टि सबसे पहले अपने ऊपर ही गई। कबल ऊपर से हट गया था और उसका शरीर पूरी तरह नग्न हो गया था। उसके बगल में साहब पड़ा सो रहा था। उसने सारा कंबल खींचकर अपने ऊपर ले लिया था। उस कंबल के नीचे उसका शरीर ढंका पड़ा था। उसके शरीर का स्पर्श बड़ा घिनौना लगा था गंगा को। बालों से हीन, चिकना लिजलिजा शरीर। उसका पाजामा शायद उसी के पैर की ठोकर से, पलंग के पायताने की ओर फर्श पर गिर गया था।

गंगा ने इधर-उधर देख-भाल कर अपने कपड़े बटोरे। कपड़े पहनने से पहले उसने हाथ फेर कर अपने शरीर का अनुभव किया। वह कई जगह से दुख रहा था और कई स्थानों से जल रहा था। साहब ने उससे कुछ भी नहीं पूछा था और न ही किसी बात के लिए उसकी अनुमति चाही थी। उसने बस मान रखा था कि गंगा उसकी प्रत्येक इच्छा को चुपचाप स्वीकार कर लेगी।

उसने गंगा के कमरे में घुसते ही उसे पलंग पर पटक दिया था और उसे भंभोड़ने लगा था। तेज चलती हुई सांसों के बीच उसने उखड़े हुए स्वर में गंगा से इतना अवश्य कह दिया था कि वह उसकी किसी बात का प्रतिरोध न करे, नहीं तो अपनी हड्डियां तुड़वाने की जिम्मेदार वह स्वयं होगी।

गंगा चुपचाप लेट गई थी। वह इतना ही जानती थी कि किसी के हाथ और दांत उसे उधेड़ रहे थे। थोड़ी देर के लिए वह शरीर थक कर

उससे चिपक जाता और पड़ा हांफता रहता और दुबारा उठकर वह प्रक्रिया फिर से आरंभ कर देता। जाने वह बेदम-सी कब सो गई थी।

पहली रात गोकुलचंद ने भी उससे यही व्यवहार किया था। पर गंगा को तब ऐसी वितृष्णा नहीं हुई थी। दूसरी-तीसरी रात से तो गंगा स्वयं भी सक्रिय हो गई थी। गोकुलचंद का शरीर बालों से भरा हुआ था। वह लिजलिजा नहीं लगता था गंगा को। उसे छूकर तो गंगा में ऊष्मा भर जाती थी।

पर गंगा अब कर भी क्या सकती थी। गोकुलचंद ने ही तो लाकर इस अंग्रेज़ की गोद में फेंक दिया था उसे। अब पता नहीं कब तक अपनी इच्छा के विरुद्ध उसे इस लिजलिजे शरीर के साथ रात के अंधेरे में एकाकार होना पड़ेगा। और फिर उसके पश्चात् पता नहीं उसका क्या होगा!

उसने एक-एक कर अपने कपडे पहने और धीरे से दरवाज़ा खोलकर वह टटोलती-टटोलती अपने कमरे में आई। काफी रात गए जागने और श्रम से चूर उसका शरीर अब भी काफी थका हुआ था। वह अपनी चारपाई पर पड़ते ही सो गई।

फिर नींद में ही उसका द्वार एक बार खटका था और उसने उठकर खानसामा से चाय ले ली थी। वह बाछें फाड़कर हंस रहा था और कुत्ते के समान, बड़े-बड़े दांतों में से उसकी जीभ बाहर लटक रही थी।

चाय देते हुए वह बोला था, "साहब ने तो नहीं कहा था, पर मैंने ही सोचा कि गंगा रानी को भी चाय की जरूरत होगी। हम तुम्हारा ख़याल नहीं रखेंगे तो और कौन रखेगा। तुम भी हमारा ख़याल रखना गंगा रानी।"

"बड़ी मेहरबानी!" गंगा ने उनींदे स्वर में उत्तर देकर द्वार बंद कर लिया था।

वह शायद नींद में ही चाय पीकर फिर से सो गई थी।—उसे कुछ ठीक से याद नहीं था।

दूसरी बार जब किसी ने उसके कमरे के कपाट खटखटाए तो उसकी नींद पूरी तरह उचट गई थी। उसने आंखें मलकर रोशनदान की ओर

देखा—दिन काफी चढ़ आया मालूम·होता था। बाहर खुला प्रकाश और खुली धूप थी।

उसने जोर की अंगड़ाई ली और उठकर दरवाजा खोल दिया।

बाहर खानसामा खड़ा था। वह फिर मुंह फाड़कर हंसा, "अभी तक सो रही हो गंगा रानी।"

इससे पूर्व कि गंगा उससे कुछ कहती, वह कमरे के भीतर घुस आया और भीतर से कपाट बंद कर लिए।

गंगा भौंचक सी खड़ी देखती रही।

उसने अपने हाथ मले, दोनों हाथों की अंगुलिया परस्पर फंसा कर तोड़ीं-मरोड़ीं और हंसा, "हमने कहा हमारा हिस्सा भी हो जाए गंगा रानी?"

"साहब कहां हैं?" गंगा ने अपने आखिरी सहारे के रूप में पूछा।

"साहब को तो ब्रेक-फास्ट देकर मैं दफ्तर दफा कर आया।" वह हंसा, "अब आ जाओ। फिर जाकर मुझे लंच की तैयारी भी करनी है।"

उसने चारपाई की ओर संकेत किया।

"बकवास मत करो।" गंगा ने क्रोध दिखाया, "तुम आखिर मुझे क्या समझते हो। मैं बड़े बाबू गोकुलचंद की पत्नी हूं।"

"जानता हूं, जानता हूं।" खानसामा बोला, "बड़े बाबुओं की पत्नियां रात भर साहब के पलंग पर नहीं पड़ी रहतीं।" वह हंसा, "अब यह मत कह देना कि मैं साहब की पत्नी हूं।"

गंगा एकदम हताश हो गई, "तुम क्या चाहते हो?"

"साहब की चीज़ में थोड़ा-सा हिस्सा हमारा भी होता है।" खानसामा ने फिर हीं-हीं की, "तुमसे शायद बात नहीं हुई, नहीं तो साहब तुम जैसी बड़े बाबुओं की बीवियों को पहले ही कह देते हैं कि हमारा खानसामा का डिल बहलाना मांगटा। समय नहीं मिला होगा, अब कह देंगे।"

वह एकदम गंगा के पास आ गया। दोनों कंधों पर हाथ रखकर उसे चारपाई पर बैठाया और फिर धक्का देकर उसे गिरा कर बोला, "वैसे भी साहब की जूठन हम ही खाते हैं गंगा रानी।"

"चल दफा हो।" गंगा ने उसे धक्का दिया। यह उसका उससे बच निकलने का अंतिम प्रयास था, "मैं साहब से तेरी शिकायत कर दूंगी। कुत्ते कहीं के।"

उत्तर में उसने गंगा को ज़ोर से चारपाई पर दे मारा। "कुतिया कहीं की।" वह चीखा, "साहब का डर दिखाती है। मैं शिकायत कर दूं तो अगले साहब को भी यहां से रफू चक्कर कर देंगे। दोपहर का खाना चाहिए तो अपने कपड़े बचा। दूसरा जोड़ा भी नहीं होगा। ये फट गए तो साहब का जांघिया पहनेगी क्या!"

गंगा जानती थी, उसका वश नहीं चलेगा। वह खानसामा को कैसे मना कर सकती है। वह साहब के साथ उसका संबंध जानता है।

"चल कुत्ते! तू भी..." --उसने सोचा, "अब एक ही बार नहाऊंगी।"

और सहसा ही वह रो पड़ी।

२०

कल्याणी के घर में प्रवेश करने से, घर का रंग-रूप बहुत बदल गया था। वहां का जीवन पहले की अपेक्षा बहुत अधिक कठिन हो गया था। वीरां, गंगा से जैसा भी व्यवहार चाहती थी, कर लेती थी। वीरां उसे छोटी जाति की कहती थी और गंगा ने उसे मान लिया था। वह घर में रहना भर चाहती थी, इसलिए प्रत्येक स्थिति में प्रसन्न थी। वह वीरां की प्रत्येक बात को हंसकर टाल जाती थी। वह अपने ढंग से उसका सम्मान भी करती थी। उसने यह कभी नहीं चाहा था कि वीरां से घर की मालकिन का अधिकार छीन लिया जाए। वह स्वयं वीरां को घर की मालकिन मानती थी। उस समय वीरां के साथ जो भी दुर्व्यवहार हुआ था, वह गोकुलचंद की ओर से था। गंगा ने कभी यह नहीं चाहा था।

पर कल्याणी के साथ वह व्यवहार नहीं हो सकता था। उसने

पहले ही घोषणा कर दी थी कि वह गौड़ ब्राह्मण की बेटी है । उसके प्रवेश से रसोई पवित्र होती थी । फिर गोकुलचंद भी इस बार पहले से अधिक उग्र थे । वीरां इतना साहस नहीं कर सकती थी कि वह कल्याणी को रसोई में आने से रोकती । पहली रात कल्याणी ने नीचे अपने कमरे में खाना खाया था, दूसरे दिन से वह गोकुलचंद के साथ, उनकी थाली में रसोई में खाने लगी थी । उसे भय था कि कहीं उसकी सौत उसे खाने में विष न दे दे । गोकुलचंद के साथ खाने में यह भय नहीं था । वह अपने पति को विष नहीं देगी ! ...कल्याणी जानती थी ।

कुछ ही दिनों में उसने स्वयं भी रसोई में आकर वीरां के साथ काम करना आरंभ कर दिया था । पर उसके अपने निश्चित काम थे । वह सब्जी-भाजी बनाती थी, आटा गूंधती थी और रोटियां बना देती थी । इससे ज्यादा काम वह नहीं करती थी । घर की सफाई या बर्तन मांजने के काम को उसने छुआ तक नहीं । वह ऐसे गंदे काम क्यों करे । जिसके बच्चे हैं, वही उनके जूठे बर्तन मांजे और उसके अपने अलग से बर्तन जूठे ही नहीं होते थे । वह तो गोकुलचंद के साथ, उन्हीं बर्तनों में खाया करती थी । इसलिए अपने पति के बर्तन वीरां साफ करती थी ।

धीरे-धीरे कल्याणी ने अपने विषय में वीरां को बहुत कुछ बताया । जब कभी वे इकट्ठी बैठतीं, कल्याणी उसे अपने या अपने परिवार के विषय में सुनाने बैठ जाती । उसने बताया उसके पिता गौड़ ब्राह्मणों में श्रेष्ठ ब्राह्मण थे । वह पूजा-पाठ करने वाले धार्मिक पुरुष थे और बड़े पंडित थे । पर वह न तो लोगों के विवाह करवाते थे, न पूजा-पाठ करवाते थे । वे किसी से भी दान स्वीकार नहीं करते थे । उनकी कपड़ों की बड़ी भारी दुकान थी । लाखों रुपये का कारोबार था । कल्याणी के तीन बड़े भाई हैं और एक बड़ी बहन। वे सब लोग अच्छे, खाते-पीते सम्मानित लोग हैं । सब भाइयों की अपनी अलग-अलग कपड़े की दुकानें हैं ।

वह अपने मां-बाप की सबसे छोटी संतान है । उसके परिवार में सब लोग उससे बहुत प्यार करते हैं और वह बहुत भाग्यशाली मानी

जाती है। उनके घर में यह प्रथा थी कि सब लोग सवेरे उठकर उसी का चेहरा सबसे पहले देखने का प्रयत्न करते थे। उन लोगों का विचार था कि ऐसा करने से वह दिन बहुत अच्छा गुजरता है। उस दिन किसी का कुछ भी अनिष्ट नहीं होता। कोई झगड़ा-बखेड़ा नहीं होता। दिन खुशी से भी बीतता है और दुकान में आय भी बहुत होती है। वह सोई होती थी और उसके पिता और भाई आ-आकर उसका चेहरा देख जाते थे। यहां तक कि मुंह-हाथ भी उसके बाद ही धोते थे।

उसके पिता उससे बहुत प्यार करते थे। जब भी बाहर से आते, उसके लिए बर्फी या पेड़े ले आते थे। उसे ये दोनों चीजें बहुत पसंद थीं। वहां किसी वस्तु का अभाव नहीं था। घर में दूध-दही की नदियां बहती थीं। उसकी मां जितना भी मक्खन निकालती थी, वही अंदर-बाहर आते-जाते, सारा का सारा खा जाती थी। मां उसे मना भी किया करती थी और कहती थी कि किसी और के लिए भी कुछ छोड़ दिया कर। पर उसके पिताजी मां को भी रोक देते थे। कहते थे, "भागवान ! इस लड़की के जन्म से ही हमारा सौभाग्य उदित हुआ है। इसे खाने दे। यह जितना खाएगी, भगवान हमें उतना ही और देंगे।"

खाने और मिठाइयों की बातें कल्याणी को विशेष प्रिय थीं। मिठाइयों में भी बर्फी, पेड़े और रबड़ी। यह दही-मक्खन में खेली थी, और रबड़ी-मलाई की पली हुई थी।

वीरां सब कुछ सुनती रही और भीतर ही भीतर कुढ़ती रही। और सहसा एक बार वह फट पड़ी, "ये सब चीज़ें तुझे यहां कहां मिलेंगी। बाबूजी की तो इतनी आय भी नहीं है कि ये सब लाकर तुझे दें...।" और सहसा वह उदास हो गई, "पर फिर भी वह तेरे लिए सब कुछ करेंगे। तुझे किसी चीज की कमी नहीं रहने देंगे।"

वह अपने पति को बहुत अच्छी तरह जानती थी।

पर कल्याणी सहसा ही नाराज़ हो गई, "तुम समझती हो, मैं ये चीज़ें मांगने के लिए तुम्हें बता रही हूं। अरे, जो कुछ मां-बाप के घर खा लिया, वह खा लिया। अब वे चीज़ें कहां मिलेंगी ! वह सब तो अब स्वप्न की बातें हैं।"

उसकी नाराजगी से वीरां हतप्रभ नहीं हुई। अब उसके लिए कुछ भी अनपेक्षित नहीं था। वह जानती थी कि इस घर में उसके साथ किसी भी प्रकार का व्यवहार हो सकता था। वह हर समय, किसी भी स्थिति के लिए तैयार थी। वह अपने ही भीतर सिमटती-सिमटती कुटिल होती जा रही थी।

वह अत्यन्त वक्र मुस्कान के साथ बहुत ठंडे स्वर में बोली, "अपने मायके की बातें भी तुम्हारा स्वपन ही तो नहीं हैं?"

कल्याणी का क्रोध कुछ और तेज़ हो गया। वह चीखकर बोली, "तुम मुझे झूठी समझती हो। तुम्हारे सामने झूठ बोलने से मुझे क्या मिलेगा?" और फिर उसका स्वर भी कुछ व्यंग्यात्मक हो गया, "मेरा अपना भाग्य ही खराब था, जो इतने बड़े परिवार में मुझे आना पड़ा। इतने लोगों में मुझे खाने को क्या मिलेगा?"

वीरां अत्यन्त भावहीन स्वर में बोली, "तुम इतने बड़े परिवार में आई ही क्यों? क्या हम तेरी खुशामद करने गए थे या तेरे बाप ने मेरे पति के साथ तुझे फेरे देकर भेजा है?"

कल्याणी जानती थी कि वीरां के साथ उसकी खट-पट चलती रहेगी पर वह स्वयं बड़ी कठोर स्त्री थी। उसने गोकुलचंद को अपनी मुट्ठी में कसकर पकड़ रखा था। और जानती थी कि गोकुलचंद वीरां पर किस बुरी तरह शासन करते हैं। इन सब बातों के बावजूद वीरां उससे इस तरह पेश आएगी, इसकी आशा उसे नहीं थी।

वह एकदम क्रुध हो गई। वह अपनी जगह पर उठ खड़ी हुई और जाते-जाते बोली, "मैं भी स्वयं दौड़ी-दौड़ी नहीं आई हूं। लाने वाला खुद मुझे लेकर आया है। उससे पूछना कि वह क्यों मेरे पीछे झक मारता फिरता रहा। मेरे तलवे क्यों चाटता रहा। मैं कोई गंगा नहीं हूं। और न ही उसके समान छोटी जाति की हूं, जो तेरी धौंस सहूंगी। तू मुझे एक कहेगी तो दस सुनेगी। उन्हें दफ्तर से आ भर जाने दे, सब कुछ ठीक न कर दिया तो मुझे कहना।"

कहने के बाद वह वीरां के पास ठहरी नहीं। अपने कमरे में चला गई। वीरां जानती थी कि वह अवश्य ही गोकुलचंद से शिकायत करेगी।

पर फिर भी ऐसा वह क्या करवा सकती थी, जो अब तक वीरां के साथ नहीं हुआ।

शाम को गोकुलचंद घर लौटे तो कल्याणी रोज के समान उन्हे सामने दिखाई नहीं पड़ी। वीरां बैठी अपना चर्खा कात रही थी। वीरां ने भी उठकर उनका स्वागत नहीं किया। वह समय बहुत पीछे छूट गया था जब गोकुलचंद के आने पर वीरां अपना काम-धंधा छोड़ कर उनकी सेवा में उपस्थित हो जाती थी। वह जानती थी कि अब उसके ऐसा करने पर भी गोकुलचंद को कोई प्रसन्नता नहीं होती। उन्हें उससे कोई बात करनी होती है तो करते हैं, नहीं तो देखते हुए भी अनदेखी कर, अपने कमरे की ओर चले जाते हैं।

गोकुलचद वहीं खड़े होकर इधर-उधर ताकते रहे। उनका विचार था कि उन्हें इस प्रकार ताकते देखकर वीरां उन्हें बता देगी कि कल्याणी कहां गई है और यदि वह आस-पड़ोस में ही कहीं गई है तो वह किसी को भेजकर उसे बुलवा लेंगे। दफ्तर से लौटकर घर में अकेले रहना उसके लिए असह्य था।

पर वीरां ने उनकी ओर ध्यान नहीं दिया और अपने हाथ में पकड़ी हुई पूनी को ही ताकती रही कि वह समाप्त हो और वह दूसरी पूनी उठाए।

अंत में गोकुलचंद को पूछना पड़ा, "कल्याणी कहां हैं ?"

वीरां उसी प्रकार चर्खा कातती रही और वह उदासीनता से बोली, "मालूम नहीं। यहीं कहीं पड़ी होगी।"

गोकुलचंद को वीरां का उत्तर बहुत बुरा लगा। पर टाल गए। अभी-अभी दफ्तर से लौटे थे। झगड़ा करने का क्या लाभ ! और वैसे भी वह कितना ही तिरस्कार करते हों, अवसर मिलने पर ऐसे उल्टे-सीधे उत्तर देने से वीरां भी नहीं चूकती थी।

गोकुलचंद अपने कमरे में चले आए।

उन्होंने देखा कि कल्याणी तकिए में अपना चेहरा छिपाए, बिस्तर पर औंधी पड़ी थी और उसकी सुबकियों की आवाज़ काफी स्पष्ट थी। उन्होंने अपनी छड़ी दीवार पर लगी खूंटी पर लटकाई भर और पूछा,

"कल्याणी ! क्या हुआ रानी ?"

कल्याणी पर उनकी आवाज़ का कोई प्रभाव नहीं पड़ा। वह उसी प्रकार पड़ी रोती रही।

"क्या हुआ कल्याणी ?" उन्होंने फिर पूछा, "तुम्हे किसी ने कुछ कहा ?"

पर कल्याणी ने जैसे कुछ सुना ही नहीं।

गोकुलचंद में ग्रौर धैर्य नहीं था। वह झपट कर बाहर निकले ग्रौर वीरां के पास पहुंचे।

दफ्तर से लौटते ही कल्याणी को न देखकर उनकी तबीयत काफी कोफ्त हुई थी। फिर वीरां ने अपने उत्तर से उनको ग्रौर भी चिढ़ा दिया था। ग्रब कल्याणी को रोते देखकर वह आपे से बाहर हो गए थे। उनका चेहरा क्रोध से तमतमा रहा था।

"तुमने कल्याणी से कुछ कहा ?" उन्होंने वीरां से डपट कर पूछा।

वीरां बोली, "मुझे क्या पड़ी थी कि मैं उससे कुछ कहती। उससे बोले मेरी जूती। पर वही मेरा पीछा छोड़े, तब तो। कई दिनों से मेरे कान खा रही थी कि वह ग्रपने मां-बाप के घर दूध, दही, मक्खन, बर्फी, पेड़े, कलाकंद और रबड़ी खाकर पली है ग्रौर उसका बाप उसे प्रतिदिन ये मिठाइयां लाकर दिया करता था। मैंने इतना ही कहा कि ग्राप भी उसके लिए कोई कसर उठा नहीं रखेंगे। मैंने कुछ बुरा किया क्या ?"

और वीरां दो बार तांत को फटकार कर फिर चर्खा चलाने लगी।

गोकुलचंद ने स्वयं को बहुत नियंत्रित किया और अत्यन्त बंधे हुए स्वर में बोले, "तुझे उसको ताना मारने की क्या आवश्यकता थी ?"

वीरां उसी प्रकार बड़े भोले स्वर में बोली, "मैंने कहां कोई ताना मारा है। मैंने तो केवल इतना ही कहा है कि ग्राप भी उसे ये सारी मिठाइयां खिलाया करेंगे।"

गोकुलचंद ने क्रोध से दांत पीसे पर किसी प्रकार स्वयं को रोककर वह कमरे में चले गए।

स्पष्ट था कि कल्याणी जल्दी मानने वाली नहीं थी। उसे

काफी देर तक मनाना पड़ेगा।

वह जाकर चारपाई पर बैठ गए और कल्याणी की पीठ सहलाने लगे और थोड़ी-थोड़ी देर रुक-रुक कर पूछते रहे कि क्या बात हुई है। कल्याणी पर प्रकटतः उसके सहलाने का कोई प्रभाव नहीं पड़ा। वह बिना हिले-डुले उसी प्रकार औंधी पड़ी रोती रही। पर गोकुलचंद का अपना शरीर तपने लगा था और स्नायुओं में तनाव आ गया था।

उनके हाथ कल्याणी की पीठ से हटकर इधर-उधर भी फिरने लगे थे। धीरे-धीरे वे नितंबों पर केन्द्रित हो गए और बड़ी देर तक नितंबों को सहलाते रहे। पर अब गोकुलचंद के लिए स्वयं को रोकना कठिन हो रहा था। वह स्वयं अनुभव कर रहे थे कि उनके हाथ कल्याणी के शरीर को सहला नहीं रहे थे, वे उसे नोच खसोट रहे थे।

"कल्याणी।" वह बहुत उत्तेजित होकर कल्याणी से लिपट गए।

कल्याणी कुनमुनाई और उसनें करवट बदली। अब वह गोकुलचंद के आमने-सामने थी।

"क्या हुआ कल्याणी?" गोकुलचंद ने उसे भींच लिया, "मुझे बता तो सही।"

कल्याणी ने दुपट्टे से आंसू पोंछे और बहुत देर तक रुकी हुई नदी के आकस्मिक प्रवाह के समान बोलती गई, "आपकी वह चहेती पत्नी कह रही थी कि मैं आपके गले-पड़ी चीज़ हूं। उस पर सौत बन कर आई हूं। और कौन सा मुझे आप सेहरा बांध कर ब्याह कर लाए हैं या कौन-सा मुझे मेरे मां-बाप ने आपके साथ फेरे देकर डोली में डालकर भेजा है। मैंने भी कह दिया कि लाने वाला मुझे स्वयं लाया है। मैं कोई स्वयं भागी हुई नहीं आई हूं।" और सहसा उसका स्वर बहुत क्रुद्ध और ऊंचा हो गया। इतना ऊंचा कि अपने स्थान पर पर बैठी, चर्खा चलाती वीरां भी सुन सके, "आप उसे समझा दीजिए, मेरे मुंह न लगा करे, नहीं तो मुझसे बुरा कोई न होगा।"

गोकुलचंद ने उसे घसीट कर अपने साथ लिपटा लिया और उसके गाल थपथपा कर बोले " तू उसकी बात मत सुना कर। उसे कहने दिया कर। उसके मन में ईर्ष्या है। तू इसकी चिंता मत कर।"

पर कल्याणी का क्रोध शांत नहीं हुआ। उसने स्वयं को मुक्त किया और गोकुलचंद के हाथ झटक दिए। वह बिफर कर बोली, "पर वह होती कौन है इतनी बात कहने वाली। मैं गले-पड़ी हूं या कुछ भी हूं। मैं स्वयं तो नहीं आई, आप मुझे लाए हैं तो आई हूं।" उसने वक्र दृष्टि से गोकुलचंद को देखा और एक झटके से उनकी ओर पीठ करके बोली, "मुझे आप ही के कारण ये सारी बातें सुननी पड़ रही हैं।"

गोकुलचंद ने अपने होंठ चबाए। कल्याणी का मौन लंबा खिंचा जा रहा था और उसके तने हुए स्नायुओं का ढीला पड़ना बहुत पीड़ादायक था। उन्होंने अपने सर को एक झटका दिया और बहुत ही स्निग्ध स्वर में बोले, "तू चिंता न कर। मैं सब कुछ ठीक कर लूंगा।"

कल्याणी बहुत तेजी से मुड़ी, "मैं आपकी चिकनी-चुपड़ी बातों से नहीं मानूंगी। आप मुझे अलग मकान लेकर दीजिए। मैं उस गंदी औरत और उसके गलीज बच्चों के साथ नहीं रहूंगी।"

उसने अपने कपड़े ठीक किए और शरीर को अच्छी तरह ढांप कर उनसे दूर होकर बैठ गई।

गोकुलचंद की लार टपकती दृष्टि निराश हो गई। उन्होंने अपना अंतिम प्रयत्न किया, "अच्छा ! अच्छा ! मैं वीरां को घर भेज दूंगा। उसे अपने साथ नहीं रखूंगा।"

"ठीक है।" कल्याणी उसी प्रकार उखड़े हुए स्वर में बोली, "मैं उस दिन की प्रतीक्षा इसी क्षण से कर रही हूं।"

वह गोकुलचंद से इतनी दूर और तटस्थ भाव में थी कि उनका उफनता खून उनकी रगों में ठंडा पड़ता जा रहा था। वह समझ गए थे कि कल्याणी उन्हें रात को भी हाथ नहीं लगाने देगी।

उसके पास रहकर और कष्ट पाना अच्छा नहीं लगा। उनका पुंसत्व दमित हो रहा था। कहीं न कहीं अभिव्यक्ति आवश्यक थी।

वे सारा आक्रोश लिये-लिये वीरां के पास पहुंचे। वीरां ने चर्खा रोक दिया था और तांत ढीली कर दी थी। पूनियां उसने ठप दी थीं और तकले पर से काते हुए सूत का मुंडा उतार रही थी। उसने गर्दन उठाकर उन्हें देखा और बहुत शांत स्वर में बोली, "कुछ कहना है ?"

गोकुलचंद उसकी निर्भयता से एकदम बौखला गए। बोले, "तू मुझे चैन की सांस लेने देगी कि नहीं ?" और बिना प्रश्न का उत्तर पाए चीखते चले गए "यह तुम्हारे हित में नहीं होगा। मैं तुम्हें ऐसा दंड दूंगा कि आयु-भर याद रखोगी।"

वीरां के होंठों पर विष भरी मुस्कान उभरी, "एक स्त्री के लिए इससे बड़ा दंड और कोई नहीं होता, जो मुझे मिल चुका है। सौत तो आपने मुझ पर डाल ही रखी है और इससे अधिक आप क्या कर लेंगे ?"

उसकी आंखों की चुनौती को गोकुलचंद झेल नहीं पाए। हकला-से गए, मैं··· मैं तुम्हें तुम्हारे मायके में बैठा दूंगा।"

वीरां ने तमककर गोकुलचंद की ओर देखा। लगा, जैसे कोई तेज़ बात कहेगी। पर जब वह बोली तो उसकी आवाज़ बहुत शांत और संभली हुई थी, "मैं सड़कों पर मारी-मारी फिरने वाली और किसी भी पुरुष के साथ चल देने वाली स्त्री नहीं हूं। मैं कुलीन हूं। मेरी आंखों में लज्जा है। मुझे अपने मां-बाप और सास-ससुर के नाम की लाज है। मैं मौन रहूंगी। तुम्हारा सारा अत्याचार चुपचाप सह जाऊंगी। कुछ करूंगी नहीं।" उसका स्वर सहसा और भी निर्भीक और उनमुक्त हो गया, "पर यह बात आप भी जानते हैं और मैं भी जानती हूं कि झगड़ा होने पर कानून मेरा साथ देगा। मैं आपकी ब्याहता पत्नी हूं। तीन बच्चों की मां हूं। यदि मैं चाहूं तो आपके वेतन में से दो अंश अपने और बच्चों के खर्च के लिए ले सकती हूं। फिर तीसरे अंश में आप अपनी रखैल के साथ बर्फी खा सकेंगे ?"

वीरां का उद्धत रूप गोकुलचंद ने कई बार देखा था, किंतु उसे इस प्रकार साफ-साफ स्पष्ट शब्दों में चुनौती देते हुए, अपनी शक्ति का प्रदर्शन करते हुए नहीं देखा था। उनकी आंखें जैसे सहसा ही भयंकर प्रकाश देखकर चकमका गई थीं। पर इस समय दब जाने का अर्थ था भविष्य में भी दबना और वीरां से किसी परिस्थिति में किसी भी प्रकार दबना उनके लिए अत्यन्त अहितकर था।

उन्होंने अपनी आंखों को पूरे आकार में फैलाया और डपटकर

बोले, "तू क्या कोर्ट-कचहरी चढ़ेगी ? तेरा इतना साहस ??"

वीरां फिर अत्यन्त स्थिर स्वर में बोली, "मैं कब कह रही हूं कि मैं कोर्ट-कचहरी चढ़ूंगी। मैंने तो कहा है कि मैं मौन-मूक आपके सारे अत्याचार सह-लूंगी। वह तो मैंने आपको बताया है कि यदि मैं चाहूं तो ऐसा कर सकती हूं। परंतु आपको मालूम है कि मैं कोर्ट-कचहरी नहीं चढ़ूंगी; तभी तो आप मुझ पर इतना अत्याचार करने का साहस कर सके हैं। यदि आपको मालूम होता कि मैं कोर्ट-कचहरी चढ़ने की बात भी सोच सकती हूं तो आप भी मुझ पर सौत डालने का दुस्साहस न कर सकते। आप मेरी शालीनता का अनुचित लाभ उठा रहे हैं ?"

वीरां क्रोध में कहती तो बात कुछ और थी। तब मान लिया जाता कि वह आपे से बाहर अनर्गल बकवास कर रही है। किंतु, वह न क्रोध में थी, न उत्तेजित थी। वह तो बहुत स्थिर और शांत भाव से अपने तर्क दे रही थी। यह गोकुलचंद के लिए सह्य नहीं था। फिर, इन तर्कों का कोई उत्तर भी उनके पास नहीं था। वह आपे से बाहर हो गए, "बहुत बढ़-बढ़ कर बकवास मत कर। जीभ खींच लूंगा और हड्डिया पीस दूंगा।"

वीरां फिर भी उत्तेजित नहीं हुई। वह मुस्कराई, "मुझे पूरी आशा है कि आप ऐसा ही करेंगे। प्रतीक्षा में हूं कि आप कब ऐसा करते हैं।"

गोकुलचंद का स्वर भी कुछ नीचा हुआ, "अपनी जीभ को लगाम दो, नहीं तो तुम्हें बाद में पछताना होगा।"

गोकुलचंद वहाँ ठहरते तो वीरां शायद कुछ और कहती। पर वह वहां ठहरे ही नहीं। धम-धम करते अपने कमरे में चले गए। कमरे में प्रवेश करते हुए उनका मन बहुत भारी था। वह जानते थे कि इस झगड़े के पश्चात् जब तक वह वीरां को कोई कड़ा दंड नहीं दे लेंगे, तब तक कल्याणी उन्हें हाथ भी नहीं लगाने देगी और लम्बी रात उनके सामने पड़ी थी।

२१

गोकुलचंद को दफ्तर के पते पर दो और पत्र मिले । पहला पत्र गंगा का था । गंगा को छोड़ आने के तुरंत मिले हुए पत्र गंगा के भाई धर्नसिंह के लिखे हुए थे और उन पर उसके घर का पता था । पर यह पत्र गंगा ने किसी और से लिखवाया हुआ था और उसका पता घर का न होकर, अंग्रेज़ अफसर जान बाल्डिक के बंगले का पता था । गोकुलचंद पता देख कर चौंके । इसका क्या अर्थ ? जान बाल्डिक का गंगा के साथ क्या संबंध ? क्या गंगा उस तक जा पहुंची है ? और यदि वह सचमुच ही गंगा की सहायता करना चाहेगा तो गोकुलचंद को किसी भी हालत में उसकी बात माननी ही पड़ेगी । कोई भी अंग्रेज़ चाहता तो उनको फिर से गंगा को लाने को मजबूर कर सकता था । जान बाल्डिक तो अंग्रेज़ भी था और उनके विभाग का अफसर भी था । पर सब से बड़ी बात यह थी कि यदि जान बाल्डिक गंगा की सहायता करना चाहता था तो वह सीधा लाहौर दफ्तर में उनके अफसर को लिख सकता था । उसने ऐसा नहीं किया था । उल्टे गंगा से वह अपने पते पर पत्र लिखवा रहा था ।

उस पत्र में जान बाल्डिक के बंगले का पता गोकुलचंद के लिए हौवा हो गया था । वह कल्पना कर रहे थे कि यदि उस अंग्रेज़ ने बीच में टांग अड़ाई और उन्हें गंगा को स्वीकार करना पड़ा तो वह क्या करेंगे । वीरां, कल्याणी और गंगा—इन तीनों को वह अपने साथ नहीं रख सकते । वीरां को छोड़ने का प्रश्न नहीं उठता था । उसको वह चाहे कितना ही छोड़ें, वह मृत्यु तक उनके साथ ही रहेगी, और उनकी पत्नी के रूप रहेगी । गंगा को स्वीकारना पड़ा तो कल्याणी को ही छोड़ना पड़ेगा । पर कल्याणी ! कल्याणी को वह नहीं छोड़ सकते थे । वैसे भी कल्याणी, गंगा के समान निरीह नहीं थी कि वह उसे छोड़ कर सरलता से परे हट जाते ।

ऐसी स्थिति में वह क्या करेंगे ?

गोकुलचंद के पास इस प्रश्न का कोई उत्तर नहीं था।

गोकुलचंद ने दूसरा पत्र खोला। यह पत्र भी नगर से ही आया था। घनश्यामदास, गोकुलचंद के नगर के पड़ोसी का पत्र था। गोकुलचंद जैसे-जैसे पत्र पढ़ते गए, उनकी मनः स्थिति बदलती गई। घनश्यामदास ने गंगा के विषय में विस्तार से लिखा था कि किस प्रकार वह दफ्तर में आकर साहब से मिली थी और किस प्रकार साहब ने उसे अपने बंगले में स्थान दिया था। अब वे दोनों खुल्लमखुल्ला एक साथ रह रहे थे।

गोकुलचंद के भीतर ईर्ष्या का नाग फन फैला कर उठ खड़ा हुआ। ठीक है कि उन्होंने अब गंगा को छोड़ दिया था। अब उनका गंगा के साथ कोई संबंध नहीं रह गया था। पर गंगा के साथ वह कहीं जुड़े हुए थे, चाहे भूत में ही सही। गंगा किसी समय उनकी पत्नी या रखैल, कुछ न कुछ रही थी। जो स्त्री कभी उनकी थी। जिस पर उनका अधिकार था, आज वह दूसरे पुरुष के उपभोग में आ रही थी। गोकुलचंद का पौरुष अपने आपको अपमानित अनुभव कर रहा था। एक नारी, उनके सम्पर्क में रहकर भी आज दूसरे पुरुष की अंकशायनी थी। वह तो यही कहता होगा कि वह गोकुलचंद की पत्नी के साथ सोता है।

अब उनके सामने बात स्पष्ट थी कि जान बाल्डिक ने गंगा को अपने बंगले में क्यों रखा था। वह इस बहाने से गंगा का उपभोग चाहता होगा और उसकी सहायता की इच्छा उसकी कदापि नहीं रही होगी, नहीं तो गंगा से पत्र न लिखवा कर वह स्वयं उनके अफसर के नाम पत्र लिखता। वह गंगा को केवल अटकाए हुए है और उनके आने तक ठहराने के बहाने की आड़ में गंगा को भोग रहा था। रोटी-कपड़े के बदले उस स्त्री का भोग, किसी भी स्त्री का भोग, घाटे का सौदा नहीं था।

तो क्या वह जाकर गंगा को ले आएं ?

पर उसमें कई अड़चनें थीं। एक तो शायद जान बाल्डिक ही

उनके मार्ग में आए। पर उससे निपटना मुश्किल नहीं था। वह गंगा को यदि अपनी पत्नी कह कर प्राप्त करने का प्रयत्न करते तो कोई बड़े से बड़ा अफसर भी उनको रोक नहीं सकता था। और वह बहुत अच्छी तरह जानते थे कि गंगा उन्हें अपना पति स्वीकार करेगी।

किंतु, वह अपनी मजबूरी का क्या करते ?

गंगा को लाने का स्पष्ट अर्थ था, कल्याणी को छोड़ना। यह उनके लिए संभव नहीं था। वह कल्याणी को कैसे छोड़ते! और यदि वह किसी प्रकार धोखे से अथवा किसी और प्रकार से कल्याणी को छोड़ने में सफल हो भी जाते तो कल क्या कल्याणी इसी प्रकार किसी अन्य पुरुष के उपभोग में नहीं आएगी ? क्या ऐसा नहीं हो सकता कि किसी और पुरुष के साथ उसके संबंध उन्हें अपनी आंखों से देखने को बाध्य होना पड़े ? यह कौन कह सकता है कि वह वेश्यावृत्ति स्वीकार नहीं कर सकती। वह कुछ भी कर सकती है और वह दशा गंगा की इस स्थिति से अधिक भयंकर होगी।

वह कल्याणी को छोड़ नहीं सकते थे और गंगा की यह स्थिति स्वीकार नहीं कर सकते थे।

दफ्तर के काम में उनका मन एकदम नहीं लग रहा था। उनके सामने अपनी वैयक्तिक समस्या इतने जटिल रूप में आ खड़ी हुई थी कि सरकारी कार्य महत्वहीन होकर रह गए।

अंत में उनको एक रास्ता सूझा। यदि वह गंगा को इस आश्वासन का पत्र लिख देते कि वह उसे लेने आ रहे हैं तो निश्चित रूप से वह उनकी ओर झुकेगी। वह गंगा को अच्छी तरह जानते थे। गंगा के मन में उनके लिए बहुत प्रेम था। गोकुलचंद की पति-रूप में प्राप्ति, गंगा के जीवन की महान् उपलब्धि थी वह उनके लिए अब भी लालायित होगी। इतना गंगा भी जानती है कि उस अंग्रेज़ से उसे और कुछ भी प्राप्त हो जाए, किंतु वह उसकी पत्नी नहीं कहला सकती, पत्नी नहीं बन सकती।

यदि वह उसे एक के बाद एक, इस आश्वासन का पत्र लिखते रहें कि वह उसे लेने आ रहे हैं तो गंगा उनके प्रति झुकाव के कारण

जान बाल्डिक के साथ उसके संबंध तन जाएंगे । वह अंग्रेज़ कभी भी यह पसंद नहीं करेगा कि गंगा उनकी ओर झुके । आज जिस प्रकार उनका पौरुष स्वयं को अपमानित अभनुव कर रहा है, उसी प्रकार तब वह स्वयं को अपमानित पाएगा। तब गंगा उसके साथ रह नहीं सकेगी ।

वह जितना सोचते जाते थे, उन्हें लगता था कि यह काम बहुत ठीक रहेगा और इससे अच्छा ढंग और कोई नहीं हो सकता । जैसे-जैसे समय बीतता गया, उनकी धारणा दृढ़ होती गई और वह इस दिशा में आगे से आगे सोचते रहे ।

शाम को लौटते हुए उनके मस्तिष्क में योजना पूरी तरह तैयार थी और यह बात भी बहुत स्पष्ट थी कि इस विषय में कल्याणी से साफ-साफ बात कर लेनी है और उसे सारी सूचनाएं दे देनी हैं । यह न हो कि कल यह बात किसी और रूप में कल्याणी तक पहुंचे । उसे यदि कहीं से यह पता चल गया कि उन्होंने गंगा को आश्वासन दिया है कि वह उसे वापस ले आएंगे, या इतना ही कि उन्होंने गंगा को पत्र लिखा है तो वह एक बवंडर खड़ा कर देगी । यह उनके लिए एकदम वांछनीय नहीं था । गंगा से वह टूट चुके थे । वीरां उनकी नाम-मात्र की पत्नी थी । उससे उनका संबंध-विच्छेद हो चुका था । वह केवल भूतकालीन किसी अधिकार के आधार पर उनके घर में रहती थी और उनका और उनके बच्चों का काम कर दिया करती थी । ऐसी स्थिति में कल्याणी के साथ किसी भी प्रकार का खिचाव-तनाव या किसी गलतफहमी का हो जाना उनके लिए बड़ा घातक होता । वह कल्याणी को पूरी तरह से अपने साथ और अपने विश्वास में रखना चाहते थे ।

घर पर कदाचित् कल्याणी से पूरी तरह से बात करने का अवसर न मिले, इसलिए वह उसे लेकर सैर के लिए चले जाएंगे । कुछ अपनी बातें करने के लिए, कुछ कल्याणी के मन-बहलाव के लिए और कुछ वारां के मनहूस अस्तित्व से दूर रहने के लिए वह शाम को कल्याणी के साथ बहुधा घूमने चले जाया करते थे । इसलिए आज सैर के लिए जाना कोई नई बात भी नहीं होगी ।

घर पहुंचते ही उन्होंने कल्याणी को सैर के लिए चलने को कह दिया और शाम ढलने की प्रतीक्षा करने लगे। खाना इत्यादि खाकर चलने को हुए तो कल्याणी ने अपनी शर्त रख दी, "बच्चों को भी साथ ले चलेंगे।"

गोकुलचंद देख रहे थे कि पिछले कुछ दिनों से वीरां अपने आपमें अधिक से अधिक लीन होती जा रही थी और उसी मात्रा में बच्चों के प्रति उसकी लापरवाही बढ़ती जा रही थी। और वीरां की बढ़ती हुई लापरवाही के अनुपात में ही कल्याणी बच्चों में अपनी रुचि बढ़ाती जा रही थी। वीरां जहां यह देखती थी कि बच्चों को रोटी मिल जाए, कल्याणी वहां इस बात का ध्यान रखती थी कि वह कभी-कभार बच्चों को अपने साथ बाहर लेजाए और उनका मनोरंजन करा लाए। या कभी एक पैसे की चीज लेकर तीनों बच्चों में बांट दे और उन्हें अपनी ओर खींच ले। वीरां के पास बाहर घूमने जाने और बच्चों को कुछ खरीद कर देने की सुविधाएं नहीं थीं। इसलिए कल्याणी जब भी बच्चों के प्रति अपना दया-भाव दिखाती, वे लोग हड्डी पर लपकने वाले भूखे कुत्तों के समान उसकी ओर बढ़ते थे। कल्याणी ऐसे अवसरों का उपयोग वीरां के विरुद्ध प्रचार कार्य करने में करती थी। बच्चे इन सुविधाओं के लिए अपनी मां के विरुद्ध सब कुछ सुन लेते थे।

गोकुलचंद बच्चों को साथ ले जाना नहीं चाहते थे, क्योंकि तब वे अपनी बात नहीं कर सकते थे। किन्तु, कल्याणी का अनुरोध टालना उनके लिए एकदम संभव नहीं था और कहीं कल्याणी नाराज़ हो गई तो उनको सफाई का अवसर भी नहीं देगी। और अभी वह समय नहीं आया था, जब वह कल्याणी की उपेक्षा कर सकते।

अपनी बात को मन में ही रोक कर बोले, "जैसी तुम्हारी इच्छा।"

कल्याणी बच्चों को लेकर बाहर गली में आ गई और गोकुलचंद वीरां को सूचना देने के लिए दूसरी मंजिल पर उसके कमरे में पहुंचे।

"हम सैर करने जा रहे हैं।" वह बोले, "बच्चे भी हमारे साथ जा रहे हैं। तुम घर में अकेली हो। ड्योढ़ी का दरवाजा बंद कर लो। हम नौ बजे के लगभग लौटेंगे।"

वीरां ने ड्योढ़ी की दरवाज़ा बंद किया, और फिर से लौट कर, दूसरी मंजिल पर अपने कमरे में चली गई। उसके करने का अब कोई काम नहीं था। वह अपनी चारपाई पर लेट गई।

गोकुलचंद रास्ते भर अवसर ढूंढ़ते रहे कि बच्चे जरा आगे-पीछे हों तो वह कल्याणी से बात कर लें। पर उन्हें कोई अवसर मिल नहीं रहा था जैसे-जैसे समय बीतता गया, उनको उत्कंठा बढ़ती गई। पर कुछ हो नहीं सकता था। कल्याणी ने बच्चों को अपने साथ चिपका रखा था। जुगल और कमला कहीं जरा-सा हिलते भी, पर सालगराम टला ही नहीं।

वैसे तो कल्याणी से बात करने के लिए सारी रात पड़ी थी। पर गोकुलचंद अपनी बात, सोने से बहुत पहले कर लेना चाहते थे। यदि कहीं कल्याणी ने उनकी बात का विरोध किया तो थोड़ी-सी लड़ाई और और रूठना-मनाना आवश्यक था। यदि कहीं रात को, बिस्तर में जाने के बाद, गोकुलचंद ने अपनी बात की और कल्याणी नाराज़ हो गई तो उनकी रात खराब जाएगी। वैसे ही हर दूसरे-तीसरे दिन वीरां के साथ झगड़े के कारण वह रूठी रहती थी और गोकुलचंद सारी रात करवटें बदलते रहते थे और हाय-हाय करते रहते थे, पर कल्याणी पर कोई प्रभाव नहीं पड़ता था।

गोकुलचंद अपनी सैर लंबी करते गए। पर फिर भी उन्हें अवसर नहीं मिला। कल्याणी उनसे कोई बात करने को विशेष उत्सुक नहीं थी। आखिर थक कर वह घर की ओर लौटे। गंगा वाली बात वह फिर कर लेंगे। सोते समय, कल्याणी से किसी भी प्रकार का वैमनस्य वह किसी भी हालत में नहीं चाहेंगे।

लौटते-लौटते साढ़े नौ हो चुके थे। ड्योढ़ी का दरवाज़ा बंद था। सारा घर अंधेरा पड़ा था, केवल वीरां के कमरे की बत्ती जल रही थी। मैदान की ओर की एक खिड़की और सड़क की ओर की चारों खिड़कियों में से प्रकाश बाहर आ रहा था।

गोकुलचंद ने अपनी छड़ी से दरवाज़ा खटखटाया और खुलने की प्रतीक्षा में कुछ परे हट कर खड़े हो गए। वीरां के कमरे में कोई हल-

चल नहीं हुई। न उसने खिड़की से झांक कर देखा कि दरवाज़े पर कौन है और न ही सीढ़ियों पर से नीचे उतरने की आवाज़ हुई।

गोकुलचंद ने फिर जरा ज़ोर से दरवाज़ा खटखटाया। साथ ही उन्होंने कुछ ऊंची आवाज़ में पुकारा, "वीरां ! वीरां !!"

पर इस बार भी कोई उत्तर नहीं मिला।

गोकुलचंद सैर से खीझे हुए लौटे थे। अब मैदान में खड़े-खड़े दरवाज़ा खटखटाते और आवाज़ें लगाते हुए वह स्वयं को ही बड़े विचित्र से लगे। उनकी खीझ क्रोध में बदल गई। उन्होंने बेतहासा दरवाज़ा भड़भड़ाना आरंभ किया।

पर ऊपर कोई हलचल नहीं थी, जैसे वहां कोई न हो।

गोकुलचंद का क्रोध अकस्मात् ही हवा हो गया। उनका हृदय धक् से रह गया। कहीं ...। कुछ भी संभव था। उन्हें लगा उनका शरीर कुछ अधिक गर्म हो गया है और उनके माथे पर पसीने की बूंदें उभर आई हैं। उनका गला सूख गया था। वह हतप्रभ से खड़े रह गए।

सहसा वह कल्याणी की ओर मुड़े, "तुम बच्चों के साथ यहीं ठहरो, मैं अभी आया।"

वह भागते हुए सड़क की ओर चले गए। सड़क पार कर वह अपने घर के सामने वाले मकान के दरवाज़े की ओर बढ़े। दरवाज़े पर एक बड़े मियां बैठे हुक्का गुड़गुड़ा रहे थे। उन्होंने मुंह में हुक्के की नली दबाए हुए, आंखें फैला कर गोकुलचंद की ओर देखा।

गोकुलचंद ने बड़ी कठिनाई से स्वयं को हांफने से रोका और अटकते हुए बोले, "मैं गोकुलचंद हूं बड़े मियां। आपके ऐन सामने वाले मकान में रहता हूं।"

बड़े मियां ने मुंह से नली निकाली। नाक और मुंह से ढेर सा धुआं छोड़ा और बुढ़ापे की गहरी खांसी खांसते हुए बोले, "जानता हूं लालाजी !"

"मैं बच्चों को लेकर बाहर गया था।" गोकुलचंद बोले, बच्चों की मां दूसरी मंज़िल पर के कमरे में शायद सो गई है।" उन्होंने अपनी थूक गटकी और बहुत प्रयत्न कर हल्के से मुस्कराए, "नींद जरा गहरी है। दरवाज़ा खटखटाने से जाग नहीं रही और हम आध घंटे से मैदान

में खड़े हैं।" वह फिर रुके और बोले, "तकलीफ के लिए माफी चाहूंगा फिर अगर आप घर में किसी को कह दें कि अपनी दूसरी मंजिल के कमरे की खिड़की से किसी लम्बी लाठी के जरिए हमारी खिड़की खटखटा दें तो वह जाग जाएगी और हम घर के भीतर जा सकेंगे।"

"ज़रूर-ज़रूर !" बड़े मियां फिर खांसे। घुटने पर हाथ रखकर वह उठे और भीतर चले गए।

गोकुलचंद फिर कल्याणी और बच्चों के पास आ गए।

थोड़ी देर में किसी ने सड़क के परले मकान की खिड़की से लंबे बांस से वीरां के कमरे की खिड़की को खटखटाया।

गोकुलचंद दम साधे खड़े थे। क्षण भर में निश्चित होने वाला था कि वस्तुस्थिति क्या है।

एक क्षण बीता, दो क्षण बीते, तीन क्षण बीते... खटखटाहट बढ़ती गई और गोकुलचंद की टांगें पैजामे में कांपने लगीं...

तभी ऊपर कुछ हलचल हुई। चारपाई चरमराई और वीरां की उनींदी-सी आवाज सुनाई पड़ी, "आई !"

खिड़की को खटखटाता हुआ बांस, सड़क के पार वाले मकान की खिड़की के भीतर चला गया और हल्का सा स्वर आया, "जाग गई है।"

गोकुलचंद की टांगों के साथ-साथ उनका सारा शरीर कांपने लगा। वह एकदम तप रहे थे।

तभी सीढ़ियों पर वीरां की खड़ांव की खट-खट सुनाई दी। उसने सांकल उतारी और भिड़े कपाट खोलकर एक ओर हटकर खड़ी हो गई।

गोकुलचंद दरवाजे से परे हट गए थे और उन्होंने कल्याणी और बच्चों को भीतर जाने का संकेत किया था। बच्चों के ड्योढ़ी में घुसने के बाद गोकुलचंद भीतर आए और उन्होंने कपाट बंद कर सांकल चढ़ा दी।

वीरां नींद से भरी आंखे लिए प्रतीक्षा में खड़ी थी कि गोकुलचंद मार्ग दें तो वह अपने कमरे में जाकर सो जाए।

गोकुलचंद उसकी ओर घूमे और बिना कुछ कहे-सुने उनकी छड़ी वीरां के शरीर पर बरसने लगी। उनका चेहरा क्रोध से तमतमा रहा

था। आंखें बाहर निकल पड़ रही थीं और हाथ मशीनी ढंग से उठता और गिरता जा रहा था। उनका चेहरा विकृत हो चुका था और वह एकदम वहशी लग रहे थे।

कल्याणी एक ओर बड़े उदासीन ढंग से खड़ी थी और बच्चे सहमे हुए अपनी सांस रोके दीवार के साथ टिके हुए थे।

वीरां की नींद टूटी थी तो एकदम समझ गई थी कि वह बिना प्रकाश बंद किए हुए, गोकुलचंद और बच्चों की प्रतीक्षा में ही सो गई थी। और अब गोकुलचंद को थोड़ी-सी भी प्रतीक्षा करनी पड़ी होगी तो वह अवश्य नाराज़ होंगें। नाराज़ तो वैसे ही काफी रहते थे, इसलिए उन्हें और नाराज़ होने का अवसर क्यों दिया जाए वह खड़ांवे पैरों में अड़ा कर भागी आई थी। गोकुलचंद के चेहरे पर से उसने उनकी नाराज़गी भी पढ़ ली थी। पर वह इस बात के लिए तैयार नहीं थी कि वह बिना किसी भूमिका के उसे अपनी छड़ी से पीटना आरंभ कर देंगे।

उसने अपने होंठ दांतों से भींच लिए थे। उसके मुंह से सिसकी तक नहीं निकली थी और गोकुलचंद उसे टांगों पर, नितंबों पर, कमर पर, पीठ, पर, बाहों पर छड़ी से पीटते जा रहे थे...सट् सट्। जब उनका क्रोध इस पर भी शांत न हुआ तो उन्होंने उसके पेट और छाती पर भी मारा। वीरां ने अपने बचाव के लिए केवल अपना चेहरा अपने हाथों से ढंक लिया, ताकि चेहरे पर चोट न लगे। शेष सारा शरीर गोकुलचंद के सामने था, जहां मन चाहे छड़ी चला दें।

सहसा वीरां लड़खड़ाई और फर्श पर गिर पड़ी।

गोकुलचंद की छड़ी रुकी और जीभ चल पड़ी, "हरामज़ादी! सूअर की बच्ची! मकर मारती है मेरे साथ। इतनी गहरी नींद भी कोई सोता है कि किवाड़ तोड़ देने पर भी न जागे। कुतिया कहीं की, हम जब सैर करने गए थे, अभी घर के बाहर थे तो तू सोई ही क्यों? कमीनी कहीं की। कमीनों की औलाद! हम आधे घंटे से दरवाज़ा तोड़ रहे हैं, गला फाड़ रहे हैं और इस हरामज़ादी के कान पर जूं भी नहीं रेंगी। ऐसा भी कहीं हो सकता है। चुड़ैल हमारा तमाशा बना कर

खुश हो रही थी। मैं खाल खींच लूंगा तेरी कुत्ती रन[1]।"

वीरां फर्श पर अचेत-सी पड़ी हुई थी, उसकी ओर से कोई प्रतिवाद नहीं हुआ। गोकुलचंद ने कल्याणी की बांह पकड़ी और अपने कमरे की ओर चल पड़े। कल्याणी ने उनकी कमर में अपना हाथ डाल दिया और उनसे एकदम सट गई। उसका चेहरा प्रसन्नता से खिल पड़ रहा था। उसकी आंखों से मादकता ढल रही थी।

कमरे के भीतर पहुंचते ही वह उल्लास से गोकुलचंद से लिपट गई, "मेरे बालम ।"

तीनों बच्चे मां के पास बैठ गए। वे तीनों ही रो रहे थे। कमला और सालगराम बाप के भय से अपने मुंह से आवाज़ नहीं निकलने दे रहे थे। पर जुगल ने मुंह बसोर कर रोना आरम्भ किया और थोड़ी ही देर में वह चीख़-चींख़ कर रोने लगा।

तभी गोकुलचंद के कमरे का दरवाज़ा ज़ोर की आवाज़ करते हुए बंद हुआ, "फटाक !"

थोड़ी देर में वीरां हिली और फिर वह उठ बैठी। उसने अपने हाथों, पैरों को थोड़ा-सा दबाया और फिर बच्चों को लेकर ऊपर आई। उसने बच्चों को एक-एक कर गले से लगाकर प्यार किया और उनके आंसू पोंछ दिए। फिर उसने उनको सुला दिया। इस सारे समय में वह एक शब्द भी नहीं बोली।

बच्चों के सोने के पश्चात् उसने अपने कपड़े हटाए और अपने शरीर को देखा। उसकी टांगों, बाहों, पेट, तथा कमर पर छड़ी के चिह्न अंकित हो गए थे। उसने पीठ पर हाथ फेरा। कहीं-कहीं से खाल फट-सी गई थी। सारा शरीर नीला-काला हो गया था।

उसने पहली बार एक लंबी 'सी' की और फिर रसोई में जाकर चूल्हा जलाने लगी, ताकि अपने शरीर को सेंक सके।

---

१. स्त्री

२२

गंगा को गोकुलचंद का पत्र मिला कि वह घबराए नहीं, वह जल्दी ही उसे लेने आ रहे हैं। गंगा की खुशी का ठिकाना न रहा। पत्र क्या था उसके लिए सौभाग्य का संदेश था। उसकी आंखों के सामने गोकुलचंद की शक्ल तैरने लगी। गोकुलचंद के साथ बिताए गए ढाई वर्ष उसके जीवन का स्वर्णिम काल था। यह वह समय था, जब उसने अच्छा खाया था, अच्छा पहना था और सम्मान के साथ रही थी। गोकुलचंद का वापस मिल जाना, उस सारे स्वर्णिम युग का लौट आना था, जो वह एक तरह से खो चुकी थी।

वैसे, अच्छे खाने का अभाव उसे जान बाल्डिक के घर पर भी नहीं था। साहब और खानसामा दोनों ही उससे प्रसन्न थे और घर में जो अच्छी से अच्छी चीज बनती, वह उसे मिल जाया करती थी। कपड़े बहुत अच्छे चाहे नहीं थे, पर कोई चिथड़े भी नहीं थे। पर यह जीवन कोई सम्मानित जीवन नहीं था। गोकुलचंद के साथ वह उनकी पत्नी के रूप में रहती थी। लोग यदि उसे उनकी रखैल भी मानते रहे हों, तो भी वह एक ही पुरुष से संबद्ध थी और वह पहला पुरुष था जो उसके जीवन में आया था। घर में उसका स्थान पत्नी से कम नहीं था और बाहर भी उसका परिचय गोकुलचंद की पत्नी के रूप में ही दिया जाता था। पर यहां वह नौकरों के कमरे में पड़ी थी। दयावश दिया हुआ खाती थी और और सबसे बड़ी बात कि वह अपनी ही आंखों में वेश्या थी। गोकुलचंद के साथ उसने पत्नी के रूप में ढाई वर्ष न बिताए होते तो और बात थी। तब शायद वेश्यावृत्ति भी उसको इतनी नहीं चुभती। पर अब वह अपनी आंखों में स्वयं ही गिर गई थी। पर खैर कोई बात नहीं। अब गोकुलचंद शीघ्र ही उसे फिर लेने आ रहे थे।

इस ओर से आश्वस्त होकर गंगा के मन में अनेक जिज्ञासाएं उभरने लगी थीं। यदि गोकुलचंद अब उसको लेने के लिए आ रहे थे तो

उन्होंने उसे पहले छोड़ा ही क्यों था ? वह उसे धोखा देकर, उससे झूठ बोलकर उसे छोड़ गए थे। फिर जब उसने अपने भाई धनसिंह से पत्र लिखवाए थे तो उनका उत्तर उन्होंने क्यों नहीं दिया था ? अब पहले ही पत्र का उत्तर उन्होंने दिया था कि वह उसे लेने आ रहे थे।

कहीं ऐसा तो नहीं है...गंगा के मन में एक आशंका जागी...कि कोई और व्यक्ति उसे और गोकुलचंद दोनों को धोखा देता रहा हो। यह भी तो हो सकता है कि जब वह मथुरादास के घर गई थी, गोकुलचंद वहीं हों और मथुरादास ने उससे झूठ बोला हो और उसके लौट आने के बाद गोकुलचंद उसकी प्रतीक्षा करते-करते निराश होकर लौट गए हों। जो पत्र उसने लिखवाए थे, हो सकता है कि उन तक पहुंचे ही न हों। कोई भी तो नहीं चाहता था कि गोकुलचंद उसे अपने पास रखें। वीरां ने नगर से चलने से पहले उसे कितना डराया था। दफ्तर के लोग नहीं चाहते थे कि गोकुलचंद उसके साथ सुखी रहें, उनके रिश्तेदार और बिरादरी के लोग गंगा के विरुद्ध थे। वीरां गंगा को घर में रखना नहीं चाहती थी। ऐसी अवस्था में कोई भी हो सकता है जिसने गोकुलचंद को उसके विषय में झूठी सूचना दे दी हो। कोई भी हो सकता है जिसने उसके पत्र गोकुलचंद को न पहुंचने दिए हों। वह उनसे व्यर्थ ही रुष्ट थी...

गंगा के भीतर एक उल्लास समा गया था। सारा दिन किधर निकल गया, उसे पता ही नहीं चला। पत्र मिलने के बाद से उसका जीवन बहुत मधुर हो गया था। अब उसे क्षण-क्षण करके समय काटने की आवश्यकता नहीं थी। वह तो आनन्द की धारा में बह रही थी और जब गोकुलचंद के आने पर उसका इस प्रकार इस धारा में बहना समाप्त हो जाएगा, तब उसको इससे भी अधिक आनन्द की प्राप्ति होगी।

रात के खाने के पश्चात् जब खानसामा उसे साहब का बुलावा दे गया, तब वह अपने स्वप्न लोक से बाहर आई। उसके मन में पहली प्रतिक्रिया जागी, क्या अब भी, गोकुलचंद का पत्र आ जाने के पश्चात् भी, उसका उस गोरे रोमहीन लिजलिजे शरीर का बोझ स्वीकारना

आवश्यक था । अब तो गोकुलचंद आ रहे थे, फिर उसको क्या आवश्यकता थी कि वह अपनी रातें साहब के पास गुजारे ? अब तो उसे साहब को कह देना चाहिए था कि गोकुलचंद उसे लेने आ रहे हैं ।

वह बड़े बेमन से उठी और जान वाल्डिक के कमरे में पहुंची ।

कमरे में बड़ा धीमा-सा प्रकाश था । साहब अपने कपड़े उतारकर बिस्तर में जा चुका था ।

गंगा के कमरे में प्रवेश करने पर उसने लेटे-लेटे ही जरा-सा गर्दन उठा कर उसे देखा और बोला, "आ जाओ ।"

गंगा धीरे-धीरे चलती हुई उसके पलंग के पास पहुंची और खड़ी हो गई । उसने देखा उसके आने के पहले ही वह काफी उत्तेजित था । उसकी भूखी आंखें बार-बार गंगा के शरीर पर टिक जाती थीं । उसकी सांस भी तेजी से चल रही थी । वह उसके आने के पूर्व ही पूरी तरह तैयार था ।

"डेखटा क्या है ?" साहब बोला, "बिस्टर में आ जाओ ।"

उसके स्वर की तेजी का एहसास गंगा को हुआ । वह उसकी देर से बुरी तरह खीजा हुआ था और अब एक क्षण भी नहीं रुक सकता था ।

गंगा धीरे से बोली, "साहब !"

"बोलना नहीं है ।" साहब ने अपना हाथ बढ़ाकर लेटे-लेटे ही गंगा को चारपाई पर घसीट लिया और फिर कंबल हटाकर उसे अपने साथ चिपका लिया ।

गंगा ने देखा, वह पूर्णतः नग्न था ।

"बात तो सुनो । गंगा ने अपने हाथ से उसे जरा-सा रोका, "बड़े बाबू...।"

"हम बोला न बाट नहीं करना है ।" साहब बोला, "बड़ा बाबू, छोटा बाबू कुछ भी नहीं ।"

गंगा अब तक उसके नीचे दब गई थी और वह उसके कपड़ों से उलझा हुआ था ।

"मैं कह रही थी ।" गंगा ने फिर अपनी बात कही, "कि बड़े बाबू गोकुलचंद कि चिट्ठी आई है कि वह मुझे लेने आ रहे हैं ।"

"गोकुलचंड टुमको लेने को आटा है ?" साहब क्षण भर के लिए थम गया। यह सूचना उसके लिए बहुत ही अप्रत्याशित थी और वह यह कभी नहीं चाहता था।

"हां।" गंगा ने उसे फिर रोका, "आप मेरी बात तो सुनिए।"

"हमको रोको मट।" साहब ने कहा।

उसके चेहरे पर आई क्षण भर की स्तब्धता गायब हो गई थी और फिर उसका चेहरा तमतमा रहा था।

कुछ क्षणों के पश्चात् वह गंगा के बगल में शिथिल-सा पड़ा था। उसने दो-तीन बार तेज़-तेज़ सांस ली और बोला, "अब बोलो टुम क्या बोलटा था ?"

गंगा ने उसे बार-बार रोका था पर उसने उसकी एक भी नहीं सुनी थी। गंगा रुआंसी हो गई। वह एकदम खीझ उठी थी। बोली, "कुछ नहीं कहना है मुझको।"

साहब ने उसे देखा। गंगा की आंखों में आंसू तैर आए थे। उसका चेहरा बुरी तरह क्षुब्ध था।

"नाराज मट होवो माई लव !" साहब बोला, "गोकुलचंड टुमको लेने को आटा है ?"

"हां !" गंगा बोली। उसके आंसू गालों पर ढुलक आए थे।

"टुम उस सूअर का साथ जाना मांगटा है ?" साहब ने अनमने मन से पूछा।

"साहब !" गंगा और भी खीझ उठी, "आप मेरे पति को गाली न दें।"

"ओह ! टुमको बुरा लगा। हिंदुस्टानी औरट गुस्सा में और हसीन लगटा है।" साहब ने कहा।

पर गंगा के बदले हुए तेवर जान बाल्डिक भी देख रहा था। यदि गोकुलचंद सचमुच ही आ गया तो गंगा उसके साथ चली जाएगी...वह सोच रहा था...और यह वह किसी भी प्रकार नहीं चाहता था। गंगा को प्रसन्न रखना चाहिए, चाहे उस पर और पैसा खर्च हो और उसकी अधिक खुशामद करनी पड़े। औरतें तो और भी मिल सकती थीं,

पर जिस ढ़ंग से गंगा खुल्लमखुल्ली उसके पास रह रही थी, वैसा प्रबंध सरल नहीं था। फिर गंगा का सौंदर्य और उसके तौर-तरीके स्थानीय स्त्रियों से भिन्न थे। गंगा साधारण स्त्री नहीं थी।

उसने पलट कर गंगा को देखा वह उसी प्रकार खीझी बैठी थी और उसकी आंखों से आंसू बह रहे थे।

जान बाल्डिक उठा। अपने पर्स में से उसने एक नोट निकाला और लाकर गंगा की गोद में फेंक दिया।

"रोओ मट गंगा।" वह बोला, "लो और खुश रहो।"

गंगा ने नोट को देखा, पांच रुपयों का नोट था। पांच रुपए··· गंगा की आखें फटी रह गई। पांच रुपए और इस सुविधा से। उसने साहब की ओर देखा। उसकी आंसुओं के बीच में मुस्कान झलकी।

"खुश है ?" साहब ने पूछा।

उसने स्वकृति में सर झुका दिया।

"टो जाओ।" साहब बोला, "रोओ मट।"

गंगा ने उठकर कपड़े पहने और बाहर निकल गई। पांच रुपए का नोट उसने अपनी मुट्ठी में बुरी तरह भींच रखा था।

गंगा पर अब खर्च अधिक होगा···जान बाल्डिक ने फिर सोचा··· और उस सूअर के बच्चे के साथ भी निबटना होगा। कभी तो गोकुलचंद मेरे अधीन होगा ही।

जान बाल्डिक मुंह में कड़ुवाहट लेकर सोने का प्रयत्न करने लगा।

२३

गोकुलचंद ने कल्याणी को गंगा के विषय में सब कुछ बता रखा था। उन्हें छिपाने की आवश्यकता नहीं लगी थी। वह किसी कुंवारी को ब्याह कर तो ले नहीं जा रहे थे कि पुराना जीवन छिपाने की आवश्यकता होती। फिर वीरां और बच्चे तो घर पर थे ही। ऐसी स्थिति में गोकुलचंद यह नहीं कह सकते थे कि कल्याणी से पहले उसका संबंध किसी अन्य स्त्री से रहा ही नहीं है। उन्हें यह भी लगा था कि कल्याणी

को यह मालूम करके प्रसन्नता ही होगी कि अपनी पहली प्रेमिका को उसके सौन्दर्य से अभिभूत होकर छोड़ रहे हैं। नहीं तो कल्याणी के साथ उसका संबन्ध ही क्या था। वह तो गंगा को लेने जा रहे थे। पालमपुर में अपने एक मित्र के माध्यम से वह कल्याणी तक जा पहुंचे थे। कल्याणी किसी भी पुरुष के साथ चलने को तैयार बैठी थी। वह उसके सौन्दर्य से अभीभूत होकर उसे लेकर पालमपुर से ही लौट आए थे। 'नगर' तक जाने की उन्हें आवश्यकता ही नहीं पड़ी थी। वैसे भी किसी स्त्री के साथ अपने संबंध को वह बुराई नहीं मानते थे। यह तो उनके पौरुष का प्रतीक था। मर्द का क्या है! वह तो शेर बच्चा है। ऐसे खेल तो उसे महत्वपूर्ण बना देते हैं।

अब उन्होंने उसे गंगा के पत्र आने और उसके दिए गए उत्तर के विषय में भी बता दिया था। उसके सामने तो कल्याणी ने भी यह स्वीकार कर लिया था कि उनका आश्वासन भरा पत्र केवल जान बाल्डिक के साथ गंगा के संबंध बिगाड़ने के प्रयोजन से लिखा था पर उनके दफ्तर जानें के बाद जब कल्याणी अकेली हुई तो उसके मन में आशंकाएं सर उठाने लगी थीं।

ऊपर से कल्याणी ने चाहे कभी न कहा हो, पर वह भीतर से गोकुलचंद पर कभी भी पूरा विश्वास नहीं कर पाई थी। यह पुरुष स्त्रियों के सन्दर्भ में कभी भी विश्वसनीय नहीं हो सकता... वह सोचा करती थी...जिसने वीरां को गंगा के लिए त्याग दिया। फिर गंगा के साथ धोखा किया और अंत में स्वयं उसके लिए वीरां और गंगा दोनों को त्यागा; वह क्या किसी अन्य स्त्री के लिए कल्याणी को नहीं छोड़ सकता? उसके मन ने इस प्रश्न का उत्तर कभी भी नकार कर नहीं दिया था।

वीरां के भाइयों की बात मानकर गोकुलचंद गंगा को छोड़ आया था तो क्या गंगा को लाने के लिए फिर वह कल्याणी के साथ धोखा करेगा? गोकुलचंद बार-बार उसे समझा कर गए थे कि गंगा को दिया गया आश्वासन झूठा है। पर उससे क्या? गंगा को भी तो उन्होंने बार-बार यही कहा था कि वीरां के भाइयों को दिया गया आश्वासन

झूठा है। पर वह आश्वासन झूठा नहीं था। तो क्या अब कल्याणी की बारी थी ? उसे इस घर से भी निकलना था ??

और कल्याणी बार-बार मुड़कर अपने पिछले जीवन को देख रही थी।

कल्याणी का परिवार कब पंजाब के मैदानों से ऊपर जाकर नूरपुर में बस गया था, इसकी उसे कोई याद नहीं थी। बचपन की बातें भी उसे बहुत याद नहीं थी। वीरां को बहुधा वह अपने बचपन के किस्से सुनाया करती थी, किंतु उसकी अपनी स्मृति में उसका जीवन वहां से आरंभ होता था, जब उसका विवाह चन्ननशाह के साथ हुआ था। अपने पति की समृद्धि के विषय में उसने बहुत कुछ सुन रखा था। पर अपने ससुराल बड़ाशहर जाकर उसने सचमुच का वैभव अपनी आंखों से देखा था।

चन्ननशाह का परिवार पीढ़ियों से साहूकारे का काम करता था। लोगों को रुपया-पैसा उधार देना और ब्याज लेना, मुसीबत में पड़े हुए लोगों के सोने और चांदी के गहने और दूसरी मूल्यवान वस्तुएं बंधक रखनी और उनके बदले धन देना।

बड़ाशहर में उनकी बहुत बड़ी हवेली थी। पुराने, कच्चे और छोटे-छोटे घरों में पुराने समय की बड़े-बड़े पत्थरों की विशाल हवेली एक विरोध-सा पैदा करती थी। चन्ननशाह ने विवाह के बाद पहले ही दिन कल्याणी से पूछा था, "हमारी हवेली देखोगी ?"

कल्याणी जब से आई थी, आंखें फाड़-फाड़ कर हवेली को देख रही थी। कभी वह गज़-गज़ भर के पने की दीवारों को देखती, कभी चूँ-चूँ कर खुलते हुए, मोटी-मोटी सांकलों वाले, मजबूत लकड़ी के भारी-भरकम दरवाज़ों को देखती और कभी दरवाज़ों और छतों पर हुई मीनाकारी को देखती रहती थी। उसे लाकर सबसे बड़े कमरे 'रंगमहल' में बैठाया गया था। रंगमहल की छत, दरवाज़े, खिड़कियां सब कुछ महीन मीनाकारी से भरे थे। फर्श स्वच्छ सफेद पत्थर का था, शफ़्फाफ, बेदाग़। इन पहाड़ी क्षेत्रों में ऐसी हवेली लगभग असंभव थी।

दूसरी मंज़िल का यह कमरा स्त्रियों के बैठने का मुख्य कमरा था।

सुन्दर खिड़कियों के साथ ऊंचा चबूतरा बना था, जिस पर कल्याणी को बैठाया गया था। घर में और कोई नहीं था। वह थी और चन्ननशाह था। इसलिए वह अकेली ही बैठी रही थी। बाहर से जब कोई स्त्री उसे देखने आती थी, वह चबूतरे से नीचे फर्श पर ही बैठती थी। गांव में कोई स्त्री उसके बराबर की नहीं थी, जो चबूतरे पर बैठ सकती।

तब से हवेली देखने को उत्सुक कल्याणी को अब अवसर मिला था। उसने सर हिलाकर स्वीकृति दे दी।

चन्ननशाह ने हाथ पकड़कर उसे उठाया और दूसरी मंज़िल के सारे कमरे दिखाता हुआ उसे नीचे ले आया। वह आगे-आगे चलता गया था और कल्याणी पीछे-पीछे। वे लोग कमरे पर कमरा पार करते गए थे। सारे कमरे भरे-पूरे और सजे हुए थे। पर सारे घर में कोई नहीं था। पहले कल्याणी ने एक युवक नौकर और एक बूढ़ी स्त्री नौकरानी को देखा था। वे लोग भी पता नहीं कहां थे। चन्ननशाह ने शायद उन्हें कहीं भेज दिया था।

फिर वे लोग एक-दो खाली, पुराने और उधड़े फर्श और दीवारों वाले कमरे में आए। और सहसा चन्ननशाह रुक गया। उसने तेज़ प्रकाश वाली एक लालटेन जला ली थी और अब एक बीहड़ से दरवाजे को खोल रहा था। कल्याणी को पता नहीं चला कि उसने दरवाज़े को कैसे खोला। पर दरवाज़ा खुल जाने पर उसने जमीन के नीचे किसी तहखाने की ओर जाती हुई सीढ़ियों को देख कल्याणी का बारह वर्षीय बाल-मन कांप गया था।

उसने बहुत धीरे से कहा था, "अब वापस चलो।"

पर चन्ननशाह रुका नहीं। उसने कल्याणी का हाथ पकड़ कर खींचा, "देखो, देखने वाली चीज़ तो अब आई है।"

वह सीढ़ियां उतरने लगा। नीचे घुप अंधेरा था। लालटेन के प्रकाश के पार कुछ भी दिखाई नहीं पड़ता था। लालटेन की रोशनी में केवल बड़े-बड़े पुराने पत्थरों की भयानक दीवार नजर आ रही थी। सीढ़ियां ऊबड़-खाबड़ और काफी बड़ी-बड़ी थीं। कल्याणी बड़ी कठिनाई से सीढ़ियां उतर पा रही थी। उसके माथे से पसीना चूने लगा था।

वह सोच रही थी, उसके बाप ने उसे कहां धकेल दिया।

उस अंधेरे में युवक चन्ननशाह का बलिष्ठ शरीर, उसकी बड़ी-बड़ी मूंछे, शराब से चढ़ी हुई आंखें और बड़े-बड़े पत्थरोंपर पड़ती हुई उसकी विराट छाया बहुत भयंकर लग रही थी। उसे चन्ननशाह से ही डर लगने लगा था। क्या वह तहखाने में ले जाकर उसकी हत्या कर देगा? वह एक हाथ से कल्याणी का गला दबा कर उसे मार सकता था। इस तहखाने में गूँजती हुई उसकी आवाज़ यहीं दीवारों से सर धुन-धुन कर मर जाएगी। उसकी आवाज़ कोई नहीं सुन पाएगा। पर उसे मार कर चन्ननशाह को क्या मिलेगा? वह उसकी पत्नी है। वह उसे नहीं मारेगा। वह चन्ननशाह से चिपक गई।

"डर लगता है?" चन्ननशाह हंसा, "डरने की कोई बात नहीं है।"

वह कुछ आश्वस्त हो गई।

अब तक वे सीढ़ियां समाप्त कर चुके थे।

"लो देखो।" चन्ननशाह ने लालटेन ऊंची की।

और कल्याणी ने देखा, उसके सामने फर्श पर कई चीज़ों के ढेर थे। उसने अन्न के ढेर लगे देखे थे, पर यहां फर्श पर किसी खलिहान के समान सोने-चांदी के गहनों के ढेर थे। एक ढेर चांदी के रुपयों का था। और दूसरा सोने की अशरफियों का।

कल्याणी भौंचक-सी अपना मुंह खोले चन्ननशाह की ओर देख रही थी।

चन्ननशाह फिर हंसा, "मैं तुम्हें इसीलिए नीचे लाया था कि तुम अपनी आंखों से स्वयं देख लो। यदि तुम सब न देखतीं और मैं तुम्हें बताता तो मेरा विश्वास न करतीं।"

कल्याणी ने कांपती हुई आवाज़ में पूछा, "आप के पास कितना धन है?"

"मुझे स्वयं कोई अंदाज़ नहीं है।" चन्ननशाह बोला, "ये गहने लोगों के हैं, जो बंधक रखे गए थे, पर अब इनके वापस जाने की कोई संभावना नहीं है। चांदी के रुपए और सोने की अशरफियां मेरी हैं और परे पड़े लोहे के संदूकों में कागज़ के नोट हैं।"

उसने लालटेन वाला हाथ और ऊंचा कर दिया।

कल्याणी फटी-फटी आंखों से संदूकों को देखती रही थी।

"आओ।" और चन्ननशाह उसका हाथ पकड़कर, वैसे ही सीढ़ी-सीढ़ी करता हुआ ऊपर ले आया था।

कल्याणी के मन में चन्ननशाह के लिए वह भय नहीं रह गया था, जो तहखाने में जाते समय उसके मन में समा गया था। पर अब उसके मन में चन्ननशाह के लिए एक दूसरे प्रकार का भय था।

वह लौटकर रंगमहल में आई तो वह युवक नौकर तथा वृद्धा नौकरानी फिर से प्रकट हो गए थे। उन्होंने बहुत अच्छी तरह दोनों को खाना खिलाया। खाने में चीज़ों का कोई हिसाब नहीं था और जिन बर्तनों में खाना परसा गया था, वे सब चांदी के थे। चांदी के भारी-भारी थाल। चांदी की मीनाकारी से भरी हुई सुंदर कटोरियां। चांदी के ही गिलास। कल्याणी व्यंजनों और बर्तनों को देखती ही रह गई थी।

खाने के बाद कल्याणी को सोने के कमरे में पहुंचा दिया गया था। और नौकर फिर से गायब हो गए थे। कल्याणी पर इस घर का तथा चन्ननशाह का आतंक छाता जा रहा था। इस कमरे में दो बड़े-बड़े पलंग रखे थे, जिन पर बहुत ही मुलायम गद्देदार बिस्तर था और दीवारों पर जगह-जगह शीशे लगे हुए थे और कमरा बहुत सारी बत्तियों से प्रकाशित था।

जब चन्ननशाह उसके पास आया तो उसकी आंखें शराब से और भी चढ़ गई थीं और मूंछे अधिक अकड़ी हुई लग रही थीं। पर वह पूरी तरह होश में था और उसके व्यवहार में कहीं भी अशिष्टता नहीं थी।

उसने आते ही, कल्याणी को उठाकर अपनी बाहों में पीस डाला। कल्याणी को पहली बार एहसास हुआ कि आयु और शरीर में वह चन्ननशाह से बहुत कम है और वह जोड़ी बहुत सुविधाजनक नहीं थी। फिर भी उसे देखना था, आगे क्या होता है।

चन्ननशाह ने जब उसे अच्छी तरह प्यार किया और उसके शरीर

को वह झकझोरने लगा, तब बहुत हल्के से कल्याणी ने कहा, "आज मैं बहुत थकी हुई हूं।"

"पर आज की रात खाली नहीं जानी चाहिए।" और चन्ननशाह ने रुकने का कोई संकेत नहीं दिया।

कल्याणी कांप रही थी और चन्ननशाह उसे संभोग के लिए तैयार कर रहा था। वह एकदम उत्तेजित नहीं थी। उसके मन में काम का ताप नहीं था। वह भय से ठंडी पड़ गई थी और फटी-फटी आंखों से चन्ननशाह को देख रही थी। और चन्ननशाह क्रुद्ध सर्प की तरह फुफकार रहा था।

कल्याणी ने किसी प्रकार अपनी चीख को होंठों में रोका और तड़पती हुई बोली, "बत्ती तो बुझा दो।"

"यहां देखने वाला कौन है।" चन्ननशाह अपने पूरे भार के साथ उस पर जोर से गिरा।

कल्याणी की आंखों से आंसू बहते जा रहे थे।

थोड़ी देर में चन्ननशाह दूसरे पलंग पर पड़ा उसे घूर रहा था, "तुम औरत हो या...काठ! ठंडी काठ। बेजान।"

कल्याणी कुछ नहीं बोली। वह उसी प्रकार रोती रही।

चन्ननशाह ने वैसे ही लेटे-लेटे उसे एक लात जमाई, "अब रोती किसलिए है मांस की लोथ।"

और वह करवट बदल कर सो गया।

उसके बाद कल्याणी के कई दिन रोते हुए और रातें भय से कांपते हुए बीतीं। दिन प्रति दिन उस पर आतंक बढ़ता जा रहा था और रातों को शारीरिक पीड़ा असह्य होती जा रही थी। सप्ताह भर के भीतर ही वह बीमार होकर पलंग से लग गई थी।

और तब शान्ति आई थी उससे मिलने के लिए। शांति गांव की कहारन की लड़की थी। वह आयु में कल्याणी से बड़ी थी और डील-डौल में उससे अच्छी थी। उसका शरीर पूरी तरह विकसित था और यौवन की मादकता उसके चेहरे और आंखों में छलकती थी। कहारन पहले भी आती थी, पर शांति का आना अब आरम्भ हुआ था। पर वह इस घर

से अपरिचित नहीं थी। कल्याणी उसके तौर-तरीके से सारी बात भांप गई थी।

कहारन घर के अनेक काम करती थी, पर शांति अपना सारा दिन इधर-उधर करते ही काट देती थी। उसे घर में कहीं भी आने-जाने में संकोच नहीं था। वह सारी हवेली में मस्त फिरा करती थी। उससे मिलने के तीसरे-चौथे दिन ही रात को काफी अंधेरा हो जाने पर भी कल्याणी ने शांति को हवेली में देखा। कहारन शाम को ही घर चली जाती थी, यह उसे मालूम था।

उसके त्रस्त और बीमार मन में आशंकाएं जागीं और वह नाराज़गी के स्वर में बोली, "शांति ! तू अभी तक घर नहीं गई ?"

शांति आंखें तिरछी कर मुस्कराई और इठला कर बोली, "मालिक ने काम से रोक रखा है।"

कल्याणी का क्रोध और भी बढ़ गया। वह चीख़ कर बोली, "इस समय तेरा यहां क्या काम है !"

शांति फिर मुस्कराई, "यह तो मालिक से ही पूछो, मालकिन ! बहुत सारे काम हैं, जो तुम्हारा कोमल शरीर नहीं कर सकता, वे नौकरों-चाकरों को करने पड़ते हैं।"

शांति ने बात स्पष्ट कर दी थी और कल्याणी उसकी बात समझ भी रही थी, पर क्या कर सकती थी। शांति बहुत ढीठ हो चुकी थी।

रात को चन्ननशाह कल्याणी के पास नहीं आया था। बीमार कल्याणी के पास आकर करता भी क्या ? और कोई दिन होता तो कल्याणी इस ओर ध्यान भी नहीं देती। वह मान लेती कि अपने काम में कहीं लगा होगा। रोज़ रात को उसका कल्याणी के पास होना आवश्यक तो नहीं था। पर आज शांति घर में थी, इसलिए चन्ननशाह का कल्याणी के पास आना बहुत आवश्यक था।

वह हिम्मत करके किसी प्रकार अपने पलंग से नीचे उतरा और

दीवार का सहारा लेते हुए दरवाज़ें तक आई। पर आगे बढ़ने की उसमें हिम्मत नहीं थी। वह वहीं चौखट पर बैठ गई। जाने कब तक वह उसी प्रकार बैठी रही। कमज़ोरी से सर में चक्कर आ रहे थे और आखों के के सामने लाल-पीले वृत्त नाच रहे थे।

सर के चक्कर जब कुछ थमे और सांस ठीक से आने लगी तो कल्याणी अपनी जगह से उठी और दीवार का सहारा लेती हुई, दालान के पार के कमरे तक पहुंची जिसके दरवाज़े से प्रकाश बाहर आ रहा था। शेष सारी हवेली अंधेरी पड़ी थी। निश्चित रूप से चन्ननशाह उसी कमरे में था। शांति ? "शांति चली गई होगी !"...उसने स्वयं को बहलाया...पर वह स्वयं जानती थी कि यह झूठ है। शांति भी वहीं होगी, उसी कमरे में चन्ननशाह के साथ। शायद दोनों एक ही बिस्तर पर हों। तब कल्याणी क्या करेगी ?

उसके मन में एक हल्की सी इच्छा थी कि जब कल्याणी उस कमरे में पहुंचे तो शांति वहां न हो। उसका मन संतुष्ट हो जाएगा। उसके पश्चात चाहे चन्ननशाह उसके पास न आए। शांति सारी रात उसकी गोद में बैठी रहे। वह कम से कम स्वयं को समझा सकेगी कि शांति हवेली में नहीं है और चन्ननशाह किसी काम में लगे होने के कारण उसके पास नहीं आया है।

कमरे के पास पहुंचते ही उसके मन में निश्चित धारणा थी कि उस कमरे में चन्ननशाह अकेला है। शांति भी साथ होती तो कम से कम दरवाज़ा भीतर से बन्द भी न होता तो भिड़ा अवश्य होता। पर वह तो पूरी तरह खुला था। शांति अवश्य ही वहां नहीं है। उसने व्यर्थ ही अपने मन में चन्ननशाह के विरुद्ध भ्रम पाल रखे हैं।

पर अगले पग ने ही उसे बता दिया कि चन्ननशाह कमरे में अकेला नहीं है। वह कुछ कह रहा था। कोई न कोई अवश्य है...

वह तेज़ी से लड़खड़ाती हुई बीच दरवाज़े के पहुंच गई !

कमरा पूरी तरह से प्रकाशित था। दरवाज़ा दूसरा खुला हुआ था और एक पलग पर चन्ननशाह और शांति पूरी तरह से विवस्त्र एक दूसरे से लिपटे पड़े थे, जैसे पुरुष-नारी न होकर सर्प-सर्पिणी हों

कल्याणी ने चौखट को पकड़ कर स्वयं को सम्भाला । उसके मुंह से विचित्र-सी आवाज़ निकली, जिसे वह स्वयं नहीं समझ सकी ।

शांति और चन्ननशाह दोनों ने सर उठाकर उसे देखा और दोनों ही खिलखिला कर हंस पड़े। पृथक होने के प्रयत्न का कोई आभास उन्होंने नहीं दिया । न ही उनके व्यवहार से ऐसा लगा जैसे उनका निर्वस्त्र होना, या लिपटे हुए होना कोई ऐसा दृश्य है जो तीसरे व्यक्ति की आंखों में अनुचित होगा और विशेष कर चन्ननशाह की पत्नी की दृष्टि में।

"अपने कमरे में जाकर सो रह !" चन्ननशाह बोला और वह फिर शांति की ओर मुड़ गया ।

कल्याणी के शरीर का सारा खून उसके मस्तिष्क की ओर दौड़ा । वह एकदम भूल गई कि वह बीमार है, या इस घर में उसका क्या स्थान है या चन्ननशाह के सम्मुख वह कितनी विवश है । वह एक ही बात जानती थी कि जो कुछ उसके सामने है, वह अनुचित है और वह उसे सहन नहीं करेगी ।

एक ही झटके में वह पलंग की पाटी तक पहुंच गई और पाटी पकड़ कर खड़ी रह गई । वह नहीं जानती थी कि वह क्या करने जा रही थी, उसे क्या करना चाहिए था, या वह क्या कर सकती थी ।

"नहीं मानती ।" चन्ननशाह बोला ।

कल्याणी अपनी लाल-लाल आंखों से उसे घूरती रही ।

वह शांति को छोड़ कर उठा । कल्याणी ने देखा उसके शरीर पर एक तार तक नहीं था । उसका नग्न शरीर पलंग के नीचे उतर आया। और शांति उसी प्रकार विवस्त्रा, पलंग पर पड़ी-पड़ी उसे देख कर मुस्कराती रही ।

चन्ननशाह ने एक भरपूर लात कल्याणी को मारी । कल्याणी भहरा कर फर्श पर गिर पड़ी ।

"खुद से कुछ होता नहीं ।" चन्ननशाह बोला, "और किसी को करने नहीं देगी । चुपचाप चली जा यहां से हरामज़ादी, मांस की लोथ! नहीं तो उठा कर तहखाने में डाल दूंगा ।"

शांति खिलखिला कर हंस पड़ी।

चन्ननशाह ने झुक कर फर्श पर गिरी हुई कल्याणी को दो-तीन थप्पड़ लगा दिए। फिर उसने उसका हाथ पकड़ कर घसीटा; पर अगले ही क्षण उसने उसका हाथ छोड़ दिया। इस बार उसने कल्याणी की टांग पकड़ कर घसीटना आरम्भ किया और घसीटता हुआ उसे, उसके कमरे के द्वार पर पटक गया।

"यहां से हिली हरामज़ादी तो मार डालूंगा।"

चन्ननशाह का नंगा शरीर, वापस शांति के पास लौट गया।

कई दिनों तक कल्याणी अपने पलंग पर पड़ी रही। उसने किसी से कुछ नहीं कहा और किसी और ने भी उसे कुछ नहीं कहा। समय-समय पर वृद्धा नौकरानी उसे खाना दे जाती थी और 'कोई ज़रूरत ?' भी पूछ जाती थी। शांति की मां कहारन भी तीन-चार चक्कर लगा जाती थी और जो काम कल्याणी कहती, वह कर जाती थी। उसे शारीरिक रूप से किसी प्रकार का कष्ट नहीं था।

कल्याणी ने अपने मन को भी समझा लिया था कि इस प्रकार जल्दी में कोई काम करने का कोई लाभ नहीं है। सबसे आवश्यक अपना स्वास्थ्य है। जब तक वह बीमार है, उसे कुछ नहीं करना चाहिए। जब वह स्वयं स्वस्थ हो जाएगी, तब देखेगी कि चन्ननशाह क्या करता है और शांति क्या करती है।

पर इतना निश्चित था कि वह लड़कर चन्ननशाह से पार नहीं पा सकेगी। यदि सचमुच उसने क्रुद्ध होकर उसे तहखाने में डाल दिया तो वह क्या कर लेगी ? हवेली के दोनों नौकर न होने के बराबर थे। वे तो जैसे आज्ञा के पुतले थे। चन्ननशाह के विरुद्ध उनसे किसी भी प्रकार की सहायता की आशा नहीं की जा सकती थी। शांति और उसकी मां कहारन उसकी सहायता क्यों करने लगीं। अतः चन्ननशाह से लड़ने का कोई लाभ न था। उसे किसी और प्रकार से ही सुलझाना होगा।

स्वस्थ होकर यदि वह अपने शरीर के आकर्षण से चन्ननशाह का मन शांति की ओर से हटा सके, तभी बात बन सकती है। वह चन्ननशाह

की पत्नी अवश्य है, पर पत्नी का अधिकार कुछ भी नहीं है। वह तो वेश्या के समान ही चन्ननशाह पर नियंत्रण लगा सकती है। अन्यथा वह तो उसकी आश्रिता है। उसकी दया पर पड़ी है।

उसने अपने मन को काफी संभाल लिया था और उसका शरीर भी धीरे-धीरे स्वस्थ होता जा रहा था। इस बीच वह शांति का आना-जाना देखती रही। रातों को चन्ननशाह के साथ किसी दूसरे कमरे में उसके होने का एहसास उसे होता रहा। पर उसने अपने को संभाले रखा। उनसे लड़ने का कोई लाभ नहीं था और स्वयं को भी वह पीड़ित क्यों करे।

शाम को जब कहारन उससे काम पूछने आई तो कल्याणी ने उसका हाथ पकड़ उसे अपने पास बैठा लिया, "बैठ कहारन! तुझसे एक बात करने के लिए कब से सोच रही हूं।"

"कहो मालकिन!" कहारन उसके पलंग के पास, फर्श पर बैठ गई।

"कहारन!" कल्याणी बोली, "तू जानती है कि यहां मेरे पास और कोई नहीं है। मैं किसी से अपने मन की बात नहीं कर सकती। किसी से सलाह नहीं ले सकती। तू मेरी मां के समान है। तुझसे मैं सलाह मांगती हूं। बोल सलाह देगी?"

कहारन ने बड़े अटपटे ढंग से देखा, "मालकिन ने मुझे मान दिया है। अपनी क्षमता भर तो सलाह दूंगी ही।"

वह कल्याणी के और भी पास खिसक आई थी।

"कहारन!" कल्याणी ने फिर कहा, "कल तेरी बेटी की शादी होगी। वह अपने ससुराल जाएगी। उसका धनी उसको छोड़ किसी और स्त्री के पास रात भर पड़ा रहेगा और उसकी कोई बात नहीं सुनेगा, तो तू उसे क्या करने की सलाह देगी?"

वह बोली, "मालकिन! ऐसे में मैं क्या कर सकती हूं। यही कहूंगी कि अपने धनी को रिझा। जिस कारण वह दूसरी स्त्री के पास जाता है, वह बात तू अपने भीतर उस स्त्री से अधिक पैदा कर।"

कल्याणी हतप्रभ रह गई। कहारन ने उसे हरा दिया था। शांति के

पास जैसा शरीर था, वैसा मादक और विकसित यौवन प्राप्त करने के लिए कल्याणी को अभी कई वर्ष लगते। वह चीज कल्याणी अपने में कहां से लाती। या तो विवाह से पहले उसके माता-पिता ने इस विषय में सोचा होता।

कहारन से संकेतों में बात करने का कोई लाभ नहीं था। उससे तो खुलकर साफ-साफ बात करनी होगी, नहीं तो उसका उद्देश्य पूरा नहीं होगा।

"देख कहारन!" कल्याणी ने उसकी आंखों में देखा, "मैं नहीं जानती कि तुझे मालूम है कि नहीं कि मेरा धनी रात को मेरे पास नहीं सोता।"

कहारन ने स्वीकृति में सर हिलाया, "मालूम है मालकिन!"

कल्याणी कुछ और स्पष्ट हुई, "क्या तू यह भी जानती है कि रात को शांति मालिक के पलंग पर सोती है।"

"जानती हूं मालकिन!" कहारन ने फिर सर हिला दिया।

अब कल्याणी के लिए स्वयं को रोकना बहुत मुश्किल हो गया। वह क्रोध में फूट पड़ी, "कमीनी! बदज़ात! सब कुछ जानते हुए भी तू अपनी जवान बेटी को पराए पुरुष के पास हर रात भेज देती है।"

"क्रुद्ध न हो मालकिन!" कहारन उसी प्रकार स्थिर आवाज़ में बोली, "इस विषय में मैं क्या कर सकती हूं?"

"तू उसे हमारे घर न आने दिया कर! तू काम करती है, कर। पर अपनी बेटी का हवेली में आना बंद कर दे।" कल्याणी क्रोध में भभक रही थी।

कहारन उसके क्रोध पर हंस पड़ी, "बहुत भोली हो मालकिन! जब मालिक स्वयं मेरी बेटी को बुलाते हैं तो उसे कौन रोक सकता है और वह स्वयं ही आने से कैसे रुक सकती है। हम लोग भला मालिक की आज्ञा के बाहर कैसे जा सकते हैं।" वह रुक कर कल्याणी को देखती रही और फिर नए सिरे से बोली, "हमने यदि एक बार भी मालिक की बात न मानी तो हम पर कोई न कोई लांछन लग जाएगा और हमें गांव छोड़ देना पड़ेगा। और यदि हम उनकी आज्ञा के भीतर रहेंगे तो

हम पर कोई अंगुली नहीं उठा सकेगा। हम अपना घर-बार नहीं छोड़ सकते मालकिन। मालिक हमारे अन्नदाता हैं। हमारा पूरा परिवार उनके सर पल रहा है। हम उनकी आज्ञा के बाहर कैसे हो सकते हैं।

कहारन ने अपनी बात स्पष्ट कह दी थी। अब उससे विवाद करना या उसको डांटना व्यर्थ था।

"तो अपनी बेटी की शादी कर दे।" कल्याणी अन्त में बोली, "उसे उसके ससुराल भेज दे। उसके ससुराल वाले स्वयं समझ लेंगे। कितनी देर उसे घर बैठाए रखेगी?"

कहारन फिर उसी प्रकार हंसकर बोली, "विवाह भी होगा तो मालिक की आज्ञा से ही होगा, मालकिन! जब उनका मन इससे भर जाएगा या कोई और लड़की उनकी नज़र में चढ़ जाएगी तो वह स्वयं ही कहीं बातचीत करेंगे और स्वय ही लड़का ठीक करेंगे। विवाह का खर्च भी वह ही देंगे मालकिन! हमारे पास इतना पैसा कहाँ है कि हम विवाह का खर्च उठा सकें।"

कल्याणी अब एकदम अनियंत्रित हो उठी थी। क्रोध से बोली, "तो वह तो जो है सो है, तू उससे बड़ी कुतिया है। सूअर की बच्ची! सब कुछ जानते-बूझते तूने अपनी बेटी मेरे धनी के बिस्तर पर डाल रखी है। तू उसका विवाह भी नहीं करेगी। तुम तो कंजरों से भी गए बीते हो। अपनी बेटी से पेशा कराते हुए तुझे शरम नहीं आती। बेटी को वेश्या बना उसकी कमाई खाती हो और अपने-आपको इज्जत वाले कहते हो। कमीनी! निर्लज्ज!"

कहारन के चेहरे पर पहली बार नाराजगी के चिह्न उभरे। पर उसका स्वर फिर भी सुव्यवस्थित रहा, "गालियां न दो मालकिन! इसमें हमारा कोई दोष नहीं हैं। हम बाध्य हैं। जंगल में रह कर कोई भी सिंह से शत्रुता नहीं कर सकता। जिस काम की शक्ति हम में न हो, वह काम करने के लिए हमसे न कहो।"

उसके बाद कहारन रुकी नहीं थी। वह उठी और चली गई। वह रुकती तो भी उसे कहने के लिए कल्याणी के पास और कुछ नहीं था। पर जाने के बाद वह कल्याणी के लिए बहुत कुछ सोचने को छोड़

गई थी।

किसी की सहायता यहां काम नहीं आएगी...उसने स्वयं को समझाया था...जो स्थिति कहारन और उसके परिवार की है, वही यहां के प्रत्येक परिवार की होगी। कोई भी परिवार चन्ननशाह की इच्छा के विरुद्ध जाने का साहस नहीं करेगा। यानी गांव की हर लड़की जवान होने पर चन्ननशाह के पास बारी-बारी आएगी। जिस पर चन्ननशाह की दृष्टि टिक गई, वही उसकी सौकन बन जाएगी और तब तक उससे पीछा नहीं छूटेगा, जब तक कोई नई लड़की चन्ननशाह की नजर में न चढ़ जाए।

वह किस-किस को समझाएगी, किस-किस को मना करेगी। क्या इससे अच्छा यह नहीं है कि वह चन्ननशाह को ही साधे। उसी को अपनी ओर आकृष्ट करे। वह सध जाएगा तो फिर किसी से बात करने की आवश्यकता नहीं रह जाएगी।

शाम को जब चन्ननशाह गद्दी से लौटा तो कल्याणी ने उससे बात करने की ठानी। तब तक शांति नहीं आई थी, इसलिए चन्ननशाह तक पहुंचने में कोई कठिनाई भी नहीं थी। शांति के आ जाने पर वह उससे बात भी नहीं करेगा।

"सुन मेरे हाणिया[1] !" कल्याणी ने उसकी बांह पकड़ ली, "अब मैं बीमार नहीं हूं। आज रात तो मेरे दिल की भी मुराद पूरी कर।"

चन्ननशाह हंसा, "जब तू मेरे दिल की मुराद पूरी नहीं कर सकती तो मैं क्या मुराद पूरी करूं। मुझे जलाएगी, खुद कष्ट उठाएगी और फिर महीने भर को बीमार हो जाएगी। जवान हो ले। यह गबरू तेरा ही है, कहीं नहीं जाता। सब्र कर।"

"नहीं बलमा !" कल्याणी उसके गले में झूल गई, "अब मुझसे देखा नहीं जाता। मैं शांति को अब नहीं आने दूंगी।"

"हड्डियां तुड़वाने की इच्छा है ?" चन्ननशाह ने उसे झटक दिया, "अपना बित्त देख और बात कर। खा-पी, पहन-ओढ़ और आराम से

१. संगी

पड़ी रह। इस घर में तुझे किसी चीज की कमी नहीं होगी।"

"मैंने खाने-पीने और कपड़े-लत्ते की भूखी नहीं हूं।" कल्याणी भी आगे से तेज हुई। "ये चीजें मैंने बाबुले के घर भी बहुत देखी हैं। मुझे तो तेरी जरूरत है, मेरे मालिका!"

"मैं मालिक हूं तेरा।" चन्ननशाह बोला, "गुलाम नहीं हूं। जहां मेरी मर्जी होगी जाऊंगा। जब मेरी इच्छा होगी, तेरे पास भी आ जाऊंगा।"

"अच्छा मेरे पास मत आया कर।" वह बोली, "पर शांति को मत बुला। मैं उसे नहीं आने दूंगी।"

"आने देने वाली और नहीं आने देने वाली तू कौन होती है?" चन्ननशाह उसे डपट कर बोला, "जब तक मैं चाहता हूं, वह आएगी।"

"मैं देखूंगी कि वह कैसे आती है।" कल्याणी और भी ऊंची आवाज में बोली, "मैं उसकी खाल खींच लूंगी।"

"और मैं तेरी हड्डियां तोड़ कर चूल्हा जला दूंगा।" चन्ननशाह जाने को मुड़ते हुए बोला, "अपनी खैर चाहती है तो चुपचाप पड़ी रहना। शांति आएगी और आज से तेरे कमरे में आएगी। मैं भी देखूंगा कि तू क्या करती है।"

वह उत्तर पाए बिना ही कमरे से बाहर चला गया था।

उसके जाने के पश्चात् कल्याणी का स्वयं पर आरोपित किया गया इतने दिनों का नियंत्रण और अनुशासन एकदम समाप्त हो गया था। वह फिर से हठी और क्रोधी स्त्री बन गई थी, जो परिणाम नहीं सोचती। उसने फैसला किया कि आज वह इस रोज-रोज के क्लेश का कोई न कोई निपटारा कर ही देगी। वह देखेगी कि चन्ननशाह कितना दुष्ट बन सकता है और शांति कितना हंस सकती है। वह भी सिंहनी की तरह पड़ जाएगी। वह किसी से कम नहीं है, वह उनकी एक भी नहीं चलने देगी।

ज्यों-ज्यों समय बीतता जाता था, उसका क्रोध बढ़ता जा रहा था। उसकी बुद्धि सो गई थी और उसके भीतर आग ही आग थी।

ठीक समय पर वृद्धा नौकरानी उसका खाना रख गई थी।

चन्ननशाह खाने के समय भी उसके पास नहीं आया था । अवश्य ही शांति इस समय हवेली में थी और वे दोनों किसी और कमरे में खाना खा रहे थे ।

"उंह !" कल्याणी ने सोचा, "बड़ा कहता था कि शांति उसी के कमरे में आएगी। टांगे न चीर दूंगी मैं । फिर क्या करेगा चन्ननशाह उसका ।"

और अपने उन्माद में कल्याणी सोच रही थी...वह उनके कमरे में जाएगी। पलग पर विवस्त्रा शांति पड़ी होगी । वह उसको टांगों से पकड़ कर पलंग के नीचे घसीट लेगी और उसकी टांगों को चीर कर उसके शरीर के दो टुकड़े कर देगी। दोनों टुकड़ों को वह चन्ननशाह के सामने डालकर पूछेगी, "बोल अब किस टांग के साथ सोएगा ?"

खाना उसने नहीं खाया..."हरामी कहता था, खा-पी और पड़ी रह। बड़ा आया खिलाने-पिलाने वाला। अब आए तो सही।"

थोड़ी देर में वृद्धा नौकरानी बर्तन लेने आ गई ।

उसका आना इस बात की भी सूचना थी कि चन्ननशाह खाना खा चुका है। उसके खा लेने के बाद ही वह कल्याणी के बर्तन लेने के लिए आया करती थी।

"अभी खाया नहीं मालकिन ?" वृद्धा ने पूछा ।

"आज कुछ नहीं खाऊंगी।" कल्याणी बोली, "तू सब कुछ ले जा।"

वृद्धा ने उससे कुछ नहीं पूछा। "क्यों नहीं खाओगी" तक भी उसने नहीं पूछा और बर्तन लेकर चली गई।

अब कल्याणी पूरी तरह दत्तचित् होकर चन्ननशाह और शांति के आने की प्रतीक्षा करने लगी । पर अपने मन में वह जानती थी कि चन्ननशाह शांति को उसके कमरे में नहीं लाएगा और उसकी सारी तैयारी व्यर्थ जाएगी।

पर अधिक समय नहीं बीता था, जब उसने चन्ननशाह और शांति के आने का स्वर सुना । वह धीरे-धीरे कुछ कह रहा था और शांति जोर से हंस रही थी । शांति जैसी निर्भीकता उसने कहीं नहीं

देखी थी। कल्याणी के सामने वह तनिक भी संकुचित नहीं होती थी।

वे दोनों एक साथ कमरे के दरवाजे पर प्रकट हुए और क्षण भर को वहीं रुक गए।

कल्याणी के मस्तिष्क का तनाव पराकाष्ठा पर था। उसे लगता था कि नसें किसी क्षण भी फट जाएंगी। वह शांति पर उछल पड़ने के लिए व्याकुल पलग की पाटी पर बैठी थी।

जैसे ही शांति ने कमरे के भीतर आने के लिए पग उठाया, कल्याणी पलंग की पाटी से उछली। उसने शांति पर छलांग लगाई थी और उसके हाथ, शांति के गले की ओर तने हुए थे।

चन्ननशाह भी झटके के साथ अपने स्थान से आगे बढ़ी। वह कल्याणी और शांति के बीच में आ खड़ा हुआ था। उसकी आंखें पहले से कहीं ज्यादा चढ़ी हुईं थीं और मुंह से तेज गंध आ रही थी।

कल्याणी रुकी, पर चन्ननशाह ने उसे रुकने नहीं दिया। उसने कल्याणी को उसके बालों से पकड़ कर, घुमा कर बुरी तरह जमीन पर पटका, "हरामजादी! कुतिया!!" वह बोला, "मैंने तुझे कहा था न कि अपना बित्त पहचान।" और उसने तड़ातड़ कई थप्पड़ लगा दिए और अंत में समाप्त करते हुए दो लातें जमा दीं। कल्याणी फर्श पर पड़ी उसे घूरती रही।

तभी शांति ज़ोर से खिलखिला कर हंस पड़ी।

कल्याणी फिर उसकी ओर खिसकी और चन्ननशाह ने फिर उसे लात जमाई।

इस बार वह रुका नहीं। उसने कल्याणी की बांहों को पकड़ कर घसीटा और लाकर पलंग के पास पटक दिया। उसने कल्याणी की एक-एक हथेली पलंग के एक-एक पाए के नीचे दबाई और अपना सारा बोझ पलंग पर डाल कर बोला, "शांति! पलंग पर चढ़ जा और ज़ोर-जोर से कूद।"

शांति फुर्ती से पलंग पर चढ़ गई और जोर-ज़ोर से खिलखिलाती हुई कूदने लगी और तब चन्ननशाह भी पलंग पर चढ़ गया और उसने शांति को पलंग पर गिरा लिया। शांति को बांहों में ले, उसने झुक

कर कल्याणी की ओर देखा और उस पर थूक दिया । तब वे दोनों लिपट कर पलंग पर लेट गए ।

कल्याणी किसी प्रकार खाली पलंग का भार सह गई थी, पर शांति के पलंग पर कूदने से उसे अपनी हथेली में कील गड़ते-से लगे । उसे लगा उसकी हथेली की नसें कोई खींच कर तोड़ रहा है । तेज़ जलन और भयंकर पीड़ा की अनुभूति के अतिरिक्त उसे और किसी बात का होश नहीं था । उसका सारा शरीर पीड़ा से ऐंठ रहा था, वह बार-बार पैर पटक रही थी और पलंग के ऊपर लेटे हुए चन्ननशाह और शांति ज़ोर-ज़ोर से, काफी आवाज़ करते हुए, एक-दूसरे के चुंबन ले रहे थे ।

सहसा कल्याणी ने ज़ोर की चीख मारी और फिर वह एक के बाद दूसरी चीख मारती चली गई । उसे लगा उसकी चीखें कमरे में से निकल कर दालान में से होती हुई हर कमरे का द्वार खटखटा रही थीं ।

"ऐ चुप ! चीखें मत मार ।" चन्ननशाह बोला ।

शांति खूब ज़ोर से खिलखिला कर हंसी ।

और तभी शांति का काला, चूड़ीदार पैजामा कल्याणी के मुंह पर गिरा ।

"तेरी चीखें हवेली से बाहर नहीं जाएंगी और हवेली में कोई नहीं है ।" चन्ननशाह बोला, "समझी मांस की लोथ । अब तू देख जवानी किसे कहते हैं ।"

अपनी उस भयंकर पीड़ा के बीच भी कल्याणी ने शांति और चन्ननशाह की तेज़-तेज़ चलती सांसें और हांफने की आवाज़ें सुनीं । फिर उसने दम तोड़ते हुए जानवर के समान, गला फाड़कर तेज़ चीख मारी और बेहोश हो गई ।

दूसरे दिन कल्याणी की दोनों हथेलियां सूजी हुई थीं और उनमें असह्य पीड़ा थी । दिन का काफी समय हथेलियों में सेंक करते ही बीता था । पर जैसे-जैसे शाम पास आती जा रही थी, उसके मन का भय बढ़ता जा रहा था । यदि आज फिर चन्ननशाह ने उसकी हथेलियां

पलंग के पायों के नीचे दबा दीं, तब ? क्या वह सचमुच उसकी हड्डियां तोड़कर उनका चूल्हा जला देगा ? उसके कहने और करने में कल्याणी को कोई अंतर नहीं लगा था। उसने कल रात एकदम दया नहीं दिखाई थी, जैसे वह मनुष्य न हो, कोई राक्षस हो।

चन्ननशाह की चढ़ी हुई आंखें, ऐंठी हुई मूँछे और मुंह से आती गंध, कल्याणी के मस्तिष्क में एकदम ताज़ा हो उठी। उसका सारा शरीर सिहर गया। कल्याणी स्वयं को बहुत निडर मानती थी, पर चन्ननशाह का भय पहले दिन से उसके मन में जम गया था और कल रात उसने उसका भयंकर रूप देखा था।

आरंभ में तो उसने यही समझा था कि शांति चन्ननशाह का अस्थायी आकर्षण थी। कुछ दिनों की जिद थी। वह धीरे-धीरे उसे साध लेगी। पर अब उसे यह असंभव लगता था। यदि एक सप्ताह भी वह उसकी हथेलियां इस प्रकार पलंग के पायों के नीचे देता रहा तो वह मर जाएगी और उससे कोई भी नहीं पूछे कि वह कैसे मरी ? उसे यहां, हवेली के भीतर किसी की सहायता की आवश्यकता थी। वह अकेली चन्ननशाह का विरोध नहीं कर सकती थी। और यदि बाहर से सहायता, हवेली के भीतर नहीं आ सकती तो उसे ही हवेली के बाहर जाना पड़ेगा।

वह अभी निश्चित भी नहीं कर पाई थी कि वह क्या करे कि चन्ननशाह और शांति उसके कमरे में आ गए थे। और चन्ननशाह ने बड़े सहज भाव से उसको पकड़कर उसकी हथेलियां पलंग के पायों के नीचे दे दीं और शांति को पलंग पर कूदने के लिए कहा।

शांति खिलखिला कर हंसी और कूदने लगी।

आज कल्याणी की हथेलियां पहले से ही सूजी हुई और पीड़ित थीं। उसकी तकलीफ कल से भी अधिक थी। पर उस भयंकर पीड़ा के बीच में ही कल्याणी ने निश्चय किया कि वह अब फिर कभी चन्ननशाह को यह खेल नहीं करने देगी और शांति को इस प्रकार खिलखिला कर हंसने का अवसर नहीं देगी।

फिर वह सब कुछ दुहराया गया, जो पिछली रात को हुआ था।

आज कल्याणी के लिए एक बात नई थी। उसकी हथेलियां ग्राज कल से अधिक सूजी हुई और पीड़ित थीं। उसकी पीड़ा असह्य थी। पर ग्राज वह बेहोश नहीं हुई थी। वह सारी पीड़ा सहने की शक्ति उसमें पता नहीं कहां से आ गई थी। और उस भयंकर पीड़ा के बीच भी उसका मस्तिष्क तनिक भी धुंधला नहीं हुआ था। वह निरंतर सोचती जा रही थी।

सवेरे चन्ननशाह के गद्दी पर चले जाने के बाद हवेली से बाहर निकलना, उसके लिए मुश्किल नहीं था। उसने पहले बाहर निकलने का प्रयत्न ही नहीं किया था, नहीं तो यह संभव नहीं था कि उसे बाहर जाने का रास्ता ही न मिलता। हवेली थी, कोई शहर नहीं था। मूल समस्या, बड़ाशहर से तांगों वाली जरनैली सड़क तक पहुंचने की थी। यह रास्ता उसका देखा हुग्रा नहीं था ग्रौर वहां वह किसी को जानती भी नहीं थी। यदि अकेली स्त्री को इस प्रकार जाते हुए रास्ते में किसी ने टोक दिया तो उसे कठिनाई होगी। वह भी शक्ल से कोई मजदूर औरत लगती तो शायद उसे कोई नहीं टोकता।

एक बार जरनैली सड़क पर पहुंच जाने के पश्चात् नूरपुर पहुंचना उसके लिए कठिन नहीं था ग्रौर नूरपुर पहुंचने पर वह सुरक्षित थी।

इसके ग्रागे वह सोच नहीं सकी थी। उसे पता नहीं वह कब तड़पते-तड़पते बेहोश हो गई थी या थकावट से चूर होकर सो गई थी।

सवेरे बड़ी सतर्कता से उसने चन्ननशाह को गद्दी पर जाते देखा था और वृद्धा नौकरानी ग्रौर कहारन से ग्रवकाश पाते ही वह उठकर हवेली में भटकने लगी थी। एक कमरे से दूसरे कमरे में भटकते हुए वह हवेली के बाहरी फाटक तक पहुंच गई थी। बड़े फाटक के एक कोने में छोटा दरवाजा था। उसने छोटे दरवाजे की सांकल धीरे से हटाई और चुपचाप बाहर निकल गई।

वह ग्रंधाधुंध, बिना इधर-उधर देखे भागी चली जा रही थी।

बड़ाशहर के ऊबड़-खाबड़ रास्तों पर बेतहाशा भागते हुए उसे एक ही डर लग रहा था कि कहीं वह रास्ता उसे बाजार में न पहुंचा दे, जहां चन्ननशाह की गद्दी है। वैसे यह वह नहीं जानती थी कि बाजार कहां है और न ही यह जानती थी कि चन्ननशाह की गद्दी किस ओर है। वह बड़ाशहर में, हवेली से बाहर कभी नहीं निकली थी। विवाह के पश्चात् से वह अत्यंत कुलीन स्त्रियों के समान गहरे परदे में रही थी।

सहसा उसे लगा कि वह आबादी पीछे छोड़ आई है और अब एक अपेक्षाकृत सुनसान पगडंडी पर चल रही है जो बहुत तेजी से नीचे उतर रही थी। जैसे ही उसे इस बात की अनुभूति हुई, वह रुक गई। अब आगे बढ़ने से पहले उसे किसी से पूछ लेना चाहिए था, नहीं तो वह किसी गलत रास्ते पर भी पड़ सकती है।

पीड़ा से फटती हुई अपनी थेलियों को उसने परस्पर मिलाकर थोड़ा-सा दबाया और सोचा कि किसी से पूछ लेना तो उचित है, किंतु यहां किसी की प्रतीक्षा में खड़े रहना उचित नहीं है। वह फिर चल पड़ी।

पंद्रह मिनटों तक वह पगडंडी को एक टक देखती, सर झुकाए, तेजी से नीचे उतरती ही चला गई। और फिर जब वह किसी से जरनैली सड़क का रास्ता पूछने की बात सोच रही थी, तभी उसे जरनैली सड़क पर तांग ेका अड्डा नजर आ गया।

अब वह चन्ननशाह से पूर्णतः सुरक्षित थी। पर यहीं से उसे अधिक सतर्क होने का आवश्यकता थी। यहां उसे पहचानने वाले कई लोग हो सकते हैं और यदि किसी ने उसे इस प्रकार अकेली को भागती-दौड़ती जाते देखा और किसी को पता लग गया कि वह किन परिस्थितियों में ससुराल से भाग कर आई है तो व्यर्थ ही लोग बातें बनाएंगे। अब लोगों की बातों का ही भय था। चन्ननशाह के हाथों अब वह नहीं पड़ सकती थी, न ही अब वह उसकी हथेलियां पलंग के पायों के नीचे देकर, पलंग पर शांति के साथ सो सकता था।

सड़क के पार, ऊंचाई पर उसे नूरपुर नजर आ रहा था। अब अधिक से अधिक आधे घंटे में वह घर पर होगी।

घर का दरवाजा भाभी ने खोला था । उसने चौंक कर पूछा था, "तुम कल्याणी ! न कोई चिट्ठी न पत्तर ! अकेली ग्राई है ? सामान ? अच्छा भीतर तो ग्रा।"

ग्रगले ही क्षण वह पिताजी के कमरे में थी । सारा परिवार इकट्ठा हो गया था। पिताजी, भाई ग्रौर भाभियां । केवल मां नहीं थी। मां की उसे बहुत याद आई । ग्राज मां होती तो कितना ग्रच्छा होता।

उसने ग्रभी किसी को कुछ नहीं बताया था। पर जिन परिस्थितियों में वह घर आई थी, उससे सब ही समझ गए थे कि कोई ग्रसाधारण बात हुई है। सब इस प्रतीक्षा में थे कि वह उन्हें कुछ बताएगी ग्रौर वह प्रतीक्षा कर रही थी कि कोई उससे पूछेगा।

ग्रंत में पिताजी सबसे पहले बोले, "कल्याणी बेटी ! इस प्रकार कैसे ग्राना हुआ ?" वे भाइयों और भाभियों की ओर घूमे, "तुम लोग बैठ जाग्रो।"

कल्याणी ने दोनों हथेलियां फैला कर सब को दिखाई, "यह मेरे घर वाले ने किया है, कहारन के पीछे।"

ग्रौर वह फूट-फूट कर रो पड़ी।

"उसने तुझे घर से निकाल दिया है ?" पिताजी ने पूछा।

"नहीं !" "कल्याणी ग्रपने टूटे हुए स्वर में बोली, "मैं स्वयं भाग कर ग्राई हूं।"

"तू भाग कर आई है !" पिताजी ग्रपने स्थान से उठ खड़े हुए। उनका स्वर साधारण से ऊंचा था ग्रौर वह चिंतित थे, "हमारे परिवार में यह कभी नहीं हुग्रा बेटी। पति-पत्नी में लड़ाइयां भी होती हैं और झगड़े भी। पर हमारे परिवार में न बेटी ससुराल से भागकर लौटी है ग्रौर न बहू भाग कर मायके गई है।"

"वह मुझे बहुत मारता है, पिताजी !" कल्याणी ने रोते-रोते अपनी हथेलियां फैलाई, "पलंग के पांयों के नीचे मेरी हथेलियां दे देता है। मैं वहां कैसे रहूं !"

"उसकी बात मान ! जो वह चाहता है वही कर !" पिताजी

उसी गंभीर स्वर में बोले, "बल्कि मैं अपनी बात और स्पष्ट कर दूं। बुरा न मानना बेटी, "उन्होंने अपना स्वर नम्र किया, "अब तेरा घर वही है । इस घर में तेरा कुछ नहीं है । यह घर अब तेरा नहीं है। वहां से भाग कर यहां शरण पाने की बात भी मत सोच। मेहमान की तरह आ, चन्ननशाह को भी साथ ला । दो-चार दिन हंसी-खुशी रह जा। पर इस प्रकार आने पर तेरे लिए यहां कोई स्थान नहीं है । तू उलटे पैरों लौट जा...।"

कल्याणी ने देखा पिताजी ने अंगुली से द्वार की ओर संकेत कर दिया था। अपने बाप को वह अच्छी तरह जानती थी । उनसे दुबारा कुछ कहने का कोई लाभ नहीं था। वह पीछे नहीं हटेंगे।

"पिताजी।" कल्याणी उनके पैरों पर गिर कर रो पड़ी।

पिताजी ने उसे झुक कर उठाया और बोले, "मेरे सर पाप न चढ़ा। बेटी होकर मेरे पैर मत छू। तू इस घर की कन्या है । मेरे पैर छूना तूझे शोभा नहीं देता। पर यह मर्यादा की बात है। मैं बाप होकर भी मजबूर हूं। तू पति के घर लौट जा।"

"पिताजी!" कल्याणी सस्वर रोने लगी, "आप मेरी यातना की कल्पना नहीं कर सकते । मैं उस नरक-कुंड में वापिस नहीं जाऊंगी। आप यदि मुझे शरण नहीं देंगे तो मैं सड़कों पर रुल जाऊंगी।"

"जो भी हो बेटी।" पिताजी ने अपने आंसुओं को पलकों पर से ही झटक दिया।

वह कमरे से चले गए । उनके पीछे-पीछे ही भाई और भाभियां भी चली गईं।

यह स्पष्ट संकेत था कि कल्याणी अब जा सकती है। उन्होंने अब उसे धक्का नहीं मारा था, पर घर से निकाल दिया था। वह यदि अब भी नहीं जाएगी तो शायद वे लोग उसे शारीरिक रूप से उठा कर बाहर रख आएं। अब उसे चल ही पड़ना चाहिए था।

पर वह जाएगी कहां ? कहते हैं संसार बहुत बड़ा है, पर उसके लिए तो दो ही जगहें थीं । एक जगह वह स्वयं छोड़ आई है और दूसरी से उसे निकाल दिया गया है । फिर वह कहां जा सकती है?

थोड़ी देर में अंधेरा हो जाएगा और ठंड बढ़ जाएगी। तब यदि पिताजी ने उसे घर छोड़ने को मजबूर किया...जैसा कि वह करेंगे...तो वह कहां जाएगी। घर के दरवाजे के साथ रात भर पड़ी रहेगी तो सवेरे वहां उसका शरीर-मात्र ही रह जाएगा। क्या इससे अच्छा यह नहीं है कि वह चन्ननशाह के घर वापिस चली जाए। उसे शांति के साथ तब तक मनमानी करने दे, जब तक शांति का विवाह नहीं होता। वह चुपचाप अपने कमरे में पड़ी रहेगी। न उनके मार्ग में आएगी, न उन्हें टोकेगी और न चन्ननशाह उसे सताएगा। कम से कम वहां खाना-कपड़ा तो मिलता रहेगा। रहने के लिए कमरा तो होगा।

और सहसा ही कल्याणी उठकर चल पड़ी।

वह बेहोशी की-सी अवस्था में घर से बाहर निकली। उसकी विचित्र स्थिति थी। जहां से वह इतनी कठिनाई से भागकर निकली थी, जहां जाने की बात सोच कर उसके प्राण कांप जाते थे, उसी ओर वह बेतहाशा भागी जा रही थी कि कहीं वह आश्रय भी उससे न छिन जाए।

पर जरनैली सड़क तक पहुंचते-पहुंचते, उसके पांव शिथिल पड़ने लगे थे। वह उसके लिए आश्रय नहीं था, घर नहीं था, जिस ओर वह भागी चली जा रही थी। इस बार चन्ननशाह उसके साथ और भी बुरी तरह पेश आएगा, क्योंकि वह उसके घर से भाग निकली थी। वह तो हंसी-हंसी में कितने सहज भाव से उसे पकड़ कर उसके हाथ पलंग के नीचे दे देता था और उसी पलंग पर किसी अन्य स्त्री का भोग करता था। वह तो जानवर है। वह फिर उसी जानवर के पास वापस जा रही है। इस बार यदि उसने उसे कोड़े से मारा या लोहे की गरम सलाख़ों से दाग़ दिया तो ? तब वह क्या करेगी ?

वह रुक गई। यदि उसके लिए और कोई आश्रय नहीं है तो क्या इसका अर्थ यह है कि वह उस राक्षस के पास चली जाए ? उसके पास जाने से क्या यह अच्छा नहीं है कि वह किसी खड्ड में छलांग लगा दे या रात भर ठंड में सड़क पर बैठी-बैठी प्राण दे दे ?

जहां वह रुकी थी, वह जगह तांगों के अड्डे के बहुत समीप थी।

उसे लगा अड्डा एक सार्वजनिक जगह है, जहां वह सुविधापूर्वक कुछ समय के लिए बैठ सकती है । और बिना कुछ सोचे-समझे, कल्याणी तांगों के अड्डे पर एक ओर बैठ गई ।

बैठते ही वह इस बात के प्रति सचेत हो गई कि सारे तांगे वालों का ध्यान उसी की ओर लगा हुआ था । वे लोग ऊँचे स्वर में परस्पर बातें कर रहे थे । हंस रहे थे और गालियां दे रहे थे । हुक्के और बीड़ियां पी रहे थे और अपने चाबुक हिला रहे थे, पर उनकी आंखें और कान कल्याणी की ओर ही लगे हुए थे ।

कल्याणी जानती थी कि ये सब लोग यह जानने को उत्सुक होंगे कि कपड़ों और रूप-रंग से कुलीन लगने वाली यह लड़की इस समय यहां अकेली क्यों बैठी हुई है । वह स्वयं समझती थी कि उसका यहां इस प्रकार बैठना तांगों के इस अड्डे के लिए असाधारण घटना है । दो ही कारणों से इस प्रकार की बात हो सकती है । या तो वह मुसीबत की मारी है या वह सच्चरित्रा नहीं है । तांगे वाले दोनों ही स्थितियों में उससे लाभ उठाने की बात सोच रहे होंगे । वे लोग काफी दूर से इस प्रकार उसके चारों ओर चक्कर काट रहे थे जैसे झपटने से पहले कोई जंगली जानवर अपने शिकार के चारों ओर चक्कर लगाता है ।

सहसा, कल्याणी रो पड़ी ।

वह आखिर किसकी प्रतीक्षा में बैठी है ? न उसे यहां कोई मनाने आने वाला है, न वह रात भर ठंड में ठिठुर कर मरने के लिए यहां बैठी है । फिर वह किस लिए यहां बैठी है । रात धीरे-धीरे खिसकती आ रही थी और अधिक अंधेरा होने में समय बहुत ज्यादा नहीं रह गया था । तब वह क्या करेगी ? यहां बैठे-बैठे तो बस एक ही बात हो सकती थी कि वह किसी तांगे वाले के घर चली जाए । पर क्या किसी तांगे वाले के साथ जाने के लिए चन्ननशाह की हवेली छोड़ कर आई थी ?

रात गहरी हो गई थी । तांगे वाले उसके पास आने का साहस नहीं कर सके थे और उसे उसके हाल पर छोड़ कर अपने-अपने ठिकाने लग गए थे ! कल्याणी बैठी-बैठी बुरी तरह थक गई थी । उसकी

आंखों में नींद नहीं थी, पर शरीर इतना चूर हो चुका था कि उससे बैठा नहीं जा रहा था। कितनी देर से वह सोच रही थी कि अब वह लेट जाए। पर कैसे लेट जाए ? कहां लेट जाए ?

तभी वहां दो घोड़ों वाला एजेंटी का तांगा आकर रुका। यह तांगा विशिष्ट था। इस प्रकार के तांगे कल्याणी ने पहले भी देखे थे। वे ज्यादातर डाक लाने और ले जाने का काम करते थे। तांगे में एक तो तांगा चलाने वाला था और एक सवारी और थी। यह बाबू था, शायद डाक की एजेंटी में काम करता था।

उस बाबू की दृष्टि भी कल्याणी पर आकर अटक गई...यह लड़की इतनी रात गए, यहां अकेली क्या कर रही है ?

वह तांगे वालों की तरह उज्जड नहीं था और न ही संकोची था। इतनी रात गए अकेली लड़की को बैठे देख सहायता करने की बात उसके मन में आई होगी।

वह आकर कल्याणी के पास बैठ गया। कुछ देर तक चुपचाप बैठा उसे देखता रहा फिर धीरे से बोला, "क्या बात है ? तुम यहां क्यों बैठी हो ?"

उसकी आवाज़ में कुछ ऐसा था कि कल्याणी स्वयं को रोक नहीं सकी। उसके आंसू टपाटप गिरने लगे। उसे लगा, जैसे कोई सहानुभूति जताने आया है, कोई उसे मनाने आया है। वह रूठे हुए अंदाज़ में बोली, "क्यों पूछना चाहते हो ? तुम्हें क्या ? तुम जानकर क्या करोगे ?"

"देखो।" वह उसी प्रकार कोमल स्वर में बोला, "ऐसे तो कोई बात नहीं बनेगी। तुम मुझे बताओ आखिर बात क्या है। हो सकता है कि मैं तुम्हारी कुछ सहायता कर सकूं। एक शरीफ लड़की का रात को इस प्रकार अकेले अड्डे पर बैठे होना, किसी भी शरीफ आदमी को बुरा लगेगा।"

उसकी बात में इतनी आत्मीयता थी कि कल्याणी बह गई। उसने संक्षेप में उसे अपने विषय में बताया।

वह कल्याणी की बात सुनकर भड़क उठा, "लानत है तुम्हारे चन्ननशाह पर और साथ ही तुम्हारे घर वालों पर। जवान लड़की को

उठाकर सड़क पर बैठा दिया, यह भी कोई शरीफों का ढंग है। हे भगवान ! कैसे बुरे दिन आ गए हैं।" उसने अपने दोनों कानों को छुआ और आकाश की ओर हाथ जोड़ दिए, "लोग कैसे इतना अन्याय कर लेते हैं और सह लेते हैं।" वह फिर बोला, "मुझसे तुम्हारी यह हालत देखी नहीं जाती। तुम मेरे साथ मेरे घर चलो !"

"तुम्हारे घर ! तुम्हारे घर मैं कैसे जा सकती हूँ।" कल्याणी चौंक कर बोली। पर उसके चौंकने में एक प्रकार की प्रसन्नता थी। कहीं भीतर ही भीतर उसके मन को आश्रय मिल गया था।

"वैसे तो इस प्रकार की बात ठीक नहीं लगती।" वह बोला, "कोई भी शरीफ लड़की इस बात को सुनकर चौंक उठेगी। पर तुम मन में कोई आशंका मत रखो। तुम्हें मैं रात भर सड़क पर बैठी रहने के लिए छोड़कर नहीं जा सकता। मेरे घर में मेरी बूढ़ी मां है। रात को तुम उसके पास रहना और सवेरे तुम जहां कहोगी, मैं तुम्हें पहुंचा दूंगा।"

कल्याणी फटी-फटी आंखों से उसका चेहरा देखती रही। वह क्या कह रहा है। कल्याणी नहीं जानती कि वह कौन है, कैसा आदमी है, उसका घर कहां है, उसके घर में कौन-कौन है। फिर भी क्या उसके साथ वह चली जाए ? यदि उसके साथ न जाए, तो किसके साथ जाए, किसी के साथ जाना ही था।

और फिर यदि वह इसके साथ नहीं गई तो फिर और कोई नहीं आएगा। फिर कल्याणी यहीं बैठी रहेगी रात भर। ठंड से न भी अकड़ी तो कोई जानवर खा जाएगा। या कहीं वह सामूहिक भोग की चीज़ बनकर वैसे ही न मर जाए।

तांगा अब तक डाक दे चुका था और आगे ले जाने वाली डाक ले भी चुका था। और वह चलने के लिए तैयार था। बाबू ने कल्याणी से फिर नहीं पूछा कि वह साथ चलेगी या नहीं। उसने मान लिया था कि वह चलेगी ही। भला ऐसी स्थिति में वह एक शरीफ लड़की को सड़क पर बैठी छोड़कर कैसे जा सकता है !

उसने कल्याणी की बांह पकड़ कर कुछ अनुरोध और कुछ बल से उठाया। वह तांगे में बैठी और तांगा चल पड़ा।

बाबू ने कल्याणी से कोई बात नहीं की। न ही उसने उसके पास बैठने या उसके स्पर्श का मोह दिखाया था। वह अपने काम में लगा था। कल्याणी आश्वस्त हो गई। उसे कुछ-कुछ नींद आने लगी थी। वह थोड़ी-थोड़ी देर में ऊंघ जाती थी। उसे इतना ही होश था कि तांगा काफी तेज़ी से जा रहा था। चार-चार मील पर बनी चौकियों पर वह रुकता था और घोड़ा बदलता था और फिर चल पड़ता था। आठ-दस चौकियों के बाद तांगा पालमपुर पहुंचा गया था।

रात आधी से अधिक बीत गई थी और कल्याणी बाबू के साथ उसके घर के सामने खड़ी थी।

बाबू ने अपनी जेब में हाथ डालकर चाबी निकाली तो कल्याणी ने चौंककर देखा कि दरवाज़े पर ताला पड़ा हुआ था।

"वह आपकी मां...।" कल्याणी का स्वर उसके कंठ में फंस रहा था।

वह हंसा, "घबरा गई"। बूढ़ी मां मेरे पीछे घर में अकेली कैसे रहेगी। वह पड़ोस में चली जाती है। तुम भीतर चलो, मैं उसे बुला लाता हूं।

कल्याणी कुछ आश्वस्त हुई। ठीक तो है। बुढ़िया पीछे अकेली कैसे रहेगी। वह तो ज़रा सी बात से आशंकित हो उठती है।

वह भीतर चली आई।

बाबू उसके पीछे-पीछे घर में घुसा और उसने भीतर से दरवाज़े में ताला लगा दिया।

कल्याणी के जी में एक बड़ी क्षीण-सी इच्छा जागी कि वह ज़ोर से चीखे और पड़ोस के लोगों को सहायता के लिए पुकारे।

पर किसके विरुद्ध सहायता के लिए?

यदि कोई आया और उसे इस व्यक्ति से बचा कर ले गया तो फिर वह किसके पास जाएगी। जिसके पास भी जाएगी, वह उसका क्या करेगा? भोग? वह भोग की ही वस्तु है। अब उसके पास अपनी

आजीविका के लिए अपना शरीर ही था जिसे वह समर्पित होगी, वह उसे रोटी दे देगा। अच्छा है कि वह किसी एक को समर्पित हो जाए। नहीं तो जाने रोटी के लिए उसे क्या करना पड़े?

वह कल्याणी को कमरे के भीतर ले गया। उसे चारपाई पर बैठा कर सामने स्वयं बैठ कर बोला, "क्या नाम है तुम्हारा ?"

"कल्याणी !" वह सहज होने का प्रयत्न कर रही थी।

"देखो कल्याणी !" वह गंभीर होकर बोला, "मेरा नाम कृष्णचंद्र है। मैं तांगों की एजेंटी में बाबू हूं। मेरे घर में कोई स्त्री नहीं है। मेरी मां भी नहीं है। मैंने तुम्हें साथ लाने के लिए ही झूठ बोला था। अब मैं यह चाहता हूं कि तुम मेरी होकर रहो। और यदि अपनी इच्छा से नहीं रहेगी तो... ।"

वह हंसकर अपने स्थान से उठकर खड़ा हो गया।

कल्याणी चुपचाप उसकी ओर देखती रही।

उसने कल्याणी को झटके से गोद में उठा लिया और फिर ले जाकर अपने बिस्तर पर लिटा दिया। दूसरे ही क्षण वह स्वयं भी बिस्तर में था।

कल्याणी स्वयं ही नहीं समझ पा रही थी कि वह इस बात से खुश थी या नाराज़। उसके भीतर की एक आवाज़ बहुत बलवती होकर उसका दम घोंट रही थी··· कृष्णचंद्र उसका पति नहीं था। उसे यह भी पता नहीं था कि वह कौन है। वह कोई भी हो, पर उसका पति नहीं था, वह एक पराया पुरुष था। और इस समय वह पराये पुरुष के बिस्तर पर, उसके शरीर के नीचे पड़ी थी। वह उसे नोंच भी रहा था और चूम भी रहा था। शायद वह भी यह समझ नहीं पा रहा था कि वह कल्याणी के के प्रति अपना प्यार कैसे जताए। पर अंत में वह क्या चाहता था, यह कल्याणी जानती थी। पर वह अनुचित था। उसे वह नहीं करना चाहिए था। उसे कृष्णचंद्र के साथ इस प्रकार अकेले, उसके घर नहीं आना चाहिए था। और यदि वह उसके साथ यूं अकेली न चली आई होती, तो न वह उसके बिस्तर में होती, न उसके शरीर के नीचे दबी हुई होती और न...

पर उसे लगा उसकी बुद्धि इन संस्कारों के प्रति विद्रोहिणी हो उठी थी। ठीक है चन्ननशाह उसका पति था, उसके परिवार, धर्म और समाज ने उसे चन्ननशाह को सौंपा था। उसके प्रति ईमानदार होना उसके लिए उचित था। पर वह उसके प्रति कब ईमानदार नहीं रही। पत्नी होने का अर्थ यह तो नहीं है कि वह उसकी मार सहती रहती। वह उसकी मार सह लेती, यदि वह उसका दुलार भी करता तो। पर वह मार, केवल मार ही तो नहीं थी। चन्ननशाह और शांति तो उसके प्राण लेने को तुले हुए थे। और फिर वह मानसिक पीड़ा क्या कम थी... उसके अपने पलंग पर उसका पति एक कहारन की बेटी के साथ संभोग करे और वह उस पलंग के पायों के नीचे दबी, रात-रात भर तड़फती और कराहती रहे।

चन्ननशाह उसका पति नहीं था। वह तो मनुष्य भी नहीं था। वह राक्षस था, राक्षस। नहीं तो कोई किसी को पीड़ित करके इस प्रकार प्रसन्न नहीं हो सकता... और तब भी, जहां तक उसे याद पड़ता है, चन्ननशाह को छोड़ने की बात उसने नहीं सोची थी। वह तो अपने पिता के पास सहायता के लिए गई थी। उसने शायद यही चाहा था कि उसके पिता उसकी सहायता करें। उसके साथ चलकर चन्ननशाह को समझा दें। चन्ननशाह उसके साथ यदि पति के प्यार का नहीं तो मानवीय व्यवहार तो करे। पर उसके पिता इतने भर के लिए भी तैयार नहीं हुए थे। उनके संस्कार, पुत्री के प्यार से भी कहीं बहुत गहरे प्रमाणित हुए थे।

तब उसके सामने दूसरा मार्ग ही क्या था? वह उस अवस्था में या तो चन्ननशाह के पास लौट जाती और उसके हाथों मर जाती, या फिर...या फिर वह तांगों के अड्डे पर ही बैठी-बैठी रात की सर्दी में अकड़ कर, ऐंठ कर कुत्तों की मौत मर जाती और सवेरे उसकी लाश को कोई घसीट कर सड़क में फेंक देता और जंगली पशु उसकी लाश को चीर-फाड़ कर, नोच कर खा जाते।... नहीं, वह ऐसी मौत और ऐसा अंतिम संस्कार नहीं करेगी... आज कृष्णचंद्र के साथ जो भी उसका संबंध हो गया है, उसमें कोई अनौचित्य नहीं है। आखिर उसे भी कोई

सहारा तो चाहिए ही था और वह सहारा तो केवल किसी पुरुष का ही हो सकता है। उसे कोई घर चाहिए था। अब उसे एक घर मिला है, एक पुरुष का सहारा मिला है। और यदि घर और सहारे के लिए वह पुरुष उसका शरीर चाहता है तो गलत क्या करता है। इतना तो कोई भी पुरुष चाहेगा...

सहसा ही कल्याणी अक्रिय से सक्रिय हो उठी। जैसे दूर किसी अनजाने देश से उसकी चेतना लौट आई हो। उसने कृष्णचंद्र को एक नई जीवन्त दृष्टि से देखा...यही पुरुष यदि उसके जीवन की आवश्यकताएं पूरी कर दे, और उसे थोड़ा-सा प्यार दे तो इसी में क्या बुराई है? चन्ननशाह इससे अधिक रूपवान था और बहुत धनी था, पर उसी ने उसे क्या दिया। उसे लगा, उसके भीतर कृष्णचंद्र के लिए बहुत कोमलता भर गई है...

पर यह भी पुरुष ही था... उसने फिर सोचा...अभी तक वह उसकी नहीं हुई है। अभी तक वह किसी और की चीज है। इसलिए वह इतना कोमल व्यवहार कर रहा है। पर कौन जानता है कि कल जब कल्याणी उसकी हो जाएगी, वह भी चन्ननशाह के ही समान व्यवहार नहीं करेगा.. और कृष्णचंद्र ने उसको, उसके प्यार को जीतने का तो कोई प्रयत्न नहीं किया है। उसने तो धोखे से ऐसी परिस्थितियों में डाल दिया है, जहाँ सिवाय उसे स्वीकार कर लेने के और कोई मार्ग ही नहीं था।... कैसी विचित्र स्थिति है कि जो कुछ वह स्वयं चाह रही थी, वह चीज...सहारा, एक घर...उसे बलात्, धोखे से दिया जा रहा है। उसे अब स्वीकार कर ही लिया जाना चाहिए...

धीरे-धीरे कल्याणी ने स्वयं को नई बलात थोपी गई परिस्थितियों के अनुकूल ढाल लिया था। उसने अनिच्छा से मिले इस इच्छित जीवन को अपना लिया। उसने अपने पिता या चन्ननशाह से सम्पर्क स्थापित करने का कोई प्रयत्न नहीं किया। और जैसे-जसे दिन बीतते गए, उसे अधिक से अधिक विश्वास होता गया कि उससे निर्णय की भूल नहीं हुई है। प्रस्तुत परिस्थितियों में उसे जो कुछ अनजाने ही मिल गया था, वह उसकी

अपेक्षा से भी कहीं अधिक था।

कृष्णचंद्र के विषय में वह ज्यादा कुछ नहीं जान पाई थी। पर उसके प्रति वह सदा ही नम्र और शालीन था। उसका व्यवहार किसी परा पुरुषये या पति जैसा न होकर एक प्रेमी जैसा था, जिसका अधिकार प्रेमिका पर कोई न हो, पर कर्तव्य अनेक हों। केवल अनुनय-विनय तक ही था। उसने कल्याणी को सभी प्रकार के उपलब्ध सुख दे रखे थे। पैसे की कमी उसे कभी आड़े नहीं आई थी। कृष्णचंद्र ने उसे कभी किसी चीज़ से रोका नहीं था और वह स्वयं कभी-कभी आश्चर्य करती थी कि आखिर इतना पैसा कहां से आता है। वह एजेंटी में एक बाबू मात्र था। वह निश्चित रूप से अपनी आय से अधिक खर्च कर रहा था।

कभी-कभी वह कल्याणी से रुष्ट भी हो जाया करता था और ऐसी अवस्था में उसके चरित्र की कठोरता उभरकर सामने आ जाती थी। पर कोई पुरुष इतना भी कठोर न हो—कल्याणी सोचती थी — तो वह पुरुष ही क्या हुआ ? उसने कल्याणी को दो-चार चांटों से अधिक कभी नहीं मारा था।

और फिर एक रात और रातों से बहुत भिन्न आई थी। कल्याणी अब भी सोचती है तो सिहर उठती है। शाम से ही घना अंधकार हो गया था। वर्षा के आसार बन आए और फिर कल्याणी ने देखा, आकाश जैसे फट पड़ा था। इतनी तेज़ बारिश कल्याणी ने शायद ही पहले कभी देखी हो। आंधी, तूफान, बारिश और पाव-पाव-भर के ओले।

कृष्णचंद्र रोज़ के समान सुबह से ही काम पर गया हुआ था और कह गया था कि उसे बाहर जाना है, हो सकता है कुछ देर हो जाए। पर रात गहराती जा रही थी और उसके आने के कोई आसार नहीं थे। वैसे भी जब इस प्रकार ओले पड़ रहे हों—कोई कैसे आ सकता है। ऊबड़-खाबड़ पहाड़ी रास्ते, घना अंधकार और निरंतर होती हुई बारिश और ओले। उसे बाहर भी आज ही जाना था। अब तो सारी सड़कें, सारे रास्ते ओलों के ढेर के नीचे खो गये होंगे। ऐसी अवस्था

में कृष्णचंद्र घर कैसे आ सकता है।

पर वह रात बाहर भी कैसे काट सकता है। हो सकता है उसके घोड़े ही इतनी ठंड न सह सकें। कहीं रुकना पड़े। घोड़े फिसल जाएं, मर जाए।...पर फिर उसने स्वयं को धीरे-धीरे संभाला। कृष्णचंद्र कहीं रुक जाए तो ही अच्छा। ऐसे मौसम में घर आने का प्रयत्न ठीक नहीं होगा। उसे अपने मन से इन सारी आशंकाओं को निकालना ही होगा। आज यहां कोई पहली बार बारिश नहीं हुई है। हर वर्ष होती है और कई बार होती है। कृष्णचंद्र इन चीज़ों का अभयस्त है और जब भी वह बाहर जाता है, तांगों पर ही जाता है, जिनमें घोड़े जुते हुए होते हैं। फिर इतनी घबराहट किसलिए? यह घबराहट तो उसके अपने मन की दुर्बलता है। वह बार-बार क्यों सोचती है कि कृष्णचंद्र को कुछ हो गया तो वह क्या करेगी? यह प्रश्न तो हर स्त्री के सामने होता है। पर कितने पुरुषों को कुछ हो जाता है और जिनको हो जाता है, उनकी स्त्रियां क्या करती हैं...?

फिर भी वह निश्चित नहीं हो सकी और न सो ही सकी। बिस्तर पर पड़ी करवटें बदलती रही। इतना उसने स्वयं को अवश्य संभाल लिया था कि वह बाहर के द्वार पर खड़ी नहीं रही। उसने दरवाज़े बंद कर लिए थे और अपने बिस्तर में जा लेटी थी।

और अब उसके अपने अनुमान से सवेरा होने वाला था। तभी उसकी आंख लग गई।

बहुत ज़ोर से दरवाज़ा पीटे जाने की आवाज़ से कल्याणी की आंख खुली थी। वह अंदाज़ नहीं लगा पा रही थी कि दिन का कौन-सा पहर था और वह कितनी देर सोई थी। पर इतना उसे अवश्य लग रहा था कि वह काफी देर सोई थी।

वह कमरे से बाहर आई तो देखा, वर्षा बंद हो गई थी, पर आकाश अभी भी साफ नहीं था। धूप चढ़ने के कोई आसार नहीं थे।

दरवाजे के पीछे से एक से अधिक लोगों के स्वर परस्पर गुंथकर उसके कानों तक पहुंच रहे थे और वे सारे के सारे स्वर काफी उत्तेजित थे।

कल्याणी किसी ग्राशंका से जड़ हो गई। क्या कृष्णचंद्र किसी दुर्घटना में पीड़ित हुआ है। ये लोग उसे क्या समाचार देने ग्राये हैं? क्या वे कृष्णचंद्र को घायल ग्रवस्था में लाए हैं या कहीं कृष्णचंद्र···

ग्रधिक सोचने का ग्रवसर नहीं था। वह ग्रचेतनावस्था में ही स्वयं को घसीटती हुई दरवाज़े तक लाई। उसने दरवाज़ा खोला।

तीन ग्रपरिचित व्यक्ति दरवाजे पर खड़े थे। वह उनमें से किसी को भी नहीं पहचानती थी। उनके साथ कृष्णचंद्र भी नहीं था। वे लोग क्या करने ग्राये हैं? उसने उनकी ग्रोर देखा। वह सुनने को तैयार थी—जो कुछ भी वे लोग कहना चाहते हैं।

उन तीनों ने पहले एक-दूसरे को देखा ग्रौर फिर उनकी दृष्टि ग्रकस्मात् ही कल्याणी के चेहरे पर केंद्रित हो गई।

"कृष्णचंद्र को बाहर बुलाग्रो।" उनमें से एक बड़ी ग्रनगढ़ ग्रौर उखड़ी हुई सी ग्रावाज़ में बोला।

कल्याणी सहसा शांत हो गई। उसके भीतर का सारा ज्वार जैसे पालतू जानवर के समान पालथी मार कर बैठ गया था।—तो वे लोग कृष्णचंद्र के दुर्घटनाग्रस्त होने का समाचार नहीं लाए हैं। उसकी सारी ग्राशंकाएं सर्वथा निर्मूल थीं। वह व्यर्थ ही इतना घबरा गई थी। वे लोग तो स्वयं कृष्णचंद्र को खोजते हुए यहां ग्राये हैं। यानि उनके पास भी उसका कोई समाचार नहीं है।

"वे रात को घर नहीं ग्राए।" उसने ग्रत्यन्त सहज स्वर में कहा।

"घर भी नहीं ग्राया।" उस व्यक्ति ने शेष दो की ग्रोर देखा।

"वर्षा हो रही थी, रास्ते में कहीं रुक गए होंगे।" कल्याणी ने कहा।

"रुक नहीं गया कहीं।" वही ग्रादमी झगड़ता-सा बोला, "ग्रच्छा कभी तो घर लौटेगा। घरवाली को छोड़कर कहाँ जाएगा।"

"क्या मतलब?" कल्याणी ने उसे घूरकर देखा, "ग्राप क्या कह रहे हैं?"

"ठीक कह रहा हूं।" वह व्यक्ति ग्रौर भी नाराज़ होकर बोला,

"जब भी घर लौटे, उसे बता देना। हमारे हाथों से बचकर कहीं नहीं जा सकता। एजेंटी का आठ सौ रुपया लेकर भागा है। हम छोड़ेंगे नहीं। एक-एक पाई वसूल करेंगे। हां......। बीबी को तो गहनों से लाद रखा है, जैसे कहीं का नवाब हो। एजेंटी के रुपयों का ग़बन करता रहा और क्या। खैर, छोड़नेवाले हम भी नहीं हैं...।"

और सहसा ही, बिना किसी पूर्व-तैयारी के वे तीनों वापस चले गए।

कल्याणी लौट कर फिर रज़ाई में घुस गई। पर अब उसे नींद नहीं आ रही थी।

क्या सचमुच आठ सौ रुपए लेकर कृष्णचंद्र भाग गया है?—वह सोच रही थी—उसने कभी इस प्रकार की किसी योजना की चर्चा कल्याणी से नहीं की थी। पर ग़बन की कहीं पूर्व योजनाएं बनती हैं क्या? उस पर इतना खर्च करता था तो रुपए कहीं से तो आने ही थे। तब कल्याणी इस बात को क्यों नहीं समझ पाई। उसे पहले ही इस बात को समझना चाहिए था। पर कृष्णचंद्र को भी खर्च करने से पहले सोचना चाहिए था। पहले सोचा नहीं, अब दे नहीं सकता होगा तो भाग निकला। पर दो-एक रुपए की बात नहीं। पूरे आठ सौ रुपए। कहां खर्च किए होंगे उसने? घर में ही खर्च हुए हैं क्या? कहीं ऐसा तो नहीं......नहीं-नहीं। वह उसी का था। उसका संबंध और किसी स्त्री से कैसे हो सकता है। वह उससे कितना प्यार करता था। उसके व्यवहार में जरा भी बनावट नहीं थीं। वह झूठा नहीं था। उसका संबंध और किसी स्त्री से नहीं हो सकता...।

पर वह यही क्यों सोच रही है कि वह सचमुच ही एजेंटी के मालिकों के आठ सौ रुपए लेकर भाग गया है। उन लोगों को धोखा भी तो हो सकता है। हो सकता है कि अभी थोड़ी देर में कृष्णचद्र लौट आए और आठ सौ की थैली उनके हाथ में धर दे। यह सारी बात गलत हो सकती है, गलत है। भ्रम तो किसी को भी हो सकता है। पर लोग यह क्यों भूल जाते हैं कि कल रात इतनी वर्षा हुई है, ऐसी अवस्था में कोई अपने नियत समय पर कैसे घर लौट सकता है। देर तो होगी

ही। उस समय कृष्णचंद्र जहां कहीं भी होगा, उसने अपनी यात्रा वहीं स्थगित कर दी होगी। बरसती हुई वर्षा में यात्रा करके मरना है क्या!

'यह सब गलत है'—उसने स्वयं से बोलकर कहा—'वह लौटेगा। अवश्य लौटेगा। मुझे छोड़कर वह कहीं नहीं जा सकता।'

पर वह स्वयं ही अनुभव कर रही थी कि उसके भीतर बैठा भय पिघला नहीं था। उसे फिर से एक पुरुष, एक सहारे की आवश्यकता का अनुभव हो रहा था।

२४

गोकुलचंद दफ्तर गए हुए थे और लड़के दोनों स्कूल। घर में वीरां, कल्याणी और कमला ही थीं। घर का काम सारा निबट चुका था। और काम तो होता ही तभी तक है, जब तक पुरुष घर में हो। पुरुष बाहर गया तो सारा काम समाप्त।

वीरां ने आंगन में चारपाई दीवार के साथ खड़ी कर नाला बुनना आरंभ कर रखा था। वह पूरी तन्मयता से अपना काम कर रही थी, ऐसे में उसे किसी के साथ की आवश्यकता नहीं थी। वह दिन भर इसी प्रकार अपने काम में मग्न रह सकती थी। वैसे भी जब से वह नगर गई थी और गंगा के कारण गोकुलचंद का उसके प्रति रुख बदला था, उसे एकांत का काफी अभ्यास हो चुका था। वह बिना किसी से बात किए भी, मजे से दिन काट सकती थी।

कल्याणी का मन कमरे में नहीं लग रहा था। गोकुलचंद के दफ्तर चले जाने से वह एकदम अकेली हो जाती थी और खाली भी। उसने कई बार वीरां के साथ सहेलपना बढ़ाने का प्रयत्न किया था। पर वह जानती थी कि इन प्रयत्नों से, उनका मौलिक विरोध दूर नहीं हो सकता। उसने वीरां से उसका पति छीन लिया था, और इस बात को कोई भी स्त्री सहज स्वीकार नहीं कर सकती थी। इसलिए जब

कभी इकट्ठी बैठतीं, बातचीत करतीं, कोई न कोई बात झगड़े की हो जाती थी और उस आपसी झगड़े में वीरां का पक्ष सदा ही भारी रहता था।

आज भी उसके मन में बार-बार आ रहा था कि वह भी आंगन में चारपाई डाल वीरां के पास जा बैठे। पर वह टालती जा रही थी। अंत में उसने तंग आकर कमला को आवाज़ दी।

कमला आकर कमरे के दरवाजे पर खड़ी हो गई। कल्याणी के प्रति उसका व्यवहार कभी भी शालीनतापूर्ण नहीं था। वह उसकी अवज्ञा कभी नहीं करती थी। उसमें गोकुलचंद से मार पड़ने का भय सदा ही लगा रहता था। पर, उसका व्यवहार बड़ा शुष्क हुआ करता था।

उसे खड़े दो-एक मिनट हो गए तो कल्याणी उठी और आले में पड़े रूमाल की गांठ खोल उसने अधन्नी का सिक्का निकालकर कमला की हथेली पर रखा, "भाग कर गली से पैसे-पैसे की रेवड़ियां और मूंगफली ले आ।"

कमला बिना कुछ कहे, चली गई।

कल्याणी जानती थी कि कमला सीधी मां के पास गई होगी, उसे बताया होगा कि उसे क्या काम कहा गया है और बाहर गली में चली गई होगी। नुक्कड़ पर बैहंगी लेकर बैठने वाले से वह मूंगफली और रेवड़ियां खरीदेगी। लौट कर दोनों चीज़ें उसके सामने रखकर बिना कुछ कहे, चुपचाप मां के पास लौट जाएगी। मेसनी कहीं की...

कमला ने ठीक वैसा ही किया, जैसा कल्याणी ने सोच रखा था।

कमला जब दोनों चीजें उसके सामने रखकर लौट गई तो उसने भी अपना किरोशिया और धागे का गोला निकाल लिया और बैठकर लेस बुनने लगी। दो-एक बार किरोशिया चलाती और एक रेवड़ी या मूंगफली का दाना मुँह में डाल लेती।

पर उसे स्वयं ही लगा कि इस प्रकार भी समय नहीं कटेगा। गोकुलचंद तो शाम को दफ्तर से लौटेंगे। अभी पहाड़-सा सारा दिन पड़ा था। जिस गति से वह बुन और खा रही थी, दो अंगुल लेस बुनने से

पहले ही उसकी रेवड़ियां और मूंगफली—दोनों चीजें समाप्त हो जाएंगी और फिर वह ऊंट के समान गर्दन उठा-उठाकर बाहरी दरवाजे की ओर देखती रहेगी !

अंत में उसने दोनों चीजें अपने आंचल में समेटीं, अपनी पीढ़ी उठाई और आकर वीरां के पास बैठ गई। उसने आंचल से रेवड़ियां और मूंगफली निकालकर बीच में रख लीं और फिर लेस बुनने में जुट गई।

वीरां ने नज़र उठाकर उसे देखा और फिर काम में लग गई। उसकी अंगुलियां पूरी तेज़ी से चल रही थीं। उस पर कल्याणी के पास आ बैठने का कोई प्रभाव नहीं पड़ा था।

कमला ने उसे नज़र उठाकर भी नहीं देखा था। वह अपनी सिलाइयों पर जुराबें बुन रही थी। वैसे ही बुनती रही।

"लो बहना।" कल्याणी ने रेवड़ियां वीरां की ओर खिसकाई, "रेवड़ियां लो।"

वीरां ने बिना मुड़े कहा, "मीठा मेरे दांतों को खराब करता है। और मूंगफली मुझे पसंद नहीं है।"

वीरां ने मूंगफली देखी नहीं थी और न ही कल्याणी ने उसकी चर्चा की थी, पर वीरां को पता लग गया था कि रेवड़ियों के साथ मूंगफली भी हैं। कमला ने आकर बता दिया होगा—और क्या।

"ले कमला, तू तो ले।" कल्याणी ने कड़वा घूंट पीकर कहा, "तेरे दांत खराब होने की उम्र तो अभी नहीं आई।"

कमला कुछ नहीं बोली, उसने चुपचाप रेवड़ियां उठा लीं।

वीरां ने भी कुछ नहीं कहा। वह अपने काम में लगी रही।

कल्याणी को लगा कि वह यहां आकर बैठी तो इसलिए थी कि वीरां और कमला से कुछ बातचीत करेगी, पर अनजाने ही वह वीरां पर आयु का व्यंग्य कर बैठी थी। वीरां यदि आगे से बोल पड़ती तो निश्चित रूप से बात बढ़ जाती और लड़ाई हो जाती। पर वीरां ने उत्तर नहीं दिया था, इसलिए अभी भी संधि का अवकाश था।

कल्याणी ने किरोशिया छोड़, अपना दाहिना हाथ अपने जबड़े पर

रखा और चेहरे पर ऐसे भाव ले आई, जैसे कहीं जोर की पीड़ा हो रही हो।

"दांत तो मरे मेरे भी तंग करने लगे अभी से।" वह बोली, "और पूछो मेरी उम्र ही अभी क्या है? कुल मिलाकर सोलह साल।"

वीरां अपनी सारी तन्मयता छोड़, जोर से हंसी, विषैली हंसी, "अरी! अभी से तू इतनी बड़ी कहां से हो गई।" वह बोली, "अभी तो तू ज्यादा से ज्यादा दस वर्षों की होगी। अभी तूने जीवन में देखा ही क्या है। दो-चार ही तो खसम किए हैं, और तीन-चार ही तो बच्चे जने हैं।"

कल्याणी की रगों में उसका खून जम गया। आघात बड़ा अकस्मात् और गहरा था। वीरां की चुप्पी देखकर तो उसने समझा था कि लड़ाई नहीं होगी और जब उसने संधि के लिए हाथ बढ़ाया तो... वह एकदम तड़प उठी। क्रोध के आधिक्य से वह जड़ हो गई थी।... पर साथ ही साथ उसे एक भय-सा लगा। कहीं वीरां को उसके पिछले जीवन के विषय में पता तो नहीं चल गया। उसने दो-चार खसम कहा है। किसी से कुछ सुनकर कहा है, या यूं ही हवा में तीर मारा है। यूं ही कहा होगा, नहीं तो बच्चों वाली कोई बात वह नहीं कहती। उसने कभी किसी बच्चे को जन्म नहीं दिया था। उसे तो उल्टे अपनी क्षमता पर ही संदेह हो उठा था। हो सकता है, वीरां ने चन्ननशाह और कृष्णचंद्र के विषय में कुछ सुना हो और बच्चों वाली बात अपने मन से कही हो। पर किससे सुना हो सकता है।

सहसा कल्याणी, चंडी बनकर गरजने लगी, "बकवास मत कर। अपनी जीभ को लगाम दे। आखिर तू मुझे समझती क्या है। मैं कोई रंडी-कंजरी हूं कि चार-चार खसम करूंगी। चार खसम किए होंगे तुमने, जिसे तेरा खसम पूछता नहीं। मुझे क्या पड़ी है कहीं और जाऊं। कुतिया तो तू है, हर पत्तल पर मुंह मारने वाली...।"

और कल्याणी पैर पटकती हुई भीतर, अपने कमरे में चली गई।

घर में शाम तक के लिए सन्नाटा छा गया। कोई किसी से नहीं बोला। वीरां नाले बुनती रही और कमला जुराबें। कल्याणी अपनी

चारपाई पर पड़ी, करवटें बदलती रही।

सालगराम और जुगल स्कूल से लौटे तो घर की हवा सूंघकर समझ गए कि घर में कुछ न कुछ हो चुका है और शाम को पिताजी के आने पर बहुत कुछ होना है। वे भी आशंकित से, शाम की प्रतीक्षा में इधर-उधर दुबके रहे।

शाम को गोकुलचंद लौटे तो सीधे कल्याणी के पास पहुंचे। कल्याणी दरवाजे की ओर पीठ करके, चारपाई पर लेटी हुई थी। उसने उनके आने पर कोई उत्साह नहीं दिखाया। वैसी की वैसी पड़ी रही। गोकुलचंद ने बढ़कर देखा, कल्याणी का रो-रोकर अब तक बुरा हाल हो चुका था। उसके सर के बाल बिखरे हुए थे, जैसे किसी ने उन्हें बुरी तरह नोचा हो। आंखें लाल सुर्ख हो रही थीं। नाक की नोक जैसे बार-बार पोंछकर छील दी गई थी। उसका आंचल भी काफी भीग चुका था।

गोकुलचंद उसके सामने खड़े रहे और वह जड़ आंखों से उन्हें देखती रही और आंसू बहाती रही। गोकुलचंद अच्छी तरह जानते थे कि कितना भी पूछा जाए, कल्याणी उन्हें कुछ नहीं बताएगी। जब उनसे कल्याणी को रोते हुए और न देखा गया तो वह तेज़ी से घूमे और झपट कर वीरां के पास पहुंचे।

"आज फिर तूने मुसीबत खड़ी कर दी।" वह दांत पीस कर बोले, "तू मेरी जान के पीछे क्यों पड़ी है आखिर। मुझे जिन्दा भी रहने देगी कि नहीं। तुझे मेरा चैन से रहना एकदम नहीं भाता। जरूरी है कि रोज़ कोई न कोई किस्सा तैयार रखे। बता, आज क्या आग लगाई है तूने?"

वीरां पर उनकी बात की कोई प्रतिक्रिया नहीं हुई। वह उसी प्रकार निर्द्वन्द्व बैठी रही और अत्यन्त सहज स्वर में बोली, "मैंने उसे कुछ नहीं कहा।"

और उसकी अंगुलियां फिर नाला बुनने लगीं, जैसे कोई बात ही न हुई हो।

गोकुलचंद ने सालगराम को आवाज़ दी, "बता सालगराम! घर

में क्या हुआ था ?''

सालगराम बड़ा संकुचित-सा धीरे-धीरे आकर उनसे काफी दूरी पर खड़ा हो गया और बोला, ''जी ! मैं और जुगल तो स्कूल गए हुए थे। हमारे सामने कुछ नहीं हुआ। हमारे पीछे कुछ हुआ हो तो मैं कह नहीं सकता।''

गोकुलचंद को लगा कि सालगराम ने भी मां का पक्ष लेकर उन्हें एक चांटा चड़ दिया है। पर, वह उसे क्या कहते। वह ठीक बात कह रहा था, वह और जुगल तो स्कूल गए हुए थे। पर कमला तो घर पर थी।

''कमला !'' उन्होंने फिर पुकारा, ''तू बता क्या हुआ था।'' कमला सालगराम से अधिक निर्भीक-सी आकर खड़ी हो गई।

''मां नाले बुन रही थी और मैं जुराबें। आज दिन-भर में इतनी बुनी हैं।'' उसने अपनी सलाइयां आगे कर दीं, ''छोटी मां ने मुझसे रेवड़ियां और मूंगफली मंगवाई थीं। उसने मुझे भी रेवड़ियां दी थीं। वह भी हमारे पास बैठी लेस बुन रही थी। वह जब थक गई तो अंदर जाकर लेट गई और हम अपना काम करती रहीं। बात तो कोई भी नहीं हुई।''

गोकुलचंद तिलमिला उठे। तो उन्हें कोई नहीं बताएगा......

तभी कल्याणी चीखती-चिल्लाती हुई कमरे से दौड़ी आई।

''क्यों रीं। तू क्यों झूठ बोलती है।'' वह कमला पर झपटी, ''तेरी मां ने यह नहीं कहा कि मैंने चार-चार खसम किए हैं ?''

कमला चुप रह गई। पर अब उसका चेहरा उतना निर्भीक नहीं था। वहां हल्का पीलापन छा गया था।

वीरां भी चुपचाप बैठी रही।

कल्याणी फिर चीखी, ''यह कुतिया मुझे कहती है कि मैं कंजरी हूं। रंडी-बदमाश हूं। मैं रोज नए-नए खसम करती हूं। एक यही तो दुनियां में सती-सावित्री रह गई है।''

और सहसा वीरां ने तड़पकर उतर दिया, ''मैं सती-सावित्री नहीं, तो तू है। जिसकी न जात का पता, न पात का। पता नहीं कौन

है, उठकर मेरे आदमी के साथ चली आई। ऐसे ही किसी और के साथ भी चली गई होगी। पता नहीं किस-किस चारपाई की जूठन है तू और मेरे मुंह लगती है। मैं तो यहीं ब्याही आई हूं, और यहीं जिऊंगी, यहीं मरूंगी। जैसा व्यवहार, इस घर में मेरे साथ हो रहा है, तेरे साथ एक दिन भी हो तो तू सब कुछ छोड़-छाड़ मुहल्ले के भंगी के साथ चली जाए। तेरा क्या है।''

गोकुलचंद को यह आशा नहीं थी कि वीरां उनके सामने भी इतना साहस कर पाएगी। इस प्रकार की बात की अपेक्षा उन्हें वीरां से नहीं थी। पर पता नहीं वीरां के भीतर ऐसी कौन-सी चीज़ स्फीत हो उठी थी, जिसने उसका सारा भय समेट कर एक ओर रख दिया था।

वीरां और कल्याणी दोनों ही धाराप्रवाह एक-दूसरे की बुराइयां करतीं जा रही थीं। लगता था, अभी झपट पड़ेंगी और एक-दूसरे को चीर-फाड़कर खा जाएंगी।

गोकुलचंद ने वीरां को डांटा, ''चुप हरामज़ादी ! चुप हो जा ! चुप होती है या लगाऊं एक चांटा।''

पर उनकी आवाज़ भी उसी शोर में खो गई थी। पता ही नहीं चल रहा था कि कौन क्या कह रहा था। बच्चे सहमकर एक कोने में जा बैठे थे।

और सहसा गोकुलचंद ने वीरां को पीटना आरंभ कर दिया। चांटे सीधे वीरां के चेहरे पर पड़ रहे थे, पर चांटों से वीरां चुप न हुई। उसमें जैसे और भी उत्साह आ गया। वह दुगुने ज़ोर-ज़ोर से कल्याणी को गालियां देने लगी। उत्तर में कल्याणी की जीभ भी तेज़ और ऊंची हो गई।

एक गोकुलचंद ही चुप थे और उनका हाथ चल रहा था—तड़ातड़। उनका हाथ वीरां और कल्याणी की जीभ के साथ होड़ कर रहा था। पर सबसे पहले गोकुलचंद का हाथ ही थका। सहसा उन्होंने मारना बन्द कर दिया और साथ ही वीरां की जीभ रुक गई। कल्याणी भी चुप हो गई।

वीरां के बाल बिखर गए थे। मार से चेहरा लाल सुर्ख हो गया था और वह कल्याणी को घूर रही थी।

२५

जुगल और सालगराम स्कूल से लौटे तो देखकर हैरान रह गए कि घर का सारा सामान बांधा जा रहा है। वीरां, कल्याणी और गोकुलचंद सभी लोग अपना-अपना सामान बांध रहे थे। कमला भी, अपनी क्षमता-भर मां की सहायता कर रही थी।

दोनों लड़के चुपचाप एक ओर खड़े हो गए। उन दोनों में से किसी को भी समझ में नहीं आ रहा था कि आखिर बात क्या है? सारा का सारा सामान क्यों बांधा जा रहा है।

पर कमला ने धीरे से उन्हें बता दिया, "पिताजी की बदली हो गई है रावलपिंडी और हम लोग सब घर जा रहे हैं।"

बच्चे निश्चिंत हो गए।

वीरां का मन कुछ विचित्र-सी दुविधा का अनुभव कर रहा था। वह निर्णय नहीं कर पा रही थी कि वह हंसे या रोए।

पति और कल्याणी से अलग, स्यालकोट में रहने का लाभ था कि रोज़-रोज़ के इस क्लेश से मुक्ति। न कल्याणी होगी, न उससे झगड़ा होगा और न उसे गोकुलचंद से मार खानी पड़ेगी। बच्चे भी कुछ स्वतंत्रता का अनुभव करेंगे। बाप और सौतेली मां का आतंक उन पर से उठ जाएगा।

पर जो कुछ भी हो, गोकुलचंद उसके पति हैं। गंगा और कल्याणी के आने के बाद भी अभी उसे गोकुलचंद का मोह था। उनसे इस प्रकार अलग होकर रहने का तो अर्थ था कि सारे रिश्ते-नाते समाप्त। क्या इस प्रकार वह गोकुलचंद को पूरी तरह कल्याणी के हाथों में नहीं सौंप रही है?

पर निर्णय उसे नहीं करना था। निर्णय गोकुलचंद का था। उस

निर्णय को वह बदल नहीं सकती थी। उसे तो गोकुलचंद के निर्णय को स्वीकार करना था और स्वयं को उसके अनुसार ढालना था।

गोकुलचंद जुगल और सालगराम को स्यालकोट के स्कूल में भर्ती करवा, दस रुपए वीरां के हाथ पर रख, कल्याणी को लेकर रावलपिंडी चले गए थे। वीरां के पास अपना पुश्तैनी मकान था, दो बच्चे थे और बहुत ही आवश्यक थोड़े-से बर्तन थे। और दस रुपए......आगे से भी खर्च के लिए दस रुपए महीना आ जाया करेंगे।

पर दूसरे ही दिन उसे लगा था कि अलग रहने की सारी कठिनाइयों के होते हुए भी, वह एक तरह से प्रसन्न थी। उसके बच्चे स्वतंत्र थे। वे लोग कल्याणी और गोकुलचंद के आतंक की छाया से मुक्त थे। रोज़ के झगड़े नहीं थे। उसके बच्चों को सौतेली मां की झूठी शिकायतों के कारण बाप के सामने पेशियां नहीं भुगतनी पड़ती थीं। उसे हर शाम को सफाइयां नहीं देनी पड़ती थीं।

फिर खर्च की भी उतनी तंगी उसे नहीं रह गई थी। उसके घर उसके भाइयों का आवागमन फिर से होने लगा था। और जब भी कोई भाई आता, दालें, चावल, मसाले, साबुन कुछ न कुछ लेता आता था। उनकी अपनी करियाने की दुकान थी। उन पर छोटे से इस परिवार के लिए आवश्यकता की वस्तुएं ले आना कोई बोझ नहीं था। वीरां ने स्यालकोट आकर चीनी भी एक ही बार खरीदी थी। अब वह अपनी बिरादरी से अलग, दूर नहीं थी और बिरादरी में शादी-विवाह चलते ही रहते थे। उन शादियों के कारण उसे मिश्री, बताशे, गंदौड़े और गुड़ की भाजी आ जाया करती थी। घर में चीनी के स्थान पर वीरां उन्हीं से काम चला लिया करती थी। मट्ठियां और मिठाइयां भी आ जाती थीं—वे बच्चे सुबह शाम खा लिया करते थे।

उसे बहुधा यही लगता था कि वह और उसके बच्चे, पहले से अधिक सुखी हैं।

इस बार स्यालकोट आकर पहली बार वीरां का मन पति से टूट गया था। उसने स्वयं को समझा लिया था कि अब और अधिक आशा बनाए रखना व्यर्थ था। उसे अब स्वीकार कर लेना चाहिए कि उसका

गोकुलचंद के साथ पति-पत्नी संबंध टूट चुका है और वह दुबारा कभी भी स्थापित नहीं हो सकता। फिर व्यर्थ ही उस आशा को घसीटे चलने का क्या लाभ ?

उसे अब पति की सेवा से भी अवकाश मिल गया था, इसलिए समय की काफी बहुतायत हो गई थी। बच्चों को सुबह स्कूल भेजकर अब मंदिर चली जाया करती थी। दोपहर को लौटती, खाना खाती और फिर कथा सुनने मंदिर चली जाती। जितना समय घर पर मिलता, उसमें भी उसने पूजा आरंभ कर दी थी।

एक दिन शाम को स्कूल से आकर जुगल ने बताया, "मां ! आज से मेरी फीस माफ हो गई है।"

"कैसे ?" वीरां ने पूछा।

"आज मास्टर जी ने जमात में पूछा कि कौन-कौन लड़के अपनी फीस माफ कराना चाहते हैं तो मैं भी खड़ा हो गया।" उसने बताया।

"उन्होंने कारण नहीं पूछा ?" वीरां ने जिज्ञासा की।

"पूछा था।" जुगल ने बताया, "मैंने कह दिया कि मेरे पिताजी हमें बहुत थोड़ा खर्च भेजते हैं, जिससे हमारा गुजारा नहीं चलता।"

वीरां ने ध्यान से जुगल के चेहरे को देखा—क्या यह इतनी बातें समझने लग गया है। वह तो इसे बहुत छोटा बच्चा समझती थी, पर लगता है समय ने इसे बहुत कुछ सिखा दिया है।

"उन्होंने यह नहीं पूछा कि तुम्हारे पिताजी खर्च कम क्यों भेजते हैं ?" वीरां ने फिर प्रश्न किया।

"पूछा था।" जुगल बोला, "उन्होंने पूछा था कि तुम्हारे पिताजी को मालूम नहीं है कि तुम लोगों के खर्च के लिए कितने रुपए चाहिए ?" मैंने कह दिया कि उन्होंने दूसरी शादी कर ली है।"

वीरां की आंखें फट गईं। यह बच्चा कोई न कोई मुसीबत खड़ी करेगा। बोली, "तुम्हारे बाप को पता चल गया कि तुमने यह कहकर स्कूल में फीस माफ करवाई है तो वह मेरी खाल उधेड़ देगा। वह कहेगा कि मैंने जान-बूझकर उसे बदनाम करने के लिए तुमसे यह

सब कहलवाया है।"

"पिताजी को पता ही नहीं चलेगा मां।" जुगल ने कहा, "और लग भी गया तो मैं जवाब दे लूंगा।"

जुगल सचमुच, वीरां की आशा से बड़ा और साहसी हो गया था।

"पर तेरी तेरह आने महीने की बचत से हम क्या कर लेंगे ?" वीरां दूसरी ओर सोच रही थी।

जुगल के पास इसका भी उत्तर था, "तेरह आने बहुत होते हैं मां! उनमें कम से कम तेरह छटांक घी आ जाएगा, जिसमें हम एक महीना निकाल लिया करेंगे।"

वीरां ने देखा, बच्चे की बात एकदम ठीक थी। यदि फीस माफ कराकर महीने भर के घी के खर्च का प्रबन्ध हो जाए तो सचमुच काफी अंतर पड़ता था। जुगल सचमुच सयाना हो गया था।

तब वीरां को सालगराम का ध्यान आया।

"तूने फीस माफ करवाई ?" वीरां ने पूछा।

"फीस!" सालगराम के चेहरे पर संकोच छा गया, "नहीं! मैंने नहीं करवाई।"

वीरां उसे चुपचाप देखती रही।

और सहसा सालगराम जल्दी से बोला, "मुझसे सारी जमात में यह नहीं कहा जाता कि पिताजी ने दूसरी शादी कर ली है। और फिर मुझे पिताजी से पूछे बिना कोई काम करने में डर भी लगता है।"

वह बाहर चला गया।

वीरां को लगा कि दोनों बेटों में बहुत अन्तर है। और शायद यह अंतर बढ़ता ही जाएगा। बच्चे बड़े हो रहे हैं। अन्तर तो उनमें आना ही है। कमला बड़ी है। वह पहले से वीरां की थी। उसने कभी गोकुलचंद या कल्याणी का साथ नहीं दिया। अब जुगल भी उसी का खुला समर्थन करने लगा था। हो सकता है कि सालगराम भी किसी समय अपनी मां का दर्द समझे और पिता के विरुद्ध मां का साथ दे।

आज उसे पहली बार लग रहा था कि उसे अब जीवन के प्रति

अपना दृष्टिकोण बदल देना चाहिए। अब तक उसका जीवन गोकुलचंद को केन्द्र मानकर उनके चारों ओर मंडराता रहा है। यही कारण है कि जब वह केन्द्र अपने स्थान से हट गया तो उसका जीवन-चक्र असंतुलित होकर दिशाहीन भटकाव के द्वारा वंचित होता रहा है, और बार-बार उस केन्द्र को प्राप्त करने का प्रयत्न करता रहा है। अब भाग्य से उसे एक अच्छा अवसर मिला है। गोकुलचंद तथा कल्याणी उससे दूर चले गए हैं। अब न तो उनकी छाया उस पर पड़ती है और न उसे केन्द्र का वह आकर्षण अपनी ओर खींचता है। क्या ऐसा नहीं हो सकता कि वह इस अवसर का लाभ उठाए और अपने बच्चों को केन्द्र बना कर अपने जीवन-वृत्त के संतुलन का पुनरारंभ करे।

इस समय वह एक प्रकार से सहज हो सकी थी। रोज़-रोज़ के क्लेश दूर हो गये थे। आर्थिक दृष्टि से भी एक प्रकार की नियमितता आ गई थी और भावात्मक दृष्टि से भी स्वयं को एक नए प्रकार के जीवन के आरंभ के लिए समर्थ पा रही थी। वह अपने बच्चों के भविष्य से निराश नहीं थी और बच्चों के भविष्य से बढ़कर जीवन का अधिक आकर्षक उद्देश्य और क्या हो सकता है।

●●